ower

continuity is the father of magical p
Ricky illustration kiltkaiki

継続は魔力なり 4

~無能魔法が便利魔法に進化を遂げました~

continuity is the father of magical power

リッキー

TOブックス

主な登場人物

レオンス・ミュルディーン……この物語の主人公。前世の記憶を持った転生者。幼少期に頑張ったおかげでとんでもない魔力を持っている。愛称はレオ。

シェリア・ベクター……主人公の婚約者で、帝国のお姫様。美人だが、嫉妬深いのが玉に瑕。愛称はシェリー。

リアーナ・アベラール……主人公の婚約者で、聖女の孫。シェリーとは凄く仲が良く、いつも一緒にいる。愛称はリーナ。

ベル……主人公の専属メイド。真面目だけど緊張に弱く、頑張ろうとするとよく失敗してしまう。

エルシー……ホラント商会の若き会長。元はレオの師匠であるホラントの奴隷だった。レオのことが好き。

ルー……悪徳商人に騙されて奴隷にされ、闇市街に閉じ込められていた女の子。現在はレオの奴隷。

Leonce

Shelia

Rihanna

belle

Elsie

Luu

ダミアン・フォースター……主人公の叔父。帝国の特殊部隊の隊長であり、常に皇帝の護衛をしている。

ヘルマン・カルーン……主人公の同級生で、弟子。勉強が凄く苦手で、レオの下で約一年間猛特訓する。

フランク・ボードレール……主人公の従兄弟。レオの親友で、学校ではいつもレオと一緒に行動している。

ビル……スラムにいた少年グループのリーダー。レオに勧誘されて仲間と孤児院に入ることになった。

アルマ……レオの騎士団に入団してきた女の子。運動神経が優れていて、ヘルマンとは互角の強さを持つ。

ベルノルト……元S級の冒険者。結婚し、家族の為に安定した職を求めてレオの騎士団に入ることにした。

ホラント……レオの魔法具作りの師匠。元は潰れる寸前だった小さな店の主だったが、レオに助けられた。

目次

continuity is the father
of magical power

イラスト／キッカイキ　デザイン／舘山一大

第七章　領地改革編

continuity is the father
of magical power

第一話　領地を視察します

闇市街《やみしがい》が壊滅して、一週間が経った。

あれから、俺は闇市街でなんとか生き延びることが出来た残党たちを探し出して、捕まえていた。

生き延びた人の中には、ルーが殺さなかった違法奴隷《どれい》も混ざっていたから、その人たちはもちろん助けてあげた。やっぱり、心に大きな傷を負っているみたいで、今はゴッツの元奴隷たちと一緒に暮らして貰っている。

リーナとベルだけは信頼されているらしく、二人は毎日彼女たちと顔を合わせるようにしている。

二人から聞いたところ、まだ回復には時間がかかるらしい。まあ、俺は何もしてあげられないけど仕方ない。早く、少しでも良くなってくれることを願うことにしよう。

そして、闇市街で生き残っていた人たちを調べてみたら……ほとんどが指名手配されているような犯罪者ばかりだった。闇商人だったり、暗殺者だったり、盗賊だったり……本当、あそこはこの世界の闇が凝縮されていた。

このとんでもない人数の極悪犯罪者たちは、扱いに困ったので帝都《ていと》に送った。城の牢屋にはとても入りきらないから、帝都の方で受け入れてくれて本当に助かったよ。今頃、おじさんたち特殊部隊に帝都で取り調べを受けているだろう。

それと、ルーについてだが……特に何も言うことがない。

一週間、自分の部屋で何もせずにゴロゴロしていただけだった。一日で会うとすれば、朝昼晩の飯の時間だけだった。まあ、何か問題を起こされても嫌だから、ずっとこのままでいてくれることを願おう。

あ、そういえば、一つだけ言うことがあったな。

ルーがシェリーに懐いてしまったんだ。

部屋でゴロゴロしている以外の時間は、シェリーにくっついて行動しているみたい。まあ、シェリーもまんざらでもないみたいで、何だかんだ言って世話を焼いているから大丈夫だろう。

そんな感じで、ルーの心配はそんなにしなくて済んだ。

本当の問題は……これから、この街をどう変えていくかを考えないといけないことだろう。

資金は有り余っているけど、これまで忙しすぎて何も考えていなかったからな……。まず、この街の規則を正すことは当然として……他に何が出来るんだろうか？

「うん……」

「どうしたのですか？」

俺が悩んでいると、隣で書類整理をしていたフレアさんが心配してくれた。

「これから、この街をどう変えていこうか考えているんだけど……何も思いつかないんだ。この街の何が悪いのかもわからないし……。フレアさんは、何かこの街で直さないといけないと思ったことはない？」

フレアさん、凄《すご》く優秀みたいだし、何か良い案を出してくれそうだよね。俺と比べて行政に詳しいだろうし、俺が気づけないことをポンと教えてくれそう。

「一つだけあります。この街、治安が悪すぎです」

俺が質問すると、フレアさんが即答してくれた。やっぱり、フレアさんは何か考えがあるみたいだね。

治安が悪すぎか……。

「まあ、確かに……闇市街とかあるしね……」

「それだけじゃないです。この街、人口に対して憲兵《けんぺい》が少な過ぎます」

憲兵？　あ、前世の警察みたいな組織のことだったな。

憲兵が少ないのか……。そういえば、この街に来て街を巡回している兵士らしき人はまだ見たことがなかったな。

「うん……それはどうにかしないといけないね」

「はい。早急にどうにかした方がいいと思われます」

「わかった。それにしても、どうして憲兵の数が少ないんだろう？」

この街、金は有り余っているんだから、別に憲兵くらい金をケチる必要は無いだろ？

「調べてみたら……憲兵に使われるはずだった資金が前管理者に横領《おうりょう》されていました。その為、新規で憲兵を雇うことが出来なかったんだと思われます」

「そんなことばかりだな……。はあ、ゴッツめ……」

またかよ！　あいつ……まだ城にいたら思いっきりぶん殴《なぐ》っていたぞ。

「はあ、それじゃあ、憲兵を募集しておいて。それと、憲兵の給料も今までより上げてあげて」

たぶん、今まで大変な思いをしていただろうからね。待遇《たいぐう》を良くしてあげないと可哀《かわい》そうだよ。

「はい、わかりました」

「うん、頼んだ。それじゃあ、俺は街を視察してこようかな」

俺、ここの領主になってからまだちゃんと街を見て回ったことが無いからね。とりあえず、この街を歩いて回って様子を知ることから始めることにしてみないと。街の様子を知ったら、何か街の為にやりたいことがきっと見つかるはずさ。

「え？　お一人だけで、ですか？」

「そう。あ、もちろん変装はするよ？」

流石《さすが》に、正体がバレたら意味ないからね。いつもの、冒険者の格好をして外に出ようかな。

俺の顔を知っている人は流石に少ないだろうし、あからさまに貴族の格好をしていなければ大丈夫だろう。

「そういうことじゃないのですが……わかりました。お気をつけて」

「うん。それじゃあ、行ってくる」

そう言って着替えを取りに寝室に向かった。

すると……ちょうど部屋を出たと同時にシェリーが廊下の向こうから歩いてきた。

「あ、レオ。どうしたの？」

自由に歩いているな……。まあ、もう安全だからいいんだけど。

「これから、街の視察をして来ようと思ってね。着替えたら、行ってくるよ」

「え？　ズルい！　私も連れていってよ！　ねえ、いいでしょ？」

俺が外に出ることを聞いたシェリーは俺の手を掴《つか》み、可愛い顔をしてお願いしてきた。

あ、そういえば、何気なく正直に答えちゃったけど、教えちゃったらこうなるよね……。どうしよう？

「え？　一緒に来るの？　うん……大丈夫かな？」

まあ、いいか。部屋の中でずっと閉じ込めておくのも可哀そうだし。変装すれば大丈夫でしょ。ここ最近、犯罪者たちを一斉に取り締まったから、流石に表立って悪さをしようとする人はいないかな？

そんなことを考えていると、今度はリーナとベルがシェリーの後ろからやって来た。

「二人とも、どうしたのですか？」

「あ、聞いて！　レオが一人で街に視察に行こうとしているの」

「そうですか。レオくん、頑張ってきてくださいね」

俺が外に出ると聞いたリーナは、シェリーとは対照的に温かい笑顔で見送ってくれるらしい。

なんか、ゴッツ屋敷から違法奴隷を助け出した時から、リーナが凄く大人っぽく感じるんだよな……。

「レオ様、お気をつけて」

もちろん、ベルはいつも通りわがままを言うことはない。ベルにはもっと甘えて欲しいな～。

「え？　いいの？」

リーナとベルが思っていた反応と違ったので、シェリーは驚いていた。

まあ、ちょっと前のリーナならシェリーと一緒に私も行きますって言いそうだもんな。

「仕事ですから、外に出るのは普通じゃないですか？」

やっぱり、リーナは大人になったな。

「そ、そうだけど……一緒に行きたくないの？」

「ええ、大丈夫です。お留守番していいます。レオくんの邪魔になってしまいますし……」

うん……そこまで我慢《がまん》されると、なんだか申し訳なくなってくるな。

あ、いいことを思いついた。

「仕方ない……わかったよ。シェリーだけついてくるってことでいいのかな？　二人は、お留守番をお願いね。それじゃあ、シェリーはこれに着替えて。それと、いつもと違う髪型にしようか。それじゃあ、準備が終わったら俺の部屋に来てね」

俺は、そんなことを言いながらシェリーに服を創造して渡した。シェリーが庶民《しょみん》の服を持っているはずが無いからね。変装用に新しい服を造ってあげた。

「え？　あ、うん……。え？　連れていってくれるの⁉　この服は何⁉」

シェリーは、頭で処理するのが追いつかなかったのか、驚くまでに時間がかかった。

「うん、いいよ。これは、変装用の服。ほら、急いで着替えてきな」

「ま、待ってください！　連れていって貰《もら》えるんですか？」

服を広げて喜んでいるシェリーの隣で、俺の思わぬ許可に驚いて口を開けて黙っていたリーナがやっと喋《しゃべ》った。

「うん。まあ、半分遊びみたいなものだしね。でも、シェリーがそのまま街に出たら目立つと思ったから、庶民の格好をして貰うことにしたんだ」

「そ、そんな……」

リーナは、見るからにがっかりしたような顔をした。

ああ、そんな悲しい顔をしないで、連れていってあげるから。

「リーナたちはお留守番するんだよね？　それじゃあ、私とレオで仲良く視察してくるわ」

俺が、可哀そうだから早く意地悪を終わらせてあげようとすると、シェリーがリーナに服を見せながらドヤっとした。

まったく……リーナが泣きそうになっているじゃないか。

「まあまあ。ほら、リーナとベルも着替えてきなよ。貴族と思われないような格好でお願いね？」

流石にこれ以上はいじめだから、二人にも服を創造して渡してあげた。

リーナは一瞬、きょとんとした顔をしてから俺と服を交互に確認し、嬉しそうに笑った。

「ありがとうございます！　急いで着替えてきます！　シェリー、行きますよ！」

リーナは服を嬉しそうに抱きしめて、俺にお礼を言ったらすぐに行ってしまった。

「ま、待ちなさいよ！」

「え、えっと……。私も服を頂いてもいいのですか？　二人には、変装するのに必要だと思うのですが……」

二人が行ってしまった後、ベルが申し訳なさそうにそんなことを言ってきた。

「ベルにだけ渡さないのもおかしいじゃん？　それに、ベルがその服を着ているところ見たいな……。だから、気にしないで着てきてくれない？　あ、それと、シェリーたちの着替えの手伝いお願いね」

創造魔法で造ったからタダなんだし、気にしなくていいのにね。

「わ、わかりました。ありがとうございます」

俺の言葉に顔を赤くして照れたベルは、お辞儀《じぎ》をすると急いでシェリーたちの後を追いかけていった。

うん、三人とも可愛いな。

それから、俺はいつもの冒険者の格好をして自分の部屋で待っていた。

まあ、女の子の準備に時間がかかるのはわかり切っていたことなので、特に何も思わず気長に待つ。

「遅くなって、ごめんなさい。シェリーの変装に時間がかかりました」

「わ、私のせい⁉　リーナだって、ずっと鏡の前から動かなかったじゃない！」

「遅くなってすみません。失礼します」

お、やっと来た。

外を眺めていた俺は、視線を三人が騒がしく入ってきたドアの方に向けた。

「うお〜〜三人とも可愛いじゃん」

リーナは……俺が創造した大人しい色の服を着ていた。うん、庶民感が出ていて、街ですれ違ったら思わず振り返ってしまう可愛い子って感じだな。

ベルも、俺の渡した服を着てくれたようだ。まあ、ベルは庶民だから普通に似合うな。逆に今度、ベルにドレスを着せてみるのもいいかも。本人は嫌がるだろうけど、見てみたいな〜。

問題のシェリーは、俺が創造したワンピースを着ていて、いつも二つ縛りにしている髪を下ろしていた。うん、これなら大丈夫かな。いつもの、ザ・お姫様という感じも好きだけど……この少し大人しい雰囲気のあるシェリーもいいな。

「うん、三人とも渡した服が似合っていて良かったよ」

まあ、三人の服は、俺が帝都で見かけた可愛いと思った服を真似して創造したから、そこまで心配してなかったんだけどね。

「「「フフフ♪」」」

三人は、見合わせて嬉しそうに笑った。

「ん？　何かおかしかった？」

「いえ、嬉しかっただけですよ。服のプレゼント、ありがとうございます」

俺が気になって質問すると、リーナが答えてくれた。

「喜んでもらえてこちらこそ嬉しいよ。それじゃあ、行こうか」

「「はい」」


それから転移して、俺たち四人はミュルディーン領の中心部を歩いていた。

街の中心部にはたくさんの店が建ち並んでおり、活気に満ちあふれている。

「それにしても、人がたくさんですね。馬車から眺めていた時よりも多いように感じます」

「そうだね。街を歩いてみると、改めてここが栄えていることを実感するよ」

上からだと、小さく見える人が動いているな～程度だったから、そこまでこの生き生きとした雰囲気は伝わってこないよな。

「そうね。ここをこれ以上良くするのって凄く難しいんじゃない？」

確かにそうなんだよな……。

「絶対、あるはずなんだけどな……」

あるよね？　この視察で見つけられるかな？　見つけられなかったらどうしよう……。はあ、何かこの領地の悪い部分が近寄ってきたりしないかな。

「おい、お嬢ちゃんたち。俺たちと一緒に遊ばないか？」

「そうそう。そんな坊主なんてほっといて」

「なんというか……ザ・チンピラだな。ルーに比べたら、可愛く思えてくるよ」

というか、本当に悪い奴らが近寄ってきたよ。まあ、ナンパを悪いことと捉《とら》えていいのかはわからないけど。

「そうですね。どうします？　私が眠らせましょうか？」

「それは目立つよ」

たぶん、聖魔法で眠らせることが出来る人って珍しいだろうから、もしかすると俺たちが誰なのか特定されてしまうかもしれないでしょ？

「それじゃあ、私に任せて」

「だから、目立ちたくないんだって」

シェリーの魔法は威力が大きいんだから、絶対に注目の的になってしまうじゃん。

「大丈夫だって。私を信じなさい」

信じろと言われても……。まあ、いいか。少しぐらい威力を調節してくれることを期待しよう。

「……わかったよ」

もしシェリーが全力で魔法を使った時の為に、逃げる準備をしておくか。

「おいおい。俺たちを無視するんじゃない。ほらほら、行こうぜ！」

「うるさい！　近寄らないで。どこか行きなさい！」

ずっと俺たちに無視されていた男たちが、怒ってシェリーのことを掴もうとすると、シェリーが避けながら魅了《みりょう》魔法を使った。

「「は、はい……」」

チンピラ二人は、今までの言動からは不自然なくらい素直にどこかに行ってしまった。

「あ、そういえば、その手があったな」

そういえば、シェリーの魅了魔法を使えば簡単にどこかに行ってもらえるのか。ちょっと不自然だから、もしかすると魅了魔法を使ったことがバレてしまったかもしれないけどね。まあ、目立っていなかったから大丈夫だろう。今度からは、シェリーに頼んで穏便に解決することにしよう。

「え？　私の得意魔法を忘れてたの？　ヒドイ！」

そ、そんなことないって！　忘れていたんじゃなくて……そう、思いつかなかっただけさ！

「ごめんって。あそこの店でお昼ご飯をおごるから許して」

俺は謝りながら、近くにあったレストランらしき店を指さした。ちょうどお昼時だし、あそこでご飯を済ませてしまおう。

「あ、いいですね。もちろん許しますよ。ちょうどお腹空いていたんですよね～」

良かった～なんとか許して貰えるようだ。

「ちょっと。許すかどうかは、私が決めるのよ？」

シェリーがなんか言っているが、許しは貰っているから大丈夫だろう。

「細かいことは気にしない！　ほら、行きますよシェリー」

そう言って、ご機嫌なリーナがシェリーのことを押しながら俺たちはレストランに入った。

「よし、この店は何が美味しいんだろう……あれ？　ベル、座らないの？」

レストランに入り、皆で席に座ると、ベルが俺の隣で何かに戸惑いながら立っていた。

「ベル、座りなさい」

「は、はい……」

どうしたんだろう？　と、思っていたら、シェリーが魅了魔法を使って無理やりベルを座らせた。

「乱暴じゃない？　それに、ベルもどうしたの？」

別に、わざわざ魅了魔法を使わなくてもいいでしょ！

本当……どうしてベルが座らなかったのかを聞いてからでも良かったのに……。

「その……レオ様たちと一緒に食事をとるなんて……」

え？　また、そんなことで？　と、思ったけど、一般人なら皇女《こうじょ》と同じ机で食事をするのは躊躇《ためら》うのは普通だった。

最近シェリーとベルが仲良かったから気にしないと思ったけど、ベルは真面目だからな。

「馬鹿じゃないの？　そんなこと、気にしているんじゃないわよ。こういう時くらい、私たちと対等でいなさいよ！」

俺がどう答えるのが正解なのかを悩んでいると、シェリーが真っ先に怒った。

あの嫉妬《しっと》ばかりしていたシェリーがそんなことを言うようになるなんて……。

「そうですよ。今は仕事中じゃないんですから、私たちに遠慮しなくていいんですよ？」

おお、二人ともカッコいい！　そして、ここまで三人が仲良くなってくれたのは本当に嬉しいな。

「……わかりました」

「よしよし」

とりあえず、近くにいたベルの頭を撫《な》でてあげた。

「レ、レオ様……」

「あ、ズルい！」

「お兄さん、モテモテだね。何を注文する？」

シェリーが文句を言おうとすると、ウエイトレスのお姉さんが注文を聞きにきた。

そういえば、メニューを見るのを忘れていたな……どうしよう？

「えっと……お姉さんのお任せって出来ますか？」

また呼ぶのも悪いし、お任せにして貰うことにした。

まあ、高い物を出されることはあっても、美味しくない物は出されることはないだろう。

「いいとも。それじゃあ、料理が来るまで待ってなさい」

お任せでも問題なかったみたいで、お姉さんが笑顔で厨房《ちゅうぼう》に行ってしまった。

「お任せで良かったの？　そもそも、メニューも見てないのよ？」

「いいじゃないか。何が来るかお楽しみにしようよ」

まさか、予想を裏切って変な物は出してこないよね？

「まあ、いいわ。それにしても、さっきの男たちはウザかったわね」

「そうですね。視線が凄く気持ち悪かったです」

ああ、さっきのチンピラ二人の話か。

「たぶん、ああいう人たちがたくさんいるんだろうね。周りの人たちが『またやってるよ……』みたいな目をしてたから」

あそこにいた人は、誰も俺たちを助けようともせず、なるべく目を逸《そ》らして関わらないようにしていたな。

きっと、あれくらいのことは日常茶飯事《さはんじ》なんだろう。

「そうだったのですか……。これは、早急にどうにかしないといけませんね」

「うん、これから憲兵の数が増えるから徐々に減っていくと思うよ」

とりあえず、憲兵にはああいう輩《やから》には注意するように言っておかないとな。

「そうですか。憲兵さんには頑張って貰わないといけないですね」

そうだな。頑張って貰おう。

「あとは、この領地の条例でそういう奴らを処罰出来るようにしてみるよ」

うん……ナンパ程度なら許してやるけど、無理やり連れていこうとした時点で逮捕とかがいいかな？

「それなら、安心です」

「そうね」

「はい。お待ちどうさま。うち自慢のパスタだよ」

ちょうど話が終わると、さっきのお姉さんがパスタを運んできてくれた。うん、普通に美味しそうだ。お姉さんを信じて良かった。

「ありがとうございます」

「美味しそう～」

「それじゃあ、ごゆっくり」

「あ、待ってください」

俺はあることが聞きたくて、厨房に戻ろうとしたお姉さんを呼び止めた。

「なに？　どうしたの？　まだ何か注文するの？」

「違いますｇ。一つだけ聞きたいんですけど。お姉さんが感じる、この街の悪いところってなんですか？」

とりあえず、この街に長く住んでいそうなお姉さんなら何か知っているかも。

そう思って、とりあえず聞いてみた。

「変な質問をしてくるわね。そうね……街のはずれに行くと、スラムがあって……道端で生活している人が多いことかしら？」

スラムがあって、ホームレスが多いだと？

「そんなに多いんですか？」

こんなに栄えている街なのに？

「そうよ。あそこは特に治安が悪いから行かないことね。歩いていたらすぐに物を盗まれるわよ」

それは早急にどうにかしないといけないな……。

「そうなんですか……。ありがとうございます」

帰ったら、フレアさんに相談してみるか。フレアさんなら前から気がついていそうだけどな。

「私としては、親に捨てられてしまった子供たちをどうにかしてあげたいんだけどね……。数が多くてどうにも出来ないわ」

孤児が多いか……。これも治安悪化の原因だな。

「わかりました。ありがとうございます」

おかげで、やるべきことが見つかりました。

「いえいえ。それじゃあ、冷めないうちに食べてしまいなさい」

「あ、そうだった。いただきます！」

お姉さんに言われて、俺はパスタを一口食べてみた。

「うん、美味しい」

この領地の中心部で店をやっているだけはあるな。

「美味しいですね」

「美味しいわね」

「美味しいです」

三人も、美味しそうにパスタを食べていた。

「それにしても、いい情報を貰えたわね」

「うん、今の話を聞いて、これから何をやるかは決めたよ」

「何をやるんですか？」

「それは、帰ってから話すよ。とりあえず、今はこの料理を楽しもうよ」

お姉さんに言われた通り、冷める前に食べてしまわないとね。

それからすぐに、俺たちは食べ終わってしまった。

「ふう、美味しかった。それじゃあ、帰るか」

「え？　もうですか？」

俺の言葉に、リーナが驚いた顔をした。それはそうだろう。城を出て、少し歩いてお昼ご飯を食べただけなんだからね。

「うん。四人で街を観光するのは、もう少し治安が良くなってからだな」

「そんなにですか？」

「そんなにだよ。三人とも、気づいてる？　途中から僕たちのことをずっと追ってきている人たちに」

そう言って、俺は少し離れたところに座っている男三人組に目を向けた。

「はい。さっきからずっとあの人たちから視線を感じます」

どうやら、ベルは気がついていたみたいだ。獣人は、そういうのに敏感《びんかん》なのかな？

「え？　そうだったの？」

やっぱり、シェリーとリーナは気がついていなかったみたいだ。

「たぶん、三人のことを誘拐《ゆうかい》しようとか考えているんだと思うよ。そんなわけで、これ以上騒ぎを起こしたら目立ってしまいそうだから、帰ろうか」

あの三人組をどうにかするのは簡単だけど、これからまだまだチンピラがナンパしてきたりしそうだもんな……。

まさか、ここまで治安が悪いとは。やっぱり、フレアさんが言っていたことは正しかったってことだな。

「そんな……」

「今は、子供だけで歩くのは危ない街だけど、これから治安が良くなってからまた四人で遊ぼうよ。ね？」

これから良くしていくから、それまで我慢して？

「わかったわ……」

「うん、よしよし」

俺は手を伸ばしてシェリーの頭を撫でてあげた。

「あ、私も！」

「はいよ。よしよし」

リーナの頭も反対の手で撫でてあげた。二人とも、嬉しそうに笑っていて可愛らしいな。

「それじゃあ、帰ろうか。これから忙しいぞ～」

やることは見つかったから、後はとにかく頑張るだけだ！

第二話　孤児院を造ります

帰ってきた俺は、視察で感じたことをフレアさんに報告していた。

「街を歩いてみて思ったんだけど。フレアさんが言っていた通り、凄く治安が悪かったよ。それと、街の外れはもっと酷いみたいだよ。仕事がない人や孤児も多いみたい。仕事がない人のことは、また後で考えるとして、この街って孤児院いくつあるの？」

孤児院が無いってことはないだろうから、この街の人口が多くてたぶん数が足りてないんだろうね。

「そうでしたか。これは、早急に駐屯兵《ちゅうとんへい》を集めないといけませんね。それと、孤児院については今から調べて参ります」

そう言って、フレアさんは部屋にある書類を漁り始めた。そしてすぐに調べ終わり、俺の質問に答えてくれた。

「調べてみたところ、この街には一つもありませんでした」

一つもない⁉

「嘘でしょ？　この街、こんなに栄えているのに、一つも孤児院がないの？」

「はい。一つもありません。前管理者が経費削減という理由で壊してしまいました」

「またあいつか……」

本当にあいつは余計なことしかしないな……。

孤児院を壊していなければ、もう少しこの街の治安は良かったんじゃないか？　あいつ、もっと乱暴に扱っておくべきだったな……。

仕方ない、俺が孤児院を造るか。

「わかった。そうだな……ゴッツの屋敷を改装して孤児院にしよう。ゴッツの家で働いているメイドさんたちには、孤児院で働いて貰《もら》えるように頼んでみるよ」

「わかりました。改装の手配をしておきますか？」

「いや、手配しなくていいよ。あそこは、金庫もあるから、俺一人で創造魔法を使って改装するよ」

それに、そっちの方が早く終わるからね。金を使わないのは良くないかもしれないけど。

「わかりました。孤児院の子供たちはどうやって集めますか？」

「ひとまず、俺がある程度は集めるよ。駐屯兵の数が増えたら、そっちにお願いしようかな。あ、それと、孤児院に入れる年齢は、十四歳までだな」

ベルも、十歳の時には孤児院を出されたと言っていたからな。たぶん、これくらいの年齢設定にしておけば問題ないだろう。この世界では十歳から働けるらしいけど、流石に十歳で外の世界に出すのは可哀そうだからね。

「わかりました。駐屯兵が集まり次第、その仕事を依頼したいと思います」

「うん、お願い。それじゃあ、ゴッツの屋敷に行ってくる」


俺は孤児院に転移すると、玄関にメイドたちを集めた。そして、これから行うことについて説明した。

「明日から、ここで孤児院を始めたいと思う」

「こ、孤児院？　ちょっと待ってください！　私たちはどうなってしまうんですか⁉　それに、明日から孤児院を始められる設備はここにありません！」

俺が説明を始めると、すぐにここのメイド長が問題点を指摘してきた。

ちなみに、ここのメイド長には、奴隷の首輪が着いている。これは、奴隷好きのゴッツがいつも傍にいるメイド長に奴隷を選んだ為のようだ。

「まあ、落ち着いて。ちゃんと説明するから」

「あ、すみません」

俺の言葉に、メイド長は我に返ってすぐに謝ってきた。

「いいよ。不安になるのは当たり前だから。それじゃあ、説明を始めるね。まず、あなたたちについてなのですが……ここで、子供たちのお世話をして貰えないでしょうか？　お願いします」

俺は、そう言って説明の初《しょ》っ端《ぱな》から頭を下げた。先に同意を貰ってからの方が、説明が楽だからね。

まあ、もし断られたとしたら説明を続けられなくなってしまうのだが……。

「あ、頭を上げてください。貴族が庶民なんかに頭を下げるなんてことはしてはいけません！」

「いえ。貴族とか関係なく、俺はお願いをしている立場なので」

だって、メイドの仕事を辞めて貰うしかないんだからね。俺の勝手な決断で仕事を変えるなんて、本当に申し訳ないと思う。でも、メイドさんたちがやってくれないと、すぐには孤児院を始められないんだ。

「本当に変わった方ですね。私たちの主も、レオンス様みたいな方だったら、どんなに楽だったか……」

うん、ゴッツの世話は凄く大変だったろうね。

「それに関しては、ご苦労様としか言いようがないね。まあ、今頃あいつは、帝都で裁《さば》かれているよ。

……それで、孤児院で働いてくれるのかな？」

「はい。働きますよ。ゴッツ様の世話よりも、子供の世話の方が楽ですから。それに、メイドは子供の世話も仕事の内ですよ」

俺が慎重に聞くと、メイド長は思っていたよりも快《こころよ》く承諾《しょうだく》してくれた。

そして、メイド長が他のメイドたちに確認すると、皆が頷いた。まさか、こんな簡単に承諾してくれるとは……。

「皆もいいよね？」

「ありがとう。それじゃあ、屋敷の改装を始めようかな……と、思ったけど、その前に奴隷のままだった人たちを解放しないと」

さっきから話していて、メイド長の首輪が気になって仕方ない。

「え？　私たちを解放してくれるのですか？」

「うん。手を出して」

「ちょっと待ってください。私は、いいです。他の子たちを解放してあげてください」

俺が手を差しのべると……メイド長はそう言って、俺の手を両手で丁寧に押し返した。

「いいけど……理由を聞いてもいい？」

どうしてだ？　断る理由なんてあるか？

「えっと……私、今はレオンス様の奴隷なんですよね？」

「そういえば、そうだね」

ゴッツの財産は全て俺の物になったから、ゴッツの奴隷で財産であった彼女たちは、俺の奴隷になったのだ。

「なら、いいです。私、レオンス様なら、奴隷のままでいいです」

「え？　何で？」

俺の奴隷でも、奴隷なのは変わりないよ？

「ふふ、秘密です。あ、子供たちに奴隷だからといって差別しないことを教えるためですね」

いや、後から誤魔化《ごまか》しても最初に秘密って言っちゃってるから！

「それ……今思いついたでしょ？　まあ、いいや。解放して欲しくなったら、いつでも言って」

ほんの数秒でその首輪を外してあげるから。

「はい、わかりました」

「それじゃあ、他の人で解放して欲しい人は、俺のところに来て」

他のメイドたちは、自由になりたいだろうと、思ったら……。

「あの……私も解放しなくて大丈夫です」

「私も……」

「私も……」

全員に断られてしまった。

マジか……皆、メイド長と同じ理由なのかな？

「え？　まあ、いいなら、いいけど……。そ、それじゃあ、改装を始めるか。じゃあ、これでとりあえず解散」

そう言ってメイドたちへの話を終わらせ、屋敷の改造を始めることにした。

「とは言ったものの……どんな設備が必要なんだろう？　あ、孤児院出身のベルに聞いてみるか」

そうだ。孤児院で育ったベルなら、きっと何が必要なのか知っているはず！

そう思った俺は、ベルのところに転移した。

「ベル、ちょっといい？」

「「きゃあ！」」

俺が転移すると、目の前で二人の女性が悲鳴を上げながら、尻もちをついた。

「あ、びっくりさせちゃってごめん。あなたは……」

ベルと一緒に尻もちをついていたのは、俺が助けたエルフの女性だった。

そして、辺りを見渡して見ると、俺が転移した場所が、元違法奴隷たちが暮らしている部屋だということがわかった。

どうやら、俺はやってしまったようだ。

「私は、アンヌと申します」

俺が部屋を見渡していると、エルフの女性が名前を教えてくれた。

「わかった。アンヌさんね。俺のことは、レオと呼んで。それじゃあ、俺はここから出るよ。ちょっと、ベルを借りていくね」

男性恐怖症の人たちの中に、俺がいるのもまずいので、ベルの手を掴んで部屋から出ることにした。しかし、すぐにアンヌさんに止められた。

「ま、待ってください。レオ様なら、ここの女性たちは怖がりませんので、気にしなくて大丈夫です」

「え？　そうなの？　本当に？」

無理してそんなことは言わなくていいんだよ？

「はい。私たちは、レオ様に助けて貰ったことを感謝してますから」

「本当に大丈夫？」

俺がしつこいくらい確認すると、周りにいた皆が静かに頷いた。

「わかったよ……。それじゃあ、ここで話をさせてもらおうかな」

もしかしたら、何かアンヌさんたちに意見を貰えるかもしれないからね。


元違法奴隷の女性たちの前で、俺はベルに頼みたいことの説明をした。

「……という理由で、これからこの街で孤児院を造るんだけど。何が必要なのかわからないから、ベルに聞きながら造ろうと思って来たんだ」

「そういうことですか。それなら、喜んで手伝います。どのくらいの大きさの孤児院を造るんですか？」

「ゴッツの家を改造して孤児院にしようと思っているんだ。あそこなら、たくさんの人が暮らすことが出来るでしょ？」

「そんなに大きな孤児院を造るんですか？　そんなたくさんの子供たちを、いったい誰が面倒をみるのですか？」

確かに大きいけど、この街の人口を考えると妥当な大きさだと思うよ？

「新しく造る孤児院では、元々ゴッツの屋敷で働いていたメイドたちに働いて貰うことにしたよ」

本当、メイドさんたちがすぐに快諾してくれて良かった。新しく募集するとなると、時間がかかって大変だっただろうからね。

「そうなんですか、わかりました。それじゃあ、向かいましょうか。必要な物などは、あっちに行ってから色々と言っていきます」

「うん、ありがとう。皆も、ベルを連れ出しちゃってごめんね」

俺は、転移する前に皆に謝った。ベルとリーナだけが皆の心の拠《よ》り所だから、ベルを連れていってしまうのは可哀そうだよな……。

あ、そうだ。行く前に、リーナに皆と一緒にいるように頼んでおくか。

「大丈夫です。そこまで心配して頂かなくても大丈夫です。それより、今話していた孤児院の話ですが……」

「ん？　孤児院がどうしたの？」

何か、彼女的に問題点とかがあったのかな？

「私も、そこで働かせて貰えないでしょうか？」

え？　あ、そういうこと？

「だ、大丈夫なの？　まあ、あそこは女の人しかいないし……そうだね。うん、思ったよりも働く環境としてはいいかも。わかった。働いてみなよ」

あそこなら、子供以外の男は入ってこないからな。後で、門番も女の人に変えておこう。

「いいのですか⁉　ありがとうございます！」

「あ、あの……」

「わ、私たちも……」

アンヌさんが許可されたのを見て、他の人たちも申し出てきた。

「皆も？　わかった。それじゃあ、これから皆で行くか。それじゃあ、どこでもいいから俺に触って」

まあ、メイドさんだけだったらどうせいつか子供が増えていったら人手不足になっていただろうから、二十人くらい増えても大丈夫だろう。

そんなことを思いながら、俺は皆と一緒に転移した。


「着いたよ」

転移して来たのは、元ゴッツの屋敷の広い庭だ。

「外だ～」

「久しぶりのお日様だ……」

「風が気持ちいいです」

これまでずっと、監禁されていて、解放されてからもカーテンを閉め切って部屋に籠《こも》っていたアンヌさんたちは、久しぶりの外にそれぞれ喜んでいた。

「皆、嬉しそうだね」

「はい。これまで、ビクビクしながら部屋に籠っていましたからね」

アンヌさんたちを見て、ベルも嬉しそうにしていた。

まあ、ベルはずっと彼女たちと一緒にいたから、俺以上に嬉しいだろうね。

「これまで辛かっただろうな……。これから、良くなるといいね」

「そうですね」

「それじゃあ、屋敷の改造を始めるか。屋敷を見て回りながら、必要な物があったら言って」

そろそろ改装を始めないと、今日中に孤児院が完成しそうにないから話をそっちに移した。

「わかりました」

ベルの返事と共に屋敷に向かって歩き出すと、アンヌさんたちが慌ててついてきた。

「ん？　ここにいていいよ。終わったら、ここに戻ってくるから」

俺がそう言うと、アンヌさんは凄く悲しそうな顔をした。

「いえ、まだ私たちだけでいるのは不安なので……」

「あ、ごめん。そうだよね。それじゃあ、一緒に屋敷を見て回ろうか」

よく考えたら、そうだよね。気がつけることなのに、俺は本当に馬鹿だな。

頭の中で反省をしながら屋敷に入ると、ここのメイド長が出てきた。

「あ、レオンス様。そちらの方々はどうしたのですか？」

「えっと……。まずこっちから説明しよう。この子は、俺の専属メイドで……他の子たちは、これからここで働いて貰う人たちだよ」

「そうですか、わかりました。私は、ここでメイド長をしているカミラと申します。これから、よろしくお願いします」

俺の説明を聞くと、メイド長はすぐにベルやアンナさんに向けて自己紹介をした。

「よろしくお願いします」

「よ、よろしくお願いします」

カミラさんの挨拶《あいさつ》に、ベルとアンヌさんが答えた。他の人は、まだ相手が女性でも初対面の人とは話すことが難しいみたいだ。少しずつ、ここのメイドさんたちを相手に慣れていって貰おう。

「それじゃあ、ベルとこの屋敷を改造してくるよ。カミラさん、皆と一緒にいてくれる？　それと、他のメイドたちもここに集めて」

「はい、わかりました」

「皆も、これから働く場所の仕事仲間なんだから、今のうちに仲良くなっておきな」

これからここで働くなら、カミラさんやここにいるメイドたちと仲良くならないとやっていけないからね。

「は、はい」

うん、大変だろうけど頑張れ！

「じゃあ、行ってくるよ」

メイドが集まってきたところで、俺とベルは屋敷の見回りを始めた。

「まずは、寝る場所の確保だと思うんだけど。どう？」

たくさんの子供たちがここで生活するためには、それだけベッドの数が必要だよね。

「はい。この屋敷を目一杯使うのでしたら、たくさんのベッドが必要だと思います。それと、皆で食事をする食堂が必要だと思います」

　確かに、皆で食べる場所が必要だな。

「そうだね。食堂は、パーティー会場があるから、そこを食堂に変えてしまおう。あと、メイドさんたちの部屋と金庫に繋がる部屋以外で使っていない部屋は、全部寝室にしちゃおうか」

　この広い屋敷に住んでいたのはゴッツだけだったから、使っていなかった部屋が山ほどあったみたいだ。本当、税金の無駄遣いだよな。

「そうですね」

「他に、何か必要な物はある？」

「えっと……出来れば、でいいのですが……。勉強をしたり、本を読んだりする部屋が欲しいです」

　あ、忘れてた！　ベッドを造るだけじゃダメじゃん！

「そういえば、そうだね。学びが無いと、自立できないな。よし、本は帝都でたくさん買い占《し》めてくるとして、勉強……を教える先生は、どうしようかな……」

　これから、先生を募集するしかないかな？

「ここにいるメイドの中に一人は、教えられる人がいると思います。それに、アンヌさんたちなら、魔法や体術も教えられると思います」

「確かに、エルフなら魔法が得意だし、獣人なら体術が得意だもんな」

　よく考えたら、エルフに魔法を子供の頃から教えて貰えるなんて凄い贅沢《ぜいたく》だよね。

「はい。ここで戦い方を学ぶだけでも、冒険者として生活していけると思います」

　そうだよね。戦い方も知らないで冒険者になるよりも、格段に成功率、生存率が上がるだろうからな。

「確かにな。それに、強かったら、俺の騎士団に加えてもいいし」

将来、俺が造るかもしれない騎士団に加えようかな。あとは、勉強を頑張って貰って、俺の文官《ぶんかん》になって貰うのもいいな。

よし、教育を充実させないとだな。

「いいですね。帰ったら、アンヌさんたちに聞いてみましょうか」

「うん、改造が終わったら聞いてみるか。よし、それじゃあ改造を始めるぞ！」

そんなことを言いながら、一つ目の部屋を覗いた。

「まずは一階からだな。この無駄に広い応接室は要《い》らないから、ここは図書室にするか」

応接室にある机や椅子を材料にして、本棚をたくさん創造した。これだけあれば、たくさん本を買ってきたとしても大丈夫だな。

「次、厨房は……たくさんの料理を作らないといけないから、スルーでいいな」

元々大きいから、大丈夫だろう。

次の部屋は風呂だった。

「この風呂は……壊さないでおこう。お風呂は、身も心も癒《いや》してくれるからね」

お湯が出てくる魔法具《まほうぐ》のところだけ改造して、風呂場は後にした。

「その次、ここら辺は、メイドたちの部屋だな。ここは触らないで、先に進もう」

これまで暮らしてきた場所だから、変に変えるよりはこのままの方がいいだろう。

「で、メイドたちの部屋の奥にあるのが、例の地下に行ける階段が隠されている部屋だね。ここは、俺やベル、リーナが泊まった時に使う部屋にしよう」

ここは、立ち入り禁止にしておいて、俺たちだけが入ることが出来る部屋にしておこう。

「よし、二階に行くぞ！」

二階に行くと、誰も使っていない部屋が並んでいた。

「まずは、無駄な部屋たちを寝室に変えていきま～す」

部屋の中に、二段ベッドを二つ創造して回っていく。二段ベッドにしたのは、ちゃんと部屋で遊べるようにするためだ。部屋がベッドだけで埋まっていたら、病院みたいだからね。

「そして、この凄く無駄なゴッツの部屋は、机とかを取っ払って自由に遊べるスペースにしよう」

部屋に置いてある高そうな机や椅子を材料にして、積み木や人形など、室内で遊べるようなおもちゃを創造した。

「最後に、ゴッツの無駄に広い寝室は……改造して教室にしてしまおう」

大きなベッドを材料に、机や椅子《いす》、黒板を創造した。

「ふう、終った。こんな感じでいいかな？」

全ての部屋の改造が終わった俺は、ずっと後ろで見ていたベルに確認した。

「はい。大丈夫だと思います。後は、必要に応じて変えていけばいいと思います」

「そうだね。それじゃあ、急いで皆のところに戻るか」

皆、玄関で待たせているからね。

「終わったよ。どう？　少しは仲良くなった？」

戻ってくると、アンヌさんたちは、ここのメイドたちと普通に会話をしていた。うん、他の人たちもメイドさんたちと見た感じは仲良くなれているな。

「はい。大丈夫です」

「それは良かった。あ、一つだけ聞きたいことがあるんだけど、この中で、子供たちに勉強を教えられる人はいない？」

「私、出来ます」

その声と共に、カミラさんを含む何人かのメイドたちが手を挙げた。

「お、やった～。これから、子供たちに勉強を教えて貰ってもいい？」

「はい。わかりました」

やったー!! 本当、ゴッツのメイドたちが優秀で助かった～。

「よし。あとは、魔法を教えられる人はいない？」

「はい」

返事をしたアンヌさんと共に、三人のエルフが手を挙げた。

「良かった。これから四人には、子供に魔法を教えて貰ってもいい？」

「はい。大丈夫です」

「良かった。あとは……体術や剣術や弓の使い方を教えられる人はいない？」

『はい！』

これには、たくさんの人が手を挙げた。皆、何かしら護身術を身につけているんだね。まあ、この街の治安を考えたら不安だもんな。

「たくさんいて良かった。それじゃあ、頼んだよ」

『はい』

「よし。それじゃあ、改造が終わった部屋を説明していくから、皆ついてきて！」

それから、俺は皆に部屋を見せながら説明していった。

第三話　子供たちを勧誘します

「おい、ここがどこかも知らないで、馬鹿が一人で来たぞ」

「本当、馬鹿だな。お前、ここがスラムだってことを知らないのか？　お前みたいな子供がここに来たら、ダメだろ？」

「いや、どう見てもお前たちの方が年下だろ……」

現在、俺はスラムにて、ニヤニヤと笑われながら少年たちに囲まれていた……。

狙い通りだけど、なんかな……。

孤児院の準備も終わった俺は、肝心《かんじん》の孤児たちを呼び込むことにした。

それで、十分前くらいに孤児たちを探す為にスラムに入ったら……もう向こうからすぐにやってきてくれた、ってわけだ。

「本当、探す手間が省《はぶ》けて良かったよ。君たち、孤児院に来ない？」

いや～見つけるのに時間かかるかな？　とか思っていたけど、案外すぐに見つかるもんだね。その分、治安が悪いってことだから嬉しくはないけどね。

「はあ？　何を言っているんだこいつ？　なんかこいつ、気持ち悪いから、さっさとボコさない？」

「ああ、そうだな。よし、ボコボコだ！」

俺がせっかく優しく話しかけているというのに、少年たちが問答無用で殴り掛かってきた。はあ、なるべく平和的な交渉をしたいんだけどな……。

「おいおい、すぐに手を出すなんてダメじゃないか。これは一回、痛い目にあった方がいいかな？」

とりあえず、口で脅《おど》してみた。

「さっきからぶつぶつと独り言《ひとりごと》を言って気持ち悪いんだよ」

独り言じゃないし！　お前らが俺の話を聞かないから独り言になってるんだろ！

と、文句を言いたかったんだが、リーダーらしき少年が一番に殴りかかってきた。

「それは悪かったね。君たちをどうやって勧誘しようか考えていたんだよ」

君たち、普通に説明しても簡単に了承してくれそうにないじゃん？

そんなことを思いながら、仕方ないからリーダーらしき少年の腹にカウンターを優しく入れた。

「グハ！」

少年は、腹を押さえて倒れた。うん、少し大人しくしていようか。

「はい、次！」

リーダーらしき少年を倒した俺は大きな声を出して、他の子供たちを威圧《いあつ》した。

「こ、こいつ、強いぞ！」

「ど、どうする？　逃げる？」

「逃がさん！」

おいおい、逃げられたらまた探さないといけないだろ！

俺は慌てて、逃げようとした少年たちを優しく足止めをした。

「くそ……。お前、どうしてそんなに強いんだよ！」

全員が腹を押さえながら倒れている中、リーダーらしき少年が腹から声を振り絞《しぼ》るように問い掛けてきた。

「さあね。それより君たち、孤児院に来ないか？」

「お前、さっきもそんなことを言っていたよな……。孤児院なんて、どこにあるんだよ？」

お、興味を持ってくれたみたいだ。

「俺が新しくこの街に造ったんだよ。ただ、肝心の子供がまだいないんだ」

「お前が造った？　お前は一体、何者なんだ……？」

「さあね。それより、どうするの？　正直、ここで生活し続けるのは大変でしょ？」

見た感じ、着ている服もボロボロだし、少し痩《や》せ気味で栄養が足りていないようだ。どう見ても、長生き出来そうな見た目はしていない。

「ああ、大変だよ。こうして、人から奪い取らないと生きていけないし、俺たちも襲われる危険性もあるからな」

やっぱりね。それじゃあ、話が続けやすいな。

「そうか。それなら、孤児院で生活することをお勧《すす》めするよ。ちゃんとした栄養も取れるし、温かいベッドで寝ることも出来る。それに加えて、勉強を教えて貰える」

「勉強……？　そんな物、何の役に立つんだ？」

まあ、ここで生活していたらわかんないよね。

「役に立つどころじゃないよ。生きていくのに絶対必要な力だよ。結局、頭が良くなければ、孤児のお前たちに仕事なんて回ってこない。たとえ、冒険者になったとしても、すぐに騙《だま》されて奴隷にでもされてしまうだろうよ」

世間知らずの人を騙すなんて、本当に簡単だからな。

「そ、そうなのか？」

「ああ、そうだ。俺は、悪い人に騙されて奴隷にされてしまった人を何人も見たことがある。お前たちも、このままだとそうなってしまうだろうよ」

「そ、そんな……」

俺の言葉に、少年たちは不安そうな顔つきになった。

「さあ、どうする？　今なら、魔法や剣術も教えて貰えるぞ」

「魔法も教えて貰えるの⁉」

そんなに魔法に反応するか？　いや、普通か。最近、魔法は生活の一部みたいになっているけど、庶民は魔法を習うことすら出来ないんだった。

「そうだ。魔法の先生がたくさんいるぞ。それで、どうする？」

頼む、承諾してくれない？

「お前を信用していいのか？」

まあ、騙されて奴隷になるなんて言ってしまったらそうなるよな……。

「いいとも。と、言っても信じて貰えないよな？　それじゃあ、リーダーの君が俺と様子を見てから決めるのはどう？」

孤児院で生活するかどうかは、その後に決めて貰えればいい。

「わ、わかった。俺を連れていけ！」

「ビル、本気か？」

リーダーらしき少年が立ち上がると、他の少年たちがすぐに少年のことを止めようとした。

「ああ、どうせ。このままでも、こいつから逃げることは出来ないだろ？」

「で、でも……。お前、キャシーはどうするんだよ？」

キャシー？　彼女か妹がいるのか？　そういえば、女の子が見当たらないな。

「俺が帰ってこられなかったら、お前たちに任せる。そん時は、俺の代わりに謝っておいてくれ」

そう言って、ビルは俺のところまで歩いてきた。

「おい、嘘だろ！　ビル！」

他の少年たちはまだ起き上がれないので、必死に声だけでビルを止めようとした。

なんか……俺、悪役みたいになってるぞ……。先に襲《おそ》ってきたのは君たちだよ？

「そんなに心配する必要ないって。ちゃんと戻ってくるから。それじゃあ、ここで待ってろよ？」

一応、皆のことを落ち着かせてから、俺は孤児院に向けて転移した。

「よし、着いた。ここが、これからお前たちが暮らす場所だ」

孤児院の庭に転移してきた俺は、ビルに建物の紹介をした。

「う、嘘だろ？　一瞬で場所が移動した？　ほ、本当、お前は何者なんだ？」

まあ、俺のことも知らないんだし、転移のことも知らなくて当然だよね。

「まあ、そんなことはどうでもいいじゃないか。それより、建物を見た印象はどう？」

「えっと……。こんなに大きな家、初めて見た」

そうだろうよ。この街で、城の次に大きな建物なんだからね。

「これからたくさんの人がここで暮らすからね。大きくないと仕方ないんだ。それじゃあ、中に入ろうか」

そんなことを言いながら、俺はビルと一緒に屋敷の中に入った。

「まず、一階から説明していこう。最初の部屋は、図書室だ。ここにある本なら、好きに取って読んでいい」

元々応接室だった部屋で、俺が創造した本棚には、帝都で買い占めた様々な本が並べられている。

「本？　俺、文字なんて読めないぞ」

そういえば、そうだったな。本は必要なかったかな？　まあ、そのうち読めるようになるでしょ。

「それじゃあ、勉強して覚えるんだな。読書は楽しいぞ～」

「わ、わかった」

「そしてここが、君たちが食事をする食堂だ。毎日三食出てくるぞ」

大きな食堂を見せながら、そんなことをビルに向けて説明した。

「三食も？」

「そうだよ。遠慮せずに食べていい。次が風呂だ。ここで毎日体を洗える」

うん、これだけ広かったら、たくさんの人が入っても大丈夫だろう。

「風呂まであるんだ……」

「それと、ここから先はここで働いている人たちの部屋だから、子供は立ち入り禁止だ」

メイドたちの部屋がある区域の前で、ビルに言い聞かせた。

「ここで働いている人たち？　さっきから、すれ違う女の人たちのことか？」

「そうだよ。彼女たちが、これからお前たちの面倒を見てくれる。それじゃあ、二階に行くぞ」

一階の説明が終わったので、俺たちは二階に移動した。二階にあるのは、子供たちが寝る場所だ。

「ここが、お前たちが寝る場所だ」

「ほ、本当にベッドだ……」

うん、外で寝ている君たちからしたら、二段ベッドでも寝心地は感激ものだろうよ。

「そうだ。それじゃあ、次の部屋に行くぞ」

「ここは、自由に遊べる部屋だ。ここにある物は自由に使っていい」

積み木やボールなどの遊び道具を指さしながら、俺はビルに説明した。

「これは……キャシーが喜びそうだな」

ビルは、ぬいぐるみを見ながら嬉しそうに笑った。もしかするとキャシーって、妹なのかもな。

そんなことを思いながら、俺は最後の部屋に案内した。

「そして、ここが勉強する場所だ。ここで、たくさんのことを学べ」

「ここで勉強をするのか……。わかった。これで、終わり？」

「ああ、そうだ。あとは、この広い庭で自由に遊んでいい。それじゃあ、戻るぞ」

そんなことを言って、俺は元いた場所に転移した。

「うわ！」

戻ってくると、少年たちは驚いた声を出した。

「驚かせてしまってごめんね。で、ビル。俺のことを信用してくれるかな？」

お願い、信用してくれ！　信用してくれなかったら無理やり孤児院に連れていかないといけないんだ！

「ああ、信用する。これから、世話になるよ」

良かった〜〜。

「それは良かった。それじゃあ、行こうか」

よし、この調子でどんどん勧誘していくぞ！

「待ってくれ！　俺たちには妹や弟がいるんだ」

俺が次のことを考えていると、ビルがそんなことを言ってきた。

あ、忘れていた。キャシーちゃんだよね？

「ああ、そうだった。それじゃあ、君たちの兄弟がいるところに案内してくれ」

まとめて転移した方が楽だからね。

「わかった。こっちだ」

それから、ビルにスラムを案内して貰った。

移動中に思ったんだが、道端で生活している子供が思っていた以上に多い……。後で勧誘しないとだな。

そして、ビルたちが生活している場所に到着した。

「あ、兄ちゃんたちが帰ってきた！」

到着すると、四、五歳くらいの子供たちがビルたちに駆け寄ってきた。

「兄ちゃ～ん！」

ビルも、キャシーちゃんらしき子に抱きつかれていた。

「ただいま」

「おかえり。後ろにいる人は誰？　新しい仲間？」

「まあ、そんなもんだよ。新しいアジトを提供してくれるんだとよ」

アジト？　まあ、間違っていないか。

「え？　また、引っ越し？」

「そうだな。でも、これで最後の引っ越しだよ」

うん、孤児院なら大人になるまで出ていく必要はないからね。

「そうなの？　やったー!!」

可愛い妹だな。俺、弟も妹もいなかったから、少し羨《うらや》ましいかも。

「それじゃあ、いいか？」

「ああ、いいぞ」

「それじゃあ全員、俺に掴まって」

俺は皆を連れて孤児院に転移した。

第四話　子供たちとの交流

孤児院が始まってから一週間が経った。

あれから、ビルたち以外にもたくさんのスラム街にいる子供たちを少しずつ優しく説得していった。

それと、豪華《ごうか》な孤児院が出来たことを聞きつけて、自らやって来る子供たちが何人もいた。そんなこんなで、七十人くらいの子供たちが現在、孤児院で暮らしている。

そして今、俺たちは孤児院に来ていた。俺たちというのは、シェリー、リーナ、ベルがついてきたからなのだが……。


孤児院に転移すると、アンヌさんと子供たちが庭に集まっていた。

「よお。お前たち、元気にしていたか？」

「あ、レオにい！　元気にしていたよ。後ろの人たちは誰？」

あれから、仲良くなれたおかげで皆から、『レオにい』と呼ばれるようになった。

本当、最初は警戒されて大変だったけどな。一週間、毎日遊んでなんとか仲良くなれた。

「もしかして、レオにいの彼女？」

俺が皆と仲良くなれたことを喜んでいると、子供たちがシェリーたちを見ながらキャッキャやっていた。

子供って、そういうの好きだよね。まあ、俺も子供だから兄さんたちに同じことをした覚えがあるけど。

「うん？　まあ、そんな関係かな」

婚約者だし、間違っていないだろ。

「うわ～。レオにい、こんなに美人な人、しかも三人も自分の女にしてるの？　やるね～」

おいおい、自分の女なんて汚い言葉使っちゃいけませんよ。まあ、いいか。

「ああ、羨ましいだろ？」

ちょっと調子に乗ってふざけてみた。すると、ビルの妹であるキャシーが真顔で近づいてきた。

「キャシー、どうしたの？」

「レオにい、ちゃんと一人一人平等に愛してあげないと駄目だからね？」

かわいいキャシーから想像も出来ないような重い言葉が飛んできて、俺は何も言い返せなかった。

「お、おう……」

「ねえねえ。どれが皇女様なの？」

今度は、一人の男の子が俺に近づいてきて、耳元でそんなことをささやいた。

「ん？　皇女様なんて誰から聞いたんだ？」

「アンヌ先生から聞いたんだ。レオにい、偉い人なんでしょ？」

ああ、アンヌさんか。

アンヌさんは、子供たちに勉強や魔法を教えたりして、積極的に子供たちと関わっている。そのおかげもあって、子供たちはアンヌさんのことを凄く信用しているんだよね。

「そんなことないさ。お前たちと同じ人間だよ」

「そうなんだ。それで、お姫様はどれなの？」

「どれだと思う？」

「うん……一番右」

一番右には、リーナがいた。

うん、リーナの方が大人しそうだからそう見えるよね。

「惜《お》しい。真ん中だ」

「そうなんだ……やっぱり、美人だね。将来、結婚するんでしょ？」

「う、うん、そうだね」

まだ断言は出来ないけど、俺はそのつもりさ。

「それじゃあ、レオにいが皇帝になるの？」

え？　アンヌさんは、そこまで教えたの!?

「いいや。彼女のお兄さんが皇帝だよ」

「そうなんだ。それにしても、皆美人だよね」

「まあな。それで、今は何をしていたんだ？」

「アンヌ先生に魔法を教わっていたんだ」

なるほどね。それなら、シェリーとリーナも手伝える。二人とも、子供たちと仲良くなりたいって言っていたし、ちょうどいいな。

「そうだったのか。アンヌさん、何か手伝うことはない？」

「いえ、特には……。あ、属性を鑑定出来る魔法具が欲しいです」

「属性を鑑定？　それなら俺が……いや、何でもない」

俺が鑑定すると言いかけて、俺は慌てて口を押さえた。危ない。鑑定が使えることは誰にも話していなかったんだっけ。まあ、鑑定が無くても魔法アイテムを造ればいいだけだからな。

「えっと……材料を持ってくるから待ってて。そうだ。シェリー、俺が戻ってくるまで、子供たちに魔法を見せてあげててよ」

すぐ戻ってくるけど、そっちの方が子供たちも退屈しないからね。魔法にもっと興味を持って貰えるし。

「わかったわ。任せなさい」

そう言って、シェリーが自分の周りにたくさんの魔法を出した。ああ、どうやらいつものあれをやるみたいだ。

「よし、それじゃあすぐ戻ってくるよ」

俺はシェリーが魔法を動かし始めたのを確認して、城に向けて転移した。


それから、すぐにリュックを持って戻ってきた。

「戻ってきたよ！　あれ？」

戻ってくると、全員が俺に背中を向けていた。皆の視線の先を見ると、シェリーが立っていた。

「お姉ちゃん！　さっきのもっと見せて！」

「もう一回見たい！」

「もう一回！」

どうやら、シェリーの魔法が気に入ってもらえたようだ。

「お願い！」

「しょうがないわね。あと一回しかやらないから、よく見ておくのよ」

シェリーは子供たちに褒《ほ》められ、嬉しそうに子供たちのお願いを聞いていた。

いつものように、シェリーはたくさんの魔法を自分の周りに作り出し、不規則に動かし始めた。皆の間を通ったり、空高く飛んでみたりと、その動きは凄く綺麗《きれい》だった。そして、最後は空に向けて魔法が打ち上げられて終わった。

『うわ〜』

子供たちは、シェリーの魔法を見て、歓声を上げっぱなしだった。

そして、終わってから一人の少女がシェリーに質問をした。

「お姉ちゃん凄いね！　僕たちも頑張れば、お姉ちゃんたちみたいになれる？」

「なれるわ。その代わり、たくさん練習しないといけないわ。私も、皆が想像できないくらいには努力をしたんだから」

だろうね。少なくとも、俺より魔力操作のレベルが高いんだから。

「そうだよね……わかった。僕、頑張ってお姉ちゃんみたいになる！」

シェリーに質問した少女は、何か考えるそぶりをした後、ニッコリと笑ってそう言った。

「私も！」

「僕も！」

「俺も！」

他の子供たちも、少女に続くように名乗りを上げた！

「人気者だな」

「あ、レオ」

「レオにいだ！　その鞄を取りに帰ったの？」

「そうだよ。これは、魔法の鞄でね。こんな風に、いろいろな物がたくさん入っているんだよ」

そんなことを言って鞄の中からぬいぐるみを出し、近くにいた少女に渡した。まあ、本当は出したんじゃなくてその場で創造しただけなんだけどね。

「うわ〜。凄い！　レオにいの魔法？」

違うと言いたいんだけど、ぬいぐるみを造ったのは魔法なんだよな……。

「え、えっと……俺の魔法は、今から見せてあげる」

夢を壊さないよう、なんとか誤魔化しておいた。

「レオにいの魔法って凄そう！」

「まあ、よく見ておけって」

そんなことを言いながら、俺は地面に手をついた。そして、広い庭の使っていない場所に、創造魔法で大きな建物を建てた。

それを見た子供たちは、数秒だけ何が起きたのかわからなくて固まっていた。

「……え？　これがレオにいの魔法？」

「そうだよ。それじゃあ、中に入るか」

そんなことを言いながら、俺は建物のドアを開けた。

「ひろ～い！」

中に入ると、学校の訓練所みたいな空間が広がっていた。

俺は、壁に的を造っていく。

「ここは、魔法の練習場だ。しっかりと魔力の制御《せいぎょ》が出来ないのに、魔法を外で使うと危ないからね」

家を壊したり、外に飛んでいって通行人に当たったりしたら危ないからな。

「そうなの？　でも、魔法でこの家が壊れないの？」

「心配ないよ。今から、その対策をしていくから」

そう言って、じゃらじゃらと魔石《ませき》をリュックから出した。

「うわ～。凄くきれ～い！」

「これは魔石だよ。お前たちもそのうち練習で使うさ。ねえ、アンヌさん？」

今は、魔力操作の練習をしているから、あと少しだな。

「そ、そんな高濃度な魔力が入った魔石、見たことがありません……」

アンヌさんは、魔石の魔力に驚いていて、俺の声が聞こえないようだ。エルフなら、これくらい作れそうだけどな。

そんなことを思いながら、俺は壁や天井、床を改造していった。

「よし、これでこの建物の中で魔法を使っても大丈夫だよ。シェリー、全力の魔法で試してみて」

改造が終わり、俺は的を指さしながらシェリーに試し撃ちを頼んだ。シェリーの魔法に耐えることが出来たら問題無いだろう。

「全力？　わ、わかったわ……」

シェリーはそう言うとポケットから杖を取り出し、的に向けた。そして、俺が想像していたよりもとんでもなく大きな雷の塊《かたまり》を造り出した。

「あ、それはちょっと不味《まず》いかも……」

あまりの大きさに、壁が壊れないか不安になってきた。壁を突き抜けて孤児院まで壊れるんじゃないか？

そして、俺が不安になる中、魔法は的に向けて飛ばされた。

「せい！」

ドオオン！

魔法は、凄い音と光を発しながら的というか壁に当たった。

そして……あまりの光につぶってしまった目をゆっくり開けていくと、壁が無事であることが確認できた。

「良かった……壊れるかと思った」

傷一つ無い壁を見て、俺はほっとした。

「凄いわね。どんな改造をしたの？」

えっと……。

〈吸魔《きゅうま》の壁〉

魔法が当たっても、一瞬で魔力を吸収する仕組みになっている

吸収した魔力は、壊れた部分の修復に充《あ》てる
創造者：レオンス・ミュルディーン

なるほどね。壊れても、直るのか。

シェリーのあんなに大きな魔法の魔力なら、この建物を一瞬で直せそうだもんな。

「当たった瞬間に魔力を吸収するようにしたんだよ」

「学校にある訓練所の壁と同じやつね」

「まあ、性能は全く違うんだけど」

あれは、限界以上の魔力が当たると壊れちゃうからね。

「よし、後はアンヌさんに言われていた鑑定が出来る魔法アイテムだね。素材は安定のこれだな」

そう言って、俺はリュックから大きなミスリルを取り出した。そして、すぐに創造魔法を使った。

「お、出来た」

〈鑑定の台座〉
台座に触った人の鑑定結果が台座に映し出される
鑑定結果は、自分の物しかわからない
創造者：レオンス・ミュルディーン

「よし、出来た。ビル、これに触ってみろ」

出来た物を鑑定して、近くにいたビルで試して見ることにした。

「え？　う、うん」

急に指名されたビルが戸惑いながら台座を触ると、台座が光り始めた。

「うわ！　なんか出てきた！」

「え？　何も見えないよ」

ビルが驚くように見る視線の先には何も無く、他の子たちが不思議そうにしていた。

「他の人からは見えないんだよ。それでビル、属性は何だったんだ？」

「俺、字が読めない……」

そういえば、そうだった。これ、失敗じゃない？　後で、改良しておくか。

「あ、そうだったな……。仕方ない、俺に見せてみろ」

と、言いながら、俺はビルに鑑定を使った。

ビル
レベル：1
年齢：7
種族：人族《ひとぞく》
職業：リーダー
体力：5／5
魔力：10／10

力：6
速さ：7
運：10
属性：無、火
スキル
なし
称号
なし
お、ちゃんと属性がある。
「無と火だな。頑張れば、手から火を出せるぞ」
そう言いながら、俺は手に火を造った。
「俺の手から火が……」
俺の手を見ながら、ビルがそう呟《つぶや》いた。
「レオにい！　私のも！」
「僕のも！」
そんなビルを見ながら、他の子たちが俺に集ってきた。
「わかったから。待てって！」
それから俺は全員を並ばせて、順番に鑑定をしてあげた。で、毎回俺が鑑定をしていたら意味が無いなと思い、俺かアンヌさんが許可した人なら鑑定結果が読めるようにしておいた。うん、これで問題解決だな。

第五話　少年リーダー

俺の名前は、ビル。歳は七だ。三つ下の妹がいる。

親は……もう忘れた。

俺が五歳の頃……金がなくなった糞親父《くそ》が、俺とキャシーを奴隷商に売ることを嬉しそうに、酒を飲みながら友人に話していた。

それを盗み聞きしてしまった俺は、迷わずキャシーを連れて逃げた。俺たちの人生が親父の酒代の為だけに狂わされるなんて、許せなかったからな。

ただ、家の外は思っていた世界とは違っていた。

毎日、一回飯を食えるかどうかだし、外で寝るのは寒いし……奴隷になった方が楽だったのでは？と思うことは何度もあった。

そんな生活を続ける中、俺と同じ境遇の人たちがスラムにいることを知った。それぞれ、自分または自分の妹や弟の為に必死で飯を探していた。

それを見た時、俺は全員で協力すればもっと楽なんじゃないかということを思いついた。

そして、俺は片っ端から自分と同じ境遇の奴らを誘っていった。楽に飯を食えるようになる、妹や弟が安全に暮らせる。そんなことを言ったら、全員が簡単に俺の提案に乗ってくれた。

こうして、俺たちのグループが出来た。

グループとしての主な活動は、複数人でスラムに迷い込んだ金持ちを襲って、金や食料を奪うこと。

一人だけだったら、これは出来なかっただろう。たくさんいれば、子供でも大人一人くらい簡単に倒せる。

この作戦は、成功した。全員が一日に二回飯を食っても大丈夫になった。

もちろん、悪いことなのはわかっている。でも、こうしないと俺たちは生きていけない。

生きるためなら、手段は選ばないのが俺の生き方だ。

そして……グループを結成して一年くらいが経った。

俺たちを真似したグループがいくつか出来、そこと何度もいざこざがあったりしたが、特に問題なく暮らしていた。

ただあの日、俺たちの人生が転換点を迎えた。

あの日は、いつも通りスラムに迷い込んできた奴を襲ってその日の食費を稼いでいた。そして、あと一人ぐらい襲えば今日のノルマが終わるだろうという時、あの人がやって来た。

見た感じ十歳くらいで、冒険者の格好をしているが服は綺麗だから、金は持っているだろう。

俺たちは最初、あの人の見た目から今日はラッキーだと感じた。金を持った子供なんて、カモでしかない。

そして……そんな油断しまくりの俺たちは、一瞬であの人にボコボコにされた。手も足も出なかった……。今まで、どんなに強い人が相手でも一人、二人くらいやられてしまうことはあっても、全員がやられることはなかった。だから、あの時の俺は気が動転してしまった。死を覚悟し、仲間を守らないといけないという考えが浮かび、とりあえずあの人に話しかけた。

すると、あの人は訳がわからないことを言い出した。

孤児院？　タダで飯が食える？　暖かいベッド？　ま、魔法まで教えて貰えるの？

いや、駄目だ。これまで、人を簡単に信用してはいけないってことを学んだではないか。

え？　俺だけ試しに？　くそ……どうする？

いや、犠牲が俺だけで済むなら十分か。お前たち、キャシーのことは頼んだぞ。

ん？　一瞬で場所が変わった？

え？　なんだこの豪邸は！

風呂も大きいし、本当にベッドがたくさんあるし、遊ぶ場所まである。こ、ここで俺たちが暮らせるのか？

おかしい！　どうしてこんなに待遇が良いんだ？　本当に何も裏が無いのか？

で、でも……もし、ここが本当に孤児院だったら？

それにこの人、悪い人じゃない気がする……。

うん……俺の勘がこの人を信用しろと言っている。

どうしよう……勘を当てにするか？　いや、待て。よく考えろ。

断ったとしたらどうなるんだ？

忘れてた。この人、とんでもなく強いんだ。しかも、一瞬で移動する手段も持っている。断ったところで、無理矢理連れて行かれるのがオチだろう。

仕方ない、今は従《したが》った方が賢明だろう。

それからあの人に従うことにして、キャシーたちと合流し、豪邸での暮らしが始まった。

他のグループの奴らもすぐにやって来たが、お互いに必要以上に関わらないようにしていた。喧嘩《けんか》になって何か罰を貰っても怖いからな、とりあえずお互いに大人しくしている。

この屋敷には、俺たちをお世話してくれるメイドさんたちの他に、何も話さない不気味な鎧兵《よろいへい》たちが巡回している。皆、この鎧兵にビビって大人しくしているのだ。メイドさんたちが言うには……ここを警備している人たちのようだが、どう考えても俺たちを監視しているのだろう。

それと、メイドさんたちの中に、首輪を着けている人たちがいた。たぶん、あの人の奴隷だ。

あとは……見慣れない耳や尻尾がついたメイドさんたちもいた。凄く綺麗な人たちで、どういう経緯でここに連れて来られたのかが、気になった。

そして、約束通り何もしなくても一日三回の食事が食べられるようになった。しかも、ただの飯じゃない。どれも、今まで食べたことのないような凄く美味しい料理だった。これには皆、ここで暮らしてもいいと思い始めてしまった。

ただ、俺だけはまだ信じないことにした。

皆が寝静まった頃……俺は、あの人に行ってはいけないと言われたエリアに侵入することにした。鎧兵に見つからないように隠れながら、バレないように目的の場所にたどり着いた。その場所は、あの人が言っていた通り、本当にメイドさんたちが暮らしている部屋が並んでいた。その中から、複数の声が聞こえる部屋を見つけたので、そっと覗き込んだ。

「とりあえず、初日お疲れ様！　皆、大人しくしていてくれて、助かったわ」

中には、首輪を着けた人が一人、耳が長い綺麗な人が一人、普通の女性が二人の四人のメイドさんたちがいた。どうやら、今日のことを振り返っているようだ。

「まあ、単純に怖がっているだけのような気がするけどね。新しい場所だから、緊張するのは当たり前よ」

「それに、レオンス様が置いていったゴーレムも怖いだろうしね」

「そうね。確かに、何も知らない子供たちからしたら怖いわね。無言で歩き続ける鎧なんて、ゴーレムと知っていても怖くて仕方ないわ」

ゴーレムとか、よくわからないことを言っているが、この人たち何か勘違いをしてないか？　俺たちは、あなたたちが思っているほど子供じゃない。怖がっているんじゃなくて、警戒しているんだ。

「でも、私たちには必要でしょ？　強盗とか入った時に私たちじゃあ、対処出来ないもの。それに、男の人をここには入れられないでしょ？」

どういうことだ？　鎧兵は本当に警備をしているだけだったのか？　それに、男を入れないってどういうことだ？　俺は男だし、鎧の中身は男じゃないのか？

「そうなのよね。そういえば、アンヌさんたちって男の子なら大丈夫なの？」

「大丈夫みたいです。今日一日、可愛い以外、特に何も感じませんでした」

なるほど。あの綺麗な人が男嫌いで、俺たち子供は例外だから中で暮らすことが出来ているのか。

「そう。それは良かったわ。確かに、子供たちは可愛かったわね。今まで、あの豚の世話をしていた時と比べたら、もう仕事が楽しくて仕方ないわ」

豚？　首輪を着けた女性は、今まで豚の世話をしていたのか。

「豚って……」

「別に、間違っていないでしょ？　あいつ、食うことと女のことしか考えていないんだもん。本当、レオンス様には感謝ね」

あ、そういうことか。豚って、豚のような人のことを言っているのか。大変な主人の下で働いていたんだな。

ん？　てことは……今の主人であるあの人に感謝しているのか？

確か、レオ様って言われていたから今の主人はあの人で間違いないだろう。

それじゃあ、あの人は本当にいい人なのか？　よくわからないな……。

「そういえば、カミラさんはどうしてまだ奴隷の首輪を着けているんですか？　レオ様に、取って貰うことも可能だったんですよね？」

首輪って取れるんだ……。というかあの人、自ら望んで首輪を着けてるの⁉

「そうね……どうしてなんだろう？　豚の奴隷をしていた時は、この首輪を凄く憎んでいたんだけど……。いざ、豚がいなくなって首輪を外して貰えるってなった時に、怖くなっちゃったんだよね」

怖い？

「何にですか？」

そう、何が怖いんだ？　奴隷なんて、他人に支配されているだけだろ？

「捨てられてしまう恐怖？　何というか……実は私、もう考え方が奴隷に染まっちゃっているんだよね。奴隷って基本誰かの所有物で、主人がいるでしょ？」

「はい」

「私は、ご主人様の所有物であることが生き甲斐みたいに考えるように奴隷商に調教されているの。あの豚の時は、主人がクズだったから、そこまで思わなかったんだけど……レオンス様っていい人でしょ？」

調教……。やっぱり、親父から逃げて正解だったな。

それにしても、レオンス様がいい人か……。

「はい」

「それを意識したら、レオンス様の所有物でいたいって考えるようになってしまったのよね。それで、首輪を外すのが捨てられた様な気がして怖くなってしまったの。どう？　納得した？」

「は、はい……。ちょ、調教ってどんなことをされたんですか？」

俺も凄く気になる。きっと、とんでもない内容なんだろうな……。

「聞かない方がお互いのためよ。これは、言う方も聞く方もいい気がしないわ。あなただって、奴隷だった頃のことは忘れたいでしょ？」

まあ、言いたくないよな……。え？　あの綺麗な人も奴隷だったの？

「そうですね……余計なことを聞いてしまってすみません」

どうやら、本当らしい。意外だな……。もしかすると、男嫌いなのもそれが原因か？

「謝らなくていいわよ。私も気になるような言い方をして悪かったわ。それじゃあ、今日のお喋りはこの辺にして、明日に備えてもう寝ましょうか」

「はい」

「さあ、明日も頑張るわよ」

「そうね」

それから、皆が立ち上がったのを見て、俺は慌てて自分の部屋に戻った。

たぶん、誰にもバレていないと思う。

《次の日》

孤児院に連れてこられて、二日目の朝になった。

初めてのベッドは、最高の寝心地だった。これを知ってしまったら、もう地べたで寝られないかもな……。

「ハイハイ！　全員、起きたら食堂に向かいなさい！　朝食の時間よ」

メイドさんの言葉に、全員が目を覚まして食堂に向かう。誰も、眠そうにしている奴はいない。毎日、朝早くから食料調達をしている俺たちからしたら、こんな時間まで寝ていられることすらありがたいことだった。

実際、いつもより長く寝られたから、体が軽く感じた。もしかすると、今まで疲労が溜まっていたのかもな。

朝食は、パンとミルクが配られた。どちらも、俺たちからしたら年に一回食べられるかどうかの高級品だ。

「そんなにチビチビ食べなくていいわよ。これから、毎日食べられるんだから。もっと、がっつりいきなさいよ。ほら！」

俺たちがもったいなくて少しずつ食べていると、昨日の夜に覗いた部屋にいた、首輪のメイドさんが笑いながら俺のパンを持って口に突っ込んできた。

「んん〜！」

俺は驚きつつも慌てて、口をもぐもぐと動かした。

「ふふ。ちゃんと食べられるじゃない。子供は、よく寝て、食べて、遊んで、勉強するのが仕事なんだから。遠慮するんじゃないわよ。いいわね？」

「……それと、昨日のことは許してあげるけど……今日の夜からはちゃんと寝ないと駄目だからね？」

皆に向かって話し終わった後、首輪のメイドさんが俺の耳元でボソッと呟いてきた。

「んぐ⁉」

俺は、その言葉にビックリしてしまったあまり、パンをよく噛まずに飲み込んでしまった。

「あ、喉に詰まっちゃったの？　ほらほら、大丈夫？　牛乳もちゃんと飲みなさいよ」

首輪のメイドさんが俺の背中をポンポン叩き、俺にミルクを渡すとニヤリと笑ってから他の子供のところに行ってしまった。

「ふう……」

まさか、バレていたとは……いつから気がついていたんだろうか？

とりあえず、今日の夜からは部屋から出られないと思っておいた方がいいだろう。

「お兄ちゃん、どうしたの？　辛そうな顔をしているよ？」

俺が悩んでいると、キャシーが心配そうに覗き込んできた。

「そ、そうか？」

俺は慌てて誤魔化した。これ以上、キャシーたちを不安にさせるのは良くない。

「うん。キャシーにはわかる」

「うん……環境が変わって少し気疲れしているのかもしれないな」

「そうなんだ……無理しなくていいんだよ？　もう、お兄ちゃんはご飯を探さなくていいんだから」

「そうは言ってもな……」

こんなに簡単に飯を食えるなんて……逆に裏がないか心配になってしまう。


それから、皆が食べ終わったのを確認すると、先ほどの首輪のメイドさんが皆の前に立って説明を始めた。

「ハイハイ。これから、三つのグループに分かれるわよ。まず、ビルくんのグループ。これから、勉強をするから二階の教室に向かって。次に、エルドくんのグループ。魔法の練習だから、外の庭に出て。最後に、アルスくんのグループ。中庭で剣や体術の練習よ。午後は自由時間だから頑張りなさい」

「それじゃあ、移動開始！」

号令と共に、皆が顔を合わせて話し始めた。

「ねえ、勉強って何をするのかな？」

「さあ？　文字を教えてくれるんじゃないか？」

あいつがそんなことを言っていたぞ。

「文字⁉　文字が読めるようになるのか？」

「どうなんだろうな？　とりあえず、言われた通りに教室に向かうぞ」

ここであぁだこうだ言っていても仕方ない。俺は仲間を引き連れて、二階の端にある教室に向かった。

「はい。それじゃあ、授業を始めますよ。好きな場所に座って」

教室に入ると……昨日の夜、俺が覗いた部屋にいた綺麗な人と、耳が猫みたいな人、普通のメイドさんがいた。

「授業を始める前に、私と後ろにいる二人の自己紹介ね。まず、私から。名前はアンヌ。エルフ族よ。まあ、種族の話は後で教えてあげるわ。私は、皆に勉強と魔法を教えるわ」

「私はラナ。見ての通り、獣人よ。皆には剣と体術を教える」

「私はクレラ。ただのメイドよ。皆の身の回りの世話が担当よ。勉強も教えられるから、遠慮せずに質問してね」

「これから、この三人が君たちビルグループの担当よ。基本、この三人のうちの誰かは一緒にいるから仲良くしてよね」

綺麗な人……アンヌさんは、そう言ってニコッと笑った。俺は思わず、その笑顔に見惚れてしまった。

「もう、そんなに硬くならないでよ。と、言っても仕方ないか。少しずつ慣れていくしかないわね。とりあえず、今日は文字の勉強をしていくわよ～」

俺たちが何も反応しなかったのが悲しかったのか、アンヌさんは少し悲しい表情をした。

でも、すぐに笑顔に戻り、俺たちに文字を教え始めた。

《三時間後》
「今日はここまで。この調子で頑張れば本が読める日もそう遠くないわね」

そう言って、アンヌさんが黒板に書いた文字を消していく。

うん、文字の勉強は楽しかった。街にあったあの文字はあんな意味があったんだ、など色々と勉強になった。これから頑張って、早く本が読めるようになりたいな。

そんなことを考えていたら、キャシーがアンヌさんに質問をした。

「本ってなに？」

あ、そういえば、俺はあいつに本を見せて貰ったから知っているけど皆は知らないのか。

「本って何？　えっと……うん……わかった。お昼を食べたら自由時間だから、その時に紹介も兼ねて本を読んであげるわ」

「やったー」

説明するのは無理だと判断したのか、アンヌさんが読んでくれることになった。


それから、昼食を済ませて適当な部屋で集まると、アンヌさんが本を持ってきた。

「これが本よ」

「うわ〜。文字が書いてある。これ、今日習った文字じゃない？」

キャシーたちが本を開いて、今日習った文字を見つけて喜んでいた。

「あら、よくわかったわね。えらいえらい」

「えへへ」

アンヌさんに褒められたキャシーは嬉しそうに笑っていた。

「それじゃあ、読むわよ。これから読むのは、この世界で一番有名な物語よ」

「へ～。どんな話？」

仲間の一人がアンヌさんに質問をした。

「それを今から読んでいくのよ。静かに聞いてなさいって。昔々……」

それから、アンヌさんが本を読み始めた。

内容は……。

魔界から魔王が攻めてきたから、人々が勇者を召喚して世界を救って貰おうとした。

それで、召喚された勇者はたくさんの試練を乗り越えながら、世界一の魔法使いである魔導師と、どんな傷でも治すことが出来る聖女と共に魔王に立ち向かうという話だった。

「……こうして、勇者は仲間たちと共に魔王を倒して世界を救いましたとさ。どう？」

「面白かった！」

「勇者かっこいい！」

「俺も魔王と戦ってみてぇ！」

アンヌさんが読み終わると、ちびっ子組が嬉しそうに物語の感想を口にしていた。

「そう、それは良かったわ」

「ねえ、魔王を倒した勇者たちはどうなったの？　もしかして、聖女と魔道師の二人と結婚したの？」

ああ、それは気になるな。あ、でも、本当にあった話じゃないのか？

「それは……」

「やあ、皆。元気にしているか？」

アンヌさんが何か答えようとした瞬間に、部屋の入り口から声がした。

「あ、レオンス様」

入り口に立っていたのは、あいつだった。

「アンヌさん、子供たちに本を読み聞かせさせてあげていたの？」

「はい。この子たちが本を知らないと言っていたので」

ん？　アンヌさんの口調が変わった？　それに、表情も少し硬くなった気が……。

「そうだったの？　本は面白いし、自分だけだったら絶対に体験出来ないことを教えてくれるから、絶対に読んだ方がいいよ」

「わ、わかった。ねえ、お兄ちゃんのことをなんて呼べばいい？」

「呼び方？　ああ、名前を教えてなかったね。レオでいいよ」

「わかった。レオ兄ちゃん……レオにいだ！」

ちょ！　そんな軽い呼び方をして怒られないか？

俺は慌てて謝る準備をした。しかし……その心配は杞憂《きゆう》に終わった。

「その呼ばれ方は初めてだな……。まあ、いいや。好きに呼んでくれ。よし、俺も読み聞かせしてやるから、好きな本を持ってこい！」
レ、レオにいは、気にする素振りすらなく、キャシーたちにそう言った。
「やったー」

「うん？　どうした？　お前たちは、本を取りに行かないのか？」

キャシーたちが外に出て行ったのを見送り、部屋に残った俺たち兄組たちに向かってレオにいが聞いてきた。

「いや。いい……」

俺たちが、キャシーたちと一緒に本を読んでと頼むのは違う気がした。

「まだ不安か？」

「そ、それは……」

不安だが。そんなことは、本人には言えないだろう。

「まあ、そうだろうね。何も知らないキャシーたちならまだしも、お前たちは不安だろうよ」

「あ、あなたは、何が目的で俺たちをここに連れてきたんですか？」

本当、それが知りたかった。どうして、俺たちの為だけにこんな豪邸に、豪華な食事、勉強までも無償《むしょう》で提供してくれるのか、知りたかった。

「レオでいいって。別にこれと言って目的はないけど……。強《し》いて言うなら、ビルたちに立派な大人になって貰うことかな」

立派な大人？

「十四くらいまでここでいろいろとたくさん学べ。その後は、冒険者になったり、魔法学校や騎士学校の入学試験に挑戦してみたり、好きな道を選んでいい。もちろん、冒険ギルドの入会費や最初の防具代、学校の学費は俺が出してやる」

は？　そこまで金を出してくれるのか？

「そこまでして、レオにいの何の得になるんだ？」

それに、どこからそんな金が出てくるんだ？

「簡単だよ。お前たち、俺がここに連れてこなかったら、これからずっとあそこで盗賊紛《まが》いなことをしていただろう？」

「あ、ああ……」

それは否定しない。だって、そうしないと飯が食えない場所だったんだから。

「普通なら、お前たちは捕まった時点で纏《まと》めて犯罪奴隷にされていただろうな」

「う、うう……」

俺たちが奴隷に？　そうか……悪いことをしていたんだもんな。

「でも、それは流石に可哀そうだなと俺は思ったんだ。だって、お前たちはやりたくてやっているわけじゃないんだから」

「そ、それだけの理由で？」

俺たちに悪さをさせないためだけに、こんなことをしているのか？

「まあな。だから、これからは道を踏《ふ》み外すようなことはするなよ？　大人になってから同じことをしたら、容赦《ようしゃ》しないからな？」

「わ、わかった……」

「私がさせませんわ」

「へ？」

急に、アンヌさんが話に参加してきたので、思わず変な声が出てしまった。

「私がしっかりと皆を立派な大人して、ここを旅立たせてみせます」

そう言いながら、立ち上がったアンヌさんが俺たちの頭に手を乗せた。

何というか……アンヌさんの手は心地良かった……。

「うん、アンヌさんなら大丈夫だと思っているよ」

「ありがとうございます」

アンヌさんは、嬉しそうに頭を下げた。

うん、この人の為にも、これからは悪いことはしないようにしないとな。

そして、キャシーたちが本を持って帰ってきた。

「レオにい！　これ読んで！」

「これも！」

「こっちも！」

「わ、わかったから。順番な」

「ビル……。あの人は、本当にいい人なのかもしれないぞ」

「どうなんだろう……そうかもしれないな」

たぶん、悪い人ではないだろう。

仲間の言葉に頷き、キャシーたちに本を読み聞かせているレオにいを見ながら、俺はレオにいの評価をそう改めることにした。

《一週間後》
ここで生活を始めて、もう一週間も経ってしまった。
孤児院の生活にもだいぶ慣れてきた。たぶん、俺たちはもう元のスラムでの生活に戻ることは出来ないだろう。

そんなことを考えながら、アンヌさんの授業を聞いていた。

「今日は、この国の身分について教えるわ」

今日は、社会の勉強のようだ。この前は、種族についての授業だった。

アンヌさんは、エルフという種族で人よりも魔力が多いことが特徴らしい。あと、人よりも少し寿命が長いとか。

それと、俺たちに剣術や体術を教えてくれるラナさんは、獣人という種族みたい。人にはない動物みたいな尻尾や耳があることと、人よりも運動神経がいいことが特徴らしい。

「まず、この世界にある身分三つを言える人～？」

ちなみに、アンヌさんが何歳かは教えてくれなかった。見た目は、十代後半～二十歳くらいなんだけどな……。

『は～い』

「それじゃあ、キャシーちゃん」

「平民と貴族と奴隷です」

アンヌさん、何歳なんだろうな……。俺たちが大人になってもあのままなのかな？

「正解。それじゃあ、それぞれの特徴を教えて貰おうかな……。ビルくん」

「は、はい。え、えっと……確か、平民が俺たちみたいな一般人のことで、貴族は金持ち？　奴隷は……親とかに売られた人のこと？」

全く授業を聞いてなかった俺は、慌てて思いつく限りのことを答えてみた。

「うん……平民はそうよ。私やビルくんみたいな一般市民のことね。ただ、貴族と奴隷の説明は違う

わ。まず、奴隷についてね」

　ほとんど外れだったみたいだ。というか、平民の説明は簡単だから全部間違いみたいなもんだな。真面目に授業を聞かないと。

「奴隷というのはね。三つの種類があるの。さっき言っていたみたいに、借金の形《かた》に売られてしまう借金奴隷。大罪を犯した人がなる犯罪奴隷。あとは……誘拐みたいな違法行為で奴隷にさせられてしまった違法奴隷ね」

「そうなんだ……。カミラさんとかは、何奴隷なの？　借金奴隷？」

　俺と同い年のジンが、きわどい質問をアンヌさんにした。

　その質問、大丈夫なのか？　と、思ったら簡単に答えてくれた。

「そうよ。カミラさんたちは借金奴隷ね。ちなみに、私はこの前まで違法奴隷だったわ」

「え？　アンヌさんが奴隷!?」

　驚きの事実に、皆思わず大きな声を出してしまった。

「元よ。盗賊に捕まっちゃってね。悪い人の奴隷になっちゃったんだ」

　盗賊に捕まった？　悪い人の奴隷？

「え、え？　大丈夫だったの？」

「まあね。真っ暗な部屋に閉じ込められていたところを、レオ様に助けて貰ったのよ」

「そうだったんだ……」

　なるほどね。だから、レオにいの前だと急に大人しくなっちゃうんだ。

　たぶんだけどアンヌさん、レオにいのこと好きなんだろうな……。そんな絶望的な状況から助けて貰えたら、誰でも好きになっちゃうもんね。

「レオにい、かっこいい！」

「あの人は、一体何者なんだ……？」

「レオ様は、この街の領主様よ。所謂《いわゆる》、貴族様ね」

「あの人が貴族……」

貴族ってあんなに強いのか？　俺のイメージだと、もっと太っていて偉そうにしているイメージなんだけど。

「いつもここに来る時の格好は、冒険者の格好だから想像出来ないだろうけど。普段は、あのお城でこの街の為に働いているのよ」

え？　あの城って、レオにいの家だったの？　俺たちの想像をはるかに超える金持ちだったんだな。

「え？　レオにいって、偉い人だったの？」

「そうよ。凄く偉い人よ。そうね……それじゃあ、貴族の説明を交えながら教えてあげるわ」

「貴族には、階級があるのは知っている？」

「知らな～い」

「そう。それじゃあ、教えてあげるね。下から準男爵、男爵、子爵、伯爵、侯爵、公爵の順番に、偉いのよ」

貴族の中にもそんなに分かれているのか……。もう、公爵とか雲の上の存在だな。

「へぇ～。レオにいは？」

「子爵よ」

「下から三番目だ！」

あの人で下の方なのか。やっぱり、公爵とかは化け物なんだろうな。

「そうね。でも、レオ様の実家は一番上の公爵よ」

「え？　レオにい、一番上なの？」

あ、やっぱり、あの人より上は少ないらしい。

「そうよ。それに、レオ様はこの国のお姫様との結婚も決まっているわ」

お姫様？　あの人、そんな凄い人と結婚するの？

「え？　レオにい、もう結婚相手がいるの？」

「そうよ。お二人ね。あともう一人は、この前の物語に出てきた聖女様のお孫さんよ」

「え!?　あの物語に出てくる人って本当にいるの？」

キャシー同様、俺も驚いてしまった。まさか、あれが本当にあった話だったとは……。

「ええ、そうよ。あ、そういえばこの前、言い忘れてしまったわね。レオ様のお爺さまが勇者様で、お婆さまが魔導師様よ」

「レオにいが勇者の孫……。ということはレオにい、強いの？」

あ、キャシーは知らないのか。あの人の異常な強さを。

でも、あの勇者の孫ならレオにいの強さも納得だな。

「強いわよ。一人でドラゴンを倒してしまうくらいにはね」

「え？　ドラゴン？　レオにい、ドラゴンと闘ったことがあるの？」

「そうみたいよ。なんでも、家を改造する素材が欲しくて世界で一番危険な魔の森に行ってしまったんですって」

凄いけど、そんな簡単な理由で殺されたドラゴンも哀《あわ》れだな……。

「魔の森？　あの、勇者が魔王を倒した」

「そうよ。あそこ、凄く危険なのよ。凄く強い冒険者でも入ったら帰ってこられないと言われるくらいにね。なのに、子供であそこに入って平気で帰ってこられる強さって本当、凄すぎるわよね」

「レオにい、凄い……」

「というわけで、あなたたちはそんな凄い人に助けて貰えたんだから、精一杯生きなさいよ？」

『は～い』

アンヌさんの問いかけに、皆で返事をする。

もう、俺を含めてレオにいのことを疑っている奴などいなかった。

「それじゃあ、今日の授業はこの辺ね。午後は何をしたい？」

「また、魔法を教えて！　早く、魔法を使えるようになりたい！」

ここ最近、俺たちは午後の自由時間は魔法の練習をしている。早く、魔法を使えるようになりたいからね。

「ふふ、いいわよ。それじゃあ、食堂に向かいましょうか」

「やった～」

そして、お昼ご飯を食べてから広い庭に出てきた。

「それじゃあ、魔法の練習を始めるわよ。まずは、この前教えた魔力操作の練習よ。これが使えない人が使う魔法なんて魔法と呼べないから、魔法を使いたいって人は絶対に習得すること！」

『は～い』

「よお。お前たち、元気にしていたか？」

元気よく返事して、練習を始めようとしたところに、後ろからレオにいの声が聞こえてきた。振り向くと、レオにいと……知らない女性が三人いた。

「あ、レオにい！　元気にしていたよ。後ろの人たちは誰？」

「もしかして、レオにいの彼女？」

キャシーたちがそんな質問をしながら、嬉しそうに騒いでいた。

「うん？　まあ、そんな関係だ」

どうやら、今日は自分の婚約者も連れてきたみたいだ。噂のお姫様と聖女の孫、獣人族のメイドさん、三人とも凄く美人だった。

それと、お姫様の魔法が凄かった。語彙《ごい》力が無くて説明出来ないけど、とにかく凄かった。頑張れば、俺たちにも出来るって言われたのもあって、皆魔法の練習を頑張ろうと心に誓っていた。

あとは……やっぱりレオにいは凄かった。あの人の魔法、反則だろ……。いきなり建物を造ったり、よくわからない道具を造ったり、とにかく凄かった。最初に、その怪しげな道具の実験台にされたのは怖かったけどね。

でも、魔法が使えるようになったのは嬉しかったな。

俺の手から火が出たんだ。


そして現在、キャシーたちがお姫様たちと魔法の練習をしているなか、レオにいと二人きりで話をしていた。

「で、一週間経ってどう？」

「この生活に慣れた」

「それは良かった。何か、気になったこととかない？」

「えっと……どうして俺たちにここまでしてくれるんだ？」

他に聞きたいことも思い浮かばなかったから、ずっと気になっていたことを本人に聞いてみた。

「ここまでとは？　魔法の練習のために建物を建てたことか？」

「それもだけど……。どうして、ここまでいい生活をさせてくれるんだ？　レオにいが俺たちを孤児院に入れた理由は、領主だってことを聞いて納得した。でも、ここまで豪華な生活を与える必要も無かっただろ？」

「まあ、そうだね。うん……それに関しては特に理由はないかな」

「え？」

理由がない？　どういうこと？

「俺、こう見えて世界で有数の金持ちなんだよね。だから、金なんて一生使い切れないくらい余っているんだ。だから、別に金を使うことを惜しむ必要が無い」

「レオにいが金持ちね……。流石、勇者の孫だな」

まあ、あんな城に住んでいるわけだし……。恵まれた環境に生まれた人は、羨ましいな。

「おっと、何か勘違いしているみたいだけど。全て、俺が稼いだ金だ。じいちゃんや父さんからは、小さい頃に貰った小遣い以外貰っていないからな？」

「そうなの？　だって、レオにいってまだ十一歳だったよね？　どうやって、稼いでいるの？」

意味がわからない。俺とそこまで歳が変わらないレオにいが、どうしてそこまで金を稼げるんだ？

「そうだな……。説明するのも難しいし、今度見せてあげるよ。ということで、話を戻そうか。俺がここまでする理由だけど……ビルって何か将来の夢とかない？」

「将来の夢？　うん……食べ物に困らない生活がしたい、とかかな？」

今まで、目の前のことに集中しすぎて、何も考えてなかったんだよな……。

「まあ、今はそんなもんだろうな。でも、あと数年したら、お前たちはここから旅立つ時が来る。その時は、嫌でも自分の道を決めないといけないな。冒険者になるもいい。騎士を目指して騎士学校にいくのもいい。魔法の勉強をするために魔法学校にいくのもいい。皆がやりたいことをやって欲しい」

「わ、わかった」

その話は、この前も言っていたな。学費まで出してくれるなんて、本当に凄いよな……。

「で、大人になってから、気が向いた時にでも俺の助けをしてくれたら嬉しいな、というのがお前たちに良くする理由だな」

「なるほどね……。自分のやりたいことをやって欲しい、か」

「そうだ。ビルは何がやりたい？　魔法、剣術、勉強、何がやりたい？」

「わからない。でも、いろいろとやってみたい。それに、強くなりたい。一人でも生きていけるくらいに」

で、余裕が出来たら、レオにいを助けてもいいかな。

「そうか。それじゃあ、頑張るしかないな。明日から、少しの間だけ来られなくなっちゃうけど、そっちが片付いたらまた遊びにくるよ」

「うん、わかった」

「よし。それじゃあ、皆のところに戻るぞ」

それから、レオにいに魔法を教わっていたらその日の自由時間は終わっていた。

第六話　次の計画

孤児院を造ってから二週間が経ち、スラムの孤児問題が解決した。

街の道ばたで寝ているような子供は見当たらなくなったから、とりあえず大丈夫だろう。

ビルたちも、素直に孤児院で生活してくれている。今はそれぞれ勉強や剣術、魔法を頑張っているから感心だ。まあ、これはアンヌさんやカミラさんたちのおかげだろう。

それから、憲兵の募集が始まり、警備が強化されたことによって少しずつ街の治安が良くなり始めてきた。


とういうことで、次の計画に移ろうかな。

「フレアさん、闇市街があった場所って自由に使っていいよね？」

「え？　あ、はい。大丈夫ですけど……何をするおつもりですか？」

うん、やっぱり使っても問題ないよね。

「有効活用しようと思ってね。というわけで、行ってくる」

「っちょ！　詳しくせつめ……」


フレアさんが何かを言い終わる前に、俺はある場所に転移してしまった。

「よし、着いた。たぶん、今日は休みのはずなんだけどな……」

そんなことを言いつつ、俺は帝都にある豪邸に来ていた。

「はい。あ、レオンス様。どうされました？」

呼び鈴を鳴らすと、一人の執事が出てきた。

「エルシーさんに会いに来たんだけど。いる？」

「エルシー会長ですか？　会長なら、今日は休日なので部屋でお休みになっていますよ。知らせてきましょうか？」

あ、いるんだ。良かった。

「いや、いいよ。わざわざ部屋から出てここまで来て貰うのも悪いし、俺が部屋に行くよ」

この家は広くて、部屋からここまでの移動も一苦労だから。何回か来てるし、エルシーさんの部屋がどこにあるのかは知っているからね。

「わかりました。では、先に行って会長に伝えて参ります」

「あ、よろしく」

そういえば、先に何も伝えずに来ちゃったからな……。

まあ、執事さんが先に行って伝えてきてくれるみたいだから大丈夫か。

それから、ゆっくりエルシーさんの部屋に向かい、ドアをノックした。

コンコン。

「エルシーさん、入っていいですか？」

「ダメです！　まだ入らないでください！　準備が出来たら私が開けますので、もう少しだけ待っていてください！」

「う、うん。わかりました」

ノックをしたら大きな声が飛んできたから、俺は慌てて掴んだドアノブを離した。

申し訳ないな。やっぱり、先に連絡してから来るべきだったな。


それからしばらくして。

ガチャ。

「準備が出来ました……。もう、来るなら先に連絡してください！」

汗をかいているエルシーさんがドアを開けて、不満そうな顔で文句を言ってきた。

「すみません。今度からは気をつけます」

「まあ、いいですけど。それで、久しぶりに会いに来るなんて、どうしたんですか？　急に顔を出さなくなったと思ったら、一年も来ないなんてひどいじゃないですか。私、凄く寂しかったんですよ？」

あ、そういえば、もうそんなに来てなかったか……たまにでも来れば良かったな。

俺は、本当に悲しそうな顔をしているエルシーさんに凄く申し訳なく思ってしまった。

「ご、ごめんなさい……。学校が寮生活になってしまって……」

本当は、ベルやシェリーとリーナを放っておいて、ここに来ることが出来なかったからなんだけどね……。

「ええ、知っていますよ。だから、私も諦めていました。でも、学校が長期休暇に入ったのにいつになってもレオくんが来ないんですもん」

「ご、ごめんなさい……。領地経営で忙しくて……」

休み初日から領地に行っていたからな……。

「それも、知っています。商人にとっては聖地と言っても過言ではないミュルディーン。そこの街の領主になられたんですよね？　忙しいのもわかります。でも！　それなら、余計に私たちを頼ってくれてもいいじゃないですか！」

「う、うん……」

あれ？　エルシーさんって、こんな性格だったっけ？　一年も会ってなかったからうろ覚えなだけかもしれないけど、エルシーさんってもっと大人しくなかった？

「うちの商会なら、街の開発にはもってこいですよ？　なんなら、レオくんの街を一面魔法具だらけの街にしてしまいましょうか？」

「え？　あ、うん……。そのことで、エルシーさんに頼みたいことがあって……」

「本当ですか!?　何をすればいいんですか？　是非、聞かせてください！」

ちょっと！　俺にも喋らせてくれ！

これじゃあ、何も説明出来ないじゃないか。

「う、うん……。それじゃあ、師匠にも説明したいし、師匠の店に行きましょう」

一旦、エルシーさんに説明してから師匠たちにも頼もうと思っていたけど、説明に骨が折れそうだから師匠に助けを求めることにした。

「わかりました！」

俺が転移をするために手を差し出すと、エルシーさんは嬉しそうに両手で握ってきた。

本当に、こんな性格だったかな……？


「師匠！」

「ん？　その声は⁉」

師匠の店に着き、師匠を呼ぶと驚いた顔をした師匠が出てきた。

「お久しぶりです！」

「お、お前！　顔ぐらい出せよ！」

俺が挨拶すると、凄い勢いで近づいてきた。久しぶりに弟子の顔を見られて、嬉しいのかな？

「すみません。寮生活でして……」

俺は、エルシーさんと同じ言い訳をした。

「ん？　おい。ちょっとこっち来い。エルシー、ちょっと悪い。少しだけ待っててくれ」

「いえ、久しぶりなんですから。師弟二人だけの時間を楽しんできてください」

師匠はいきなり俺のことを掴むと、エルシーさんに何やら許可を貰ってから俺を奥の部屋に連れていった。

「あ、あの……どうしたんですか？　それと……エルシーさんって、あんな性格でしたっけ？」

せっかく二人だけになれたので、気になったことを聞いてみた。

「あれは、お前のせいだ」

「え？」

俺のせい？

「お前……。どうして一年近く顔を出さなかった？」

「え、えっと……寮生活でして」

「そんなことはないだろ？　お前、休日の度に、獣人の女の子と冒険者の依頼をこなしていたり、帝都で女の子と遊んでいたりしてたことはバレているんだよ」

「え……え？　どうして……」

師匠の口から出てきた言葉が衝撃的過ぎて、俺はすぐに言葉が出てこなかった。

「どうして知っているのか？　それはな……エルシーが部下に調べさせていたからだよ」

「え？　エルシーさんが？」

エルシーさんが俺のことを調べていた？

「そうだよ。お前、エルシーの家に一時期通っていただろ？」

俺が通っていた？　あ、創造魔法を教えていた時のことか……。

「は、はい……。と言っても、創造魔法を教えていただけですよ？　そ、それがどうしたんですか？」

「はあ、どうせこれから会話していたらバレることだから言ってしまうが……エルシー、あれで完全に惚れてしまったんだわ。お前に」

「……え⁉」

エルシーさんが俺に惚れている？

「それで、慣れない会長業のストレスをお前といることで発散していたんだが……。お前、急に来なくなっただろ？」

「は、はい……」

なんか……話が読めてきたぞ……。

「そしたら、エルシーがおかしくなってしまってな。仕事に支障は来《きた》していないが、部下を私用に使うようになってな……。主に、お前が今何をしているのかを調べさせていたんだが……」

「そういうことですか……」

それで、俺のことを知っていたのか。

「それと、俺にある魔法具を発明して欲しいと頼んできたな」

「ど、どんな魔法具ですか？」

こ、怖いんだけど！

「見える景色を一枚の紙に写す魔法具だ」

「え？　嘘……カ、カメラだ……」

俺が頼もうと思っていた魔法具。

「お？　もしかして、お前も同じようなことを思いついていたのか？　あれ、なかなか作るのを苦労したんだぞ」

「え？　出来ちゃったんですか？」

嘘でしょ？

「ああ、作るのに半年もかかってしまった。光魔法を使えば出来るってことを発見してからはすぐだったがな」

や、ヤバい。この人、マジの天才だ。

「本当、師匠は凄いですね。で、その魔法具は？」

「ああ、今はエルシーが持っているぞ。部下にお前の写真を撮らせているそうだ……」

「え？　と、盗撮じゃん……」

まあ、俺も人のことは言えないんだけどね。俺の頭に一匹のネズミが思い浮かんだ。

「ん？　お前、エルシーの部屋に行ってきたんだろ？」

「はい、そうですけど？」

「それなら、見たんじゃないのか？」

「な、何を？」

見た・・って何⁉　さっきから怖いんだって。

いったい、あの部屋には普段何があると言うんだ⁉

「たくさん並べられたお前の像と魔法具で描かれたお前の絵をだよ」

「い、いえ……見てません」

俺の像？　あ、創造魔法で造った俺のフィギュアか……。そういえばエルシーさん、創造魔法を初めて使った時も俺のフィギュアを造っていたな……。あれがたくさん並べられていたと。

「そうか。隠したんだな」

うん、道理でなかなか部屋に入れて貰えない訳だ。

「師匠は見たんですか？」

「いいや。人から聞いた話さ」

「な、なるほど……」

てことは、見た人がいるってことか……。

もしかすると、あの執事さんとかは知っていたのかもな。だから、俺が行くよりも先にエルシーさんのところに向かったのだろう。

「まあ、師匠としてのアドバイスは……」

アドバイスは？

「自業自得だな。手を出しておいてほったらかしにしたお前が悪いんだから、自分でどうにかしな」

「そ、それの……どこがアドバイス？」

ヒドイ！　師匠なんだから、助けてくれてもいいじゃん！

「十分だろ。とにかく、腹を決めろってことだよ。どうせ、何人もの女の子に手を出していることはバレているんだから、浮気とかの理由は通用しないだろ？」

「そ、そうですね……」

事実なので、何も言い返せない……。

「今回は、お前の自由過ぎる行動のツケが回ってきたってことだな。まあ、ストレスが解消されれば、エルシーも多少はマシになるんじゃないか？　ほら、男を見せろよ」

師匠はそう言いながら、俺の背中をバシンと思いっきり叩いた。

「は、はい……」

ストレスか……。何か策を練らないと。


師匠との二人だけのお話し合いを終え、俺はエルシーさんが待っている作業場に戻ってきた。

うん……。どんな顔をして入ればいいんだろう……。

「お、レオ！　久しぶり。元気にしていたか？」

エルシーさんにどう接すればいいのか悩んでいると、作業場に見たことがあるが微妙に違うような気がする人がいた。

「ん……コルトさん!?　めっちゃ痩せましたね！」

初めて会った頃は、あんなにブクブクだったのに……。

コルトさんの締まった腹に、思わず驚愕《きょうがく》してしまった。

「ああ、真面目に働いているからな。レオも、新しく領地を貰って忙しいんだって？」

「そうなんですよ。領地を貰ってから毎日忙しくて」

「まあ、貴族の仕事はよくわからんが。あのミュルディーンなら、そこまで苦労はしなくて済みそうだな」

「そんなことないですよ。もう、やることだらけで……」

俺も最初は楽だと思っていたんだけどね。

「どうしたんだ？　あそこって、もともと帝国が管理していたんだろ？」

「その役人が凄いレベルで汚職《おしょく》をしていたんですよ」

「汚職？　その役人は何をしていたんだ？」

「基本的に横領ですね。それと……コルトさん、闇市街って知っていますか？」

「え、えっと……それは……」

俺に闇市街のことを聞かれ、コルトさんが急に歯切れ悪くなってしまった。

ん？　もしかして……。

「その様子だと、知っていたようですね。もし、会員証をまだ持っているならさっさと燃やした方がいいですよ。まあ、もしもですけど……」

もし何か関わっているなら、早く証拠を燃やした方がいいと思うな……。知り合いが捕まるのは嫌だからね。まあ、もしもの話なんだけど。

「あ、ああ……」

「その、闇市街ってなんだ？」

急に表情が暗くなってしまったコルトさんを余所《よそ》に、師匠が質問してきた。

「ミュルディーン領の地下には、一つの街があるんですよ。凄いですよ。そこら中で違法な商品が売られているし、街を歩いているのは大体が犯罪者」

暗殺者とかね。

そういえば、違法な魔法具たちはどうなったんだろう？　ほとんどの店が壊れていたから大丈夫なはずだよね。まあ、あとでルーと一緒に壊れた店を一つずつ壊していけばいいか。

「す、すげ……物語みたいだな」

「それで、その街はどうしたんですか？　まさか、レオくん一人でどうにかしてしまったんですか？」

まさか、そんな危ないことはしていませんよね？　みたいな目でエルシーさんが見てくる。うん……この目、どこかで見たことがあるな。

あ、わかった！　ベルが俺に魔の森に行かないように注意する時の目にそっくりなんだ。俺はこの目に弱いんだよな……。

「違いますよ。流石に、俺はそこまで出来ないよ。危ない魔法具や薬がいっぱいあったからね。下手に刺激出来なかったんですよ」

「え？　でも、俺は……てことは？」

流石コルトさん、鋭いね。

「うん……これから話すことは、超極秘なことですからね？　このことは、皇帝と一部の人しか知らないことですから、誰にも話さないように」

「わ、わかりました……」

「ああ、心配するな」

「商人は口が堅いからね」

三人は、そう言ってすぐに頷いてくれた。うん、この三人なら大丈夫だろう。

「本当に、お願いしますよ。実は……闇市街の奴隷商で違法奴隷を扱う店があったんですよ」

「違法奴隷？」

「はい。エルフや獣人みたいな珍しい種族を誘拐して売っていた店なんですけど……。そこに、魔族の奴隷がいたんですよ」

「え？　魔族⁉　どうやって？」

魔族と聞いて、エルシーさんが驚いた顔をした。

そりゃあそうだろう。たぶん、魔族が人間界に来るのは、魔王以来なんだろうからね。

ということは、一般人にルーの存在を知られたら魔王が現れたと勘違いをして、大混乱になってしまうだろう。

「上手く騙して連れてきたみたいなんだけど。余りにも危険すぎて飼いきれなくなっちゃったみたいなんだ」

「まあ、そうなるだろうな……。それで、逃げ出して暴れたのか？」

「まあ、大体そんな感じです。邪魔な俺に売りつける為に運んでいる時に逃げ出したんです。そしたら、大暴れ。闇市街は魔族の女の子に壊滅状態にさせられてしまったんです」

「それで……どうなったんですか？」

うん……負けた方が奴隷になるという勝負をしたってことは言わない方がいいよね。

師匠たちだけなら問題なかっただろうけど、エルシーさんには言ってはいけない気がする。うん。

「えっと……なんとか交渉して、飯と寝床を保証する代わりに今は大人しくして貰ってます」

う、嘘はついてないよね？　少し暴力的な交渉をしただけさ。

「うえ？　お前、魔族の少女を家で飼っているのか？」

飼ってる？

「まあ、そうですね。今は、俺の魔法アイテムで行動を縛っているので安全ですよ」

うちでゴロゴロしているルーを思い出しながら、確かにあれはペットみたいだな、と思わず笑いそうになってしまった。

「そ、そうか……。それで、どうして俺たちの所に来たんだ？」

お、やっと本題だな。

「実はですね。エルシーさんたち、ホラント商会に依頼なんですが……元闇市街だった地下空間を再開発するのを手伝って貰えませんか？」

「お、やっと俺たちの出番か！」

「い、いいんですか？　レオくんの創造魔法があれば無駄にお金を使わないし、すぐに出来てしまいそうですが？」

嬉しそうにしている師匠の横から、申し訳なさそうな声が聞こえてきた。

「そうかもしれないですけど。街の開発は、なるべく創造魔法なしでやりたいんですよね」

「どうしてか聞いてもいいですか？」

うん……どう説明しようかな？

「そっちの方が街の為になるからですよ。これは、人の手でやるから意味がある」

「ど、どういうことだ？」

やっぱり、簡単に説明するのは難しいな。

「簡単ですよ。地下市街を開発するには、たくさんの人手が必要になる。そのおかげで、俺の街にいるホームレス……道ばたで寝ている人たちに仕事が与えられる。そして、その人たちが街で金を使うようになれば、街の景気も良くなる。どうですか？　絶対、こっちの方が良くないですか？」

これは、俺の街の最大の問題であるたくさんのホームレスに仕事を与えるための計画だ。

これが上手くいけば、孤児がいなくなり、憲兵が増えてきたから、街の治安が悪いのは解決されるだろう。

「そ、そうだな。お前……本当に子供か？」

「ハハハ。流石だな」

師匠は俺に疑いの目を向けつつ、コルトさんは笑いながら俺の頭を撫でてくれた。

「そうですね。流石、レオくんです。もう、考えることが凄すぎますよ」

エルシーさんからの視線が熱い……。

「あ、ありがとうございます」

「それで、地下市街はどのような建物を建てる予定なんですか？」

「そうだな……。あそこはレジャー施設にしようかな。地上に山ほど店があるから、わざわざ普通の店を並べても仕方ないですからね。それと、せっかくだからホラント商会にしか作れないものがいいと思いました」

特に、師匠にしか作れない魔法具だよな。ふふふ、師匠にはこれからたくさん発明して貰うからね。

「それは面白そうだな。いいぞ。それで、お前のことだから何か案を考えてきたんだろ？」

「はい。それでですね……」

それから、俺は三人に地下市街の開発について、細かく説明した。

そして、三人から了承を得たので、この計画が始まることとなった。

第七話　商人エルシーの腕前

「よし。それじゃあ、頼まれた物は任せておけ！　多少時間はかかるだろうが必ず作ってみせるからな」

俺が説明を終えると、師匠が大きな声でそう言いながら力こぶを作ってみせた。

「ありがとうございます。たぶん、師匠にしか出来ないので、よろしくお願いします」

師匠なら、絶対に頼んだ物を作ってくれるだろう。本当、師匠が俺の師匠で良かった。

「地下市街の開発も問題ないだろう。ホラント商会には莫大《ばくだい》な人脈と資金があるからな」

「ありがとうございます」

「あ、でも、現場で指揮する人が必要だな。しかも、今回はとんでもない金額が動く。もし、失敗なんかしたもんなら商会が大変なことに……。これを指揮するのは、そうとう責任重大だ。どうしよう……そうだ！　エルシーが現場で直接指示を出せばいいんじゃないか？」

「ん？」

なんか……コルトさんが一人で語り始めたと思ったら、最終的にはめちゃくちゃわざとらしい芝居口調になっていたんだが。

これ、要約すると『エルシー、レオのところに行ってこい』だろ？

別にいいんだけど、そこまでわざとらしくやる必要ある？

「おお、それは名案だ！　これは、今日から……は流石に準備があって無理だから、明日からレオのところで働いてこい！」

うわ、師匠まで……。

「え？　私がレオくんのところでですか……？」

「何も問題ない。店のことは、モーランに任せておけば心配ないさ。それに、何かあったら俺が助けに行く」

相変わらず、モーランさんは大変そうだな。

「あ、ありがとうございます。で、でも……」

「行ってこい。これが成功すれば、ホラント商会は更に大きくなるんだぞ？　商会を大きくするのは、会長の役目だ。行ってこい」

なんか、それっぽいことを言っているよ。ここまで言われたら、絶対に行くしかないじゃん。

「は、はい……」

「ということだ。レオ、明日からエルシーと計画を進めてくれ」

「わ、わかりました」

うん、別に何の問題もないんですよ？　何の問題も……。

「とりあえず、エルシーも急に準備も出来ないだろうから、明日の朝にでもエルシーを迎えに行ってやれ」

「りょ、了解しました。エルシーさん、明日の昼頃で大丈夫でしょうか？」

「はい。大丈夫です」

「よし。それじゃあ、明日から頑張ってこい」

《次の日》

俺は約束通り、お昼の時間にエルシーさんの屋敷を訪ねた。

呼び鈴を鳴らすと、すぐに大荷物を持ったエルシーさんが飛び出してきた。

「お待たせしました。さあ、行きましょう」

ニコニコしたエルシーさんは、凄くはしゃいでいた。昨日は遠慮していたけど、やっぱり嬉しいらしい。

「はい。荷物、持ちますよ」

「え、いいですよ」

「いいですから」

遠慮するエルシーさんを説得して、大きな鞄を受け取った。

「それじゃあ、行きましょうか」

そう言いながら、俺は鞄を持った手と反対の手でエルシーさんの手を握って転移をした。


「え？　ここは？」

家の中に転移されると思っていたエルシーさんは、急に青空の広がる場所に転移されて、戸惑った顔をした。

「ここは、街の外れにある家の屋根ですね。エルシーさんにあれを見て欲しくて」

そう言って、俺は自分の家を指さした。

「あれ？　わあ！　大きなお城ですね。帝都のお城にも負けないかもしれませんね」

確かに、言われてみれば帝都の城よりも……。

「そ、それはノーコメントで。えっと……あれが今、俺が住んでいる家です」

「え？　レオくん、あんなところに住んでいるんですか？　流石ですね……」

「ありがとうございます。エルシーさんに一度城を見て貰おうと思って、一旦ここに転移してみました」

中からだと、城に住んでいるという凄さがわからないからね。

「そうだったんですか。おかげさまで、良い物を見られました」

「それは良かったです。それじゃあ、城に転移しましょうか」

「はい」

エルシーさんが頷いたのを確認して、俺はまた転移を使った。


「ただいまー」

「おかえりなさい。その方が、エルシーさんですか？」

家に転移してくると、さっそく待っていたリーナがエルシーさんを見ながら質問してきた。

「そうだよ。昨日説明した通り、帝国一のホラント商会の会長だよ」

「はじめまして。エルシーです。よろしくお願いします」

紹介されたエルシーさんは、三人に向かって丁寧なお辞儀をした。

「はじめまして。リアーナ・アベラールです。リーナと呼んでください」

「はじめまして。シェリア・ベクターです」

リーナはにこやかに、シェリーは若干ムスッとしながら挨拶した。

「……。シェリー、昨日話し合って納得したじゃないですか」

「……」

リーナに注意されても、シェリーは変わらず表情が硬いままだった。

うん……やっぱり、すぐには仲良くとはいかないか……。

「えっと……すみません。レオくん、少しの間お二人とベルさんと私の四人だけでお話しさせて貰ってもいいですか？」

「え？　あ、はい。問題ないです」

うん？　何をする気なんだ？　頼むから、喧嘩だけはやめてくれよ？　まあ、エルシーさんならそんなことはしないだろうけど。

「わかりました。それじゃあ、私の部屋でお話ししませんか？」

「はい。あ、レオくん、荷物をいいですか？」

ん？　荷物？

「あ、はい。どうぞ」

もしかしたら、中に何か秘策が入っているのかも。それが、仲良くなるための秘策であるとは限らないけど……。

俺はちょっと不安になりながら、エルシーさんに荷物を渡した。

「ありがとうございます。すぐに終わらせますので、少々お待ちを」

そう言ってリーナたちについて行くエルシーさんを見送った。どうか、少しでも仲良くなって帰ってきますように、と願いながら……。

SIDE：エルシー

レオくんを好きになったのはいつからだったか……。

本格的には創造魔法を教わった時からなのかな？

でも、レオくんに教えてと頼んだ時は確か……レオくんに構って欲しさに頼んだはずだったから、その時には既に好きだったのかな？

うん……よく覚えてないや。

好きになった理由は……とにかく頼りになるところ。

私より五歳も年下と思えないくらいしっかりしていて、本当に年齢差を感じさせない。むしろ、私の方が年下に感じちゃうかも。

まあ……その分、子供とは思えないくらい女性に手を出してしまうのは玉に瑕《きず》だけどね。

私の時だって初対面なのに、わざわざ創造魔法を使ってかっこよく花を渡してきた。あれは、今も忘れられないし、あの花はあれからずっと大切に取っておいている。借金が返せなくて奴隷になって、これからひどい生活が待っているんだろうな……って、不安に思っているところにあんなことをされたら、誰でも好きになっちゃうよ。

あ!!　私、あの時からレオくんのことが好きだったんだ！

そうだったんだ……最初からか……。

それはさて置き、話を進めると私はレオくんのことが好き。でも、レオくんには婚約者が二人もいる。この国の皇女様と聖女様の孫……とても、私では釣り合わない。

それに、レオくんの幸せを邪魔するようなことはしたくない。

そう、あの時は自分にそう言い聞かせて抑《おさ》えていた。

だけど……急にレオくんが来なくなってしまったら、その抑えも効かなくなってしまった。もう、寂しくて寂しくて……悪いと思っていたけど、耐えられなくなった私は、部下たちにレオくんのことを見張らせて、逐一報告するように命令した。

それからは、どんどんエスカレートしていった。ホラントさんに頼んで、レオくんの姿を鮮明に記録してくれる魔法具を発明して貰い、レオくんの様子をたくさん部下たちに記録させ、私のところに持ってこさせるようにした。

エスカレートしたのにも、ちゃんと理由があるからね？

レオくん、婚約者の二人以外の人と良い感じの仲になっていたの。

その相手は……専属メイドの女の子。一緒に寝ているところを記録した紙を部下から渡された時は……思わず微笑んじゃった。

怒らないの？　とか思った？　普通はそうなのかな？　けど、そんなことなかったのよね。

だって！　そのメイドのベルさんが憎めないくらい凄く可愛いんだもん。もう、レオくんと一緒に愛《め》でていたいと思っちゃったんだから。

あの耳と尻尾は反則よ！　おかげで、それから私の人形コレクションにレオくん以外の人形が並ぶようになってしまったじゃない。

まあ、そんな感じで、他の女の子たちに嫉妬とかは無いかな……。婚約者のお二人も、私が後から勝手に好きになった訳だから、逆に私が処罰されるべきなのよね。

でも、ベルさんも含めて、レオくんの女の人とはなるべく仲良くしておきたい。

ということで、しっかりと三人へのお土産を鞄に詰め込んできました！　レオくんを愛している三人なら、きっと気に入ってくれるはず！

「改めて、はじめまして。エルシーと申します。これから、よろしくお願いいたします。」

リーナさんの部屋に案内された私は、すぐにそう言って頭を下げた。

「あ、頭を上げてください。そんなかしこまらなくていいですよ」

そう言って、私の肩を掴んだのはリーナさんだった。

前から調べていて知っていたのですが……リーナさん、本当に優しすぎる。もう、この人には一生頭が上がらなさそう。

ただ、もう一人のシェリーさんはムスッとした顔を向けられていた。嫉妬深いことは事前に調査済み、これくらいで動揺しちゃダメ。とにかく、計画通りを意識よ。

「ありがとうございます。そうだ。三人に渡したい物があるんですけどいいですか？」

「え？　渡したい物ですか？」

「はい。まずは、これです」

そう言って、私はレオ君の人形をその場で創造して三人に配った。

練習の成果もあって、今ではレオくんを見なくても完璧に再現することが出来ます。

今回創造したのは、ゴブリンを倒していた時に偶然記録出来た、レオくんが剣を振っている時の姿。

今のところ、これが私の最高傑作。

三人の反応は……。

「こ、これは？　レオくん？」

「う、嘘でしょ？　そのまんまだわ」

「完璧なレオ様ですね……」

私の完璧な再現にとても驚いていた。

「気に入って貰えて嬉しいです」

「それにしても、本当に創造魔法を使えるのね」

「はい。と言っても、人形を造ることぐらいしか出来ませんけどね」

レオくんみたいに、魔法やズルいアイテムを創造したりすることは出来ません。

「それでも凄いわ。前、レオが言っていたんだけど、創造魔法はイメージした物をそのまま造ることが出来る魔法なの。だから、細かい物を創造するのは、とても難しいの。それなのに、何も見ずにこれだけ細かに再現出来るというのは、本当に凄いことよ」

く、詳しい……。というより、まさかシェリーさんに褒めて貰えるとは。

これはもしかして、順調な滑り出し？

「あ、ありがとうございます。あ、それともう一つ、皆さんにお渡ししたいお土産があります」

そう言いながら、私は鞄から紙の束を三つ取り出して、それぞれ三人に渡した。

「これは……え？」

「私とレオが一緒に描かれた絵だわ。しかも、たくさん」

「これ、絵なのですか？　どっちかと言うと、あのレオくんが創造したモニターの映像に近い気がするのですが」

「確かに。あと……これ全部、凄く見覚えのあるシーンなんだけど」

「言われてみればそうですね。学校の中での出来事まで……。ベルのは、どんな感じですか？」

「え？　あ、はい。屋敷でのレオ様と私の絵がたくさんありましたよ。い、いったい、どんな方法で描いているのでしょうね？」

リーナさんに覗かれそうになったベルさんは、慌てて隠してどうにか話題を変えようとした。それもそのはず、中には、お二人に見られたくないであろうものが特にたくさん記録されているからね。

ふふふ。でも、きっと気に入って貰えるはず。

「これは思い出を記録する魔法具ですよ。また、いいものが記録出来たら三人にお配りします」

「あ、ありがとうございます」

「あ、ありがとう……」

「その代わり、私と仲良くしてくれませんか？」

私は、ニッコリと笑いながらシェリーさんの目を見つめた。

「う、うん……。いいわ。あなたが本当にレオのことが好きだってことは伝わったし」

「ありがとうございます！」

良かった……。なんとか、成功ね。

「ふふ。シェリーも大人になったわね。前なら、説得するのももっと大変だったのに。まあ、エルシーさんの交渉が上手かったのかもしれませんが……」

「そうね。流石、帝国一の商人だわ」

「いえ、私はお飾りですので、大したことないですよ」

帝国一なんて。私はまだまだコルトさんやモーランさんには敵いませんから。

「何を言っているんですか。たぶんですけど……この紙の中にそれぞれ他の人には見られたくないようなものが描かれていますよね。しかも、ただ見られたくない内容じゃなくて、自分自身で見るだけなら少し恥ずかしいけど、嬉しい物だから怒れない……そういう作戦ですよね？」

あら、気がつかれてしまいましたか。やっぱり、私はまだ一人前にはなれませんね。

「え？　そんなものが入っていたのですか？」

とりあえず、笑顔でとぼけておきました。

「やっぱり、帝国一の商人だわ」

だから、帝国一の商人はこんなもんじゃありませんからね？

「そうですね……。ベルですら、こんな感じですから……」

リーナさんが苦笑いを浮かべながら、ベルさんの方に目を向けた。

ベルさんは、顔を真っ赤にして俯《うつむ》いていた。

うん……少し、やり過ぎちゃったかな？　でも、許して。私、ベルさんのことも好きだから。

第八話　エルシーと視察

エルシーさんとシェリーたちが部屋から出てきた。

どうやら、ちゃんと仲良くなれたみたいだ。さっきまでムスッとしていたシェリーの顔が柔らかくなっている。

ただ……どうしてベルの顔があんなに赤いんだ？　あの顔は、ベルが恥ずかしい時にする顔だな。部屋の中で、何か恥ずかしいことがあったのか？　後で、本人に聞いてみるか。

「よし。それじゃあ、お昼ご飯にするか」

「わかりました。ルーさんを呼んできます」

赤い顔がなかなか収まらないベルがそう言って、すぐそこにあるルーの部屋に入っていった。たぶん、いつも通りまだルーは寝ているだろう。

「ルーさん？」

「昨日説明した魔族の女の子だよ」

首を傾げたエルシーさんに、ルーの説明をしてあげた。

「あ、違法奴隷だったという……」

「そう。今は一応、犯罪奴隷ということで行動を縛っているんだけどね」

「そうなんですか」

バアン！

「ご飯だ！　ご飯の時間だ！……あれ？　皆どうしたの？　それと、新しい人？」

凄い勢いで飛び出してきたルーが、廊下に勢揃いしている俺たちに驚きつつ、見たことがないエルシーさんに目を向けた。

「ああ、これからここに住むことになったエルシーさんだ。たぶん、この国で一番お金を持っている女性だぞ」

「そうなの？　レオよりも？」

「うん、そうだと思う」

たぶん、そうだよね？　ゴッツの横領した金を俺の物とするなら、微妙だけど。あれは、ミュルディーン領の金ってことだからね。

「へ～。レオよりも金持ちなんだ。エルシー、はじめまして。私はルー。ルーって呼んで」

「わかりました。ルーさん、よろしくお願いします。ちなみに、そんなにお金は持っていませんよ。ほとんど、レオくんの調査に……いえ、なんでもありません」

うん？　なんか、良からぬ言葉が聞こえたぞ！

絶対、俺を盗撮したりするのに金をたくさん使ったってことだよね？　まあ……俺も人のこと言えないから文句は言わないんだけど。

「うん、よろしく！　それにしてもレオ、もうそろそろ女に手を出すのを控えたら？　次あたり、シェリーに刺されるかもよ？」

「う、うん……。肝に銘《めい》じておくよ」

流石にね。俺も、そろそろ殺されそうな気がしてきたよ。昨日の夜も、何度謝って許して貰ったことか……。別に、意図して増やしているわけじゃないんだけどな。次からは気をつけるか。

「それで、午後からは何をするの？」

「皆で地下市街を見に行こうかなと思ってね。もう、安全な場所になったからシェリーたちが来ても大丈夫だろうからね。それと、もしものことがあってもルーがいれば安全でしょ」

もう、残党処理もしたからね。真っ暗な場所だけど、誰も入れないから安全でしょ。

まあ、もしもの時の為に、俺もいつもの冒険者スタイルで行くしね。

「外に出られるの？　やったー！」

俺の言葉を聞いて、ずっと部屋に籠もっているルーが誰よりも早く喜んだ。

飯食って部屋でゴロゴロ出来ればいいのかと思ってたけど、やっぱり部屋にずっと籠もっていたらストレス溜まるか。ルーにストレスは危険だから、後で対策を考えないとな。

「え？　私たちも連れて行ってくれるの？」

次に反応したのは、シェリーだった。

「うん。一緒に行こうよ」

ここで、エルシーと二人だけで行くとかそんな勇気、俺には無いからね。


というわけで、皆で地下市街にやってきました。

ワナテラスで周りを照らしながら、皆で広い地下空間を歩いて回っていた。

「うわ〜。こんなに広かったのですね。こんな空間、どうやって造ったのでしょうね？」

「魔法じゃない？　何人もの魔法使いを使って大きな穴を開けたのよ」

「それはあり得ますね。古代の魔法使いたちが造った地下の街なのかもしれませんね」

「それ面白いな。この街を宣伝する時に使わせて貰うよ」

古《いにしえ》の魔法使いたちが創造した地下市街……うん、いいな。

「やったー。役に立てました」

「魔法を使って造られたという案は、私だからね？」

「はいはい。二人ともありがとう」

シェリーの機嫌が悪くなりそうだったから、すぐにそう言って二人の頭を撫でてあげた。

すると、すぐに二人は満足そうな顔をした。

「本当、凄い場所ですね、ここを私が開発していく……」

エルシーさんは、地下市街の広さに圧倒されながらそんなことを呟いていた。まあ、暗くて先が全然見えないから、余計に広く見えるというのもあるよね。

「そうですね。まずは、壊れた街灯たちを全て魔法具にして貰えませんか？」

「いいんですか？　全て魔法具なんてしたら凄く高くなりそうですが？　それに、ここまで広い場所となりますと店にある在庫では全然足りないので、それだけで時間がかかってしまうと思うのですが？」

そのことも、ちゃんと考えていますよ。

「それなら、ここで魔法具職人を育てましょうよ。街灯くらいの魔法具なら一週間もあれば作れるようになりますよ」

「え？　流石に一週間は無理ですよ。私の店にいる新人さんだって、簡単な魔法具でも一人だけで作れるようになるのには、最低でも半年はかかりますよ」

「知っていますよ。でもそれは、一人だけだからでしょ？」

「一人だけだから？　すみません、どういうことなのか説明して貰えますか？」

「えっと……魔法具の製造過程って、魔方陣《まほうじん》を作って、それに魔石をいい感じに取り付けて、外側を作るというやり方じゃないですか？」

「はい。そうですね」

「これ、一つ一つが難しいんですよ。職人さんは、これを全て一人でやらないといけないんですよね？」

「そうですね」

「でも別に、分担して作ってもいいと思いませんか？　それぞれの工程を分担して作るんです。そうすれば、覚える時間が短縮出来ますし、生産スピードが格段に上がるはずです」

別に三つと言わず、もっと細かく行程を分けてもいいかもね。これの良いところは、職人に作って貰うよりも人件費が安くなるから安く作れるということなんだよね。

「た、確かに……。流石、レオくんですね。わかりました。帰ったら、さっそく手配します」

「はい、頼みました。まずは、この暗いのをどうにかしないと、何も始められませんからね」

街灯が出来てから、人をたくさん雇って本格的な開発の始まりだな。

「そうですね」

「それじゃあ、もうちょっと見て回ったら帰るか」

「レ、レオ様……」

俺が歩き始めると、凄く不安そうな顔をしたベルが話しかけてきた。

「うん？　どうしたベル？」

もしかして、暗いところが苦手？　可愛いな。

「なんか……魔物の匂いがします。しかも、凄くたくさんの……」

うん？　何て言った？

「魔物がたくさん……魔物が……魔物⁉　ちょっと待って」

ようやく、状況が確認出来た俺は、慌ててアンナを装着した。

「アンナ。このあたりに魔物がいる？」

（はい。いますね。魔界から召喚された強力な魔物たちが）

「魔界から召喚された魔物？　うん？　どこかで聞いたことがあるぞ……」

何だったかな……。凄く印象的だったんだけどな。

（覚えていますでしょうか？　前に闇市街で見つけた『魔の召喚石《しょうかんせき》』という魔法アイテムを）

「あ！　あった！　嘘でしょ？　壊れてなかったの？　それに、どうやって作動したの？」

この前、確認に来た時は店ごと壊れていたのに？

どこかに運ばれていたのか？

（わかりません。誰かが作動させたのか……。それとも、誤動作なのか……。とにかく、急いで戦闘態勢に入ってください。レオ様たちの存在に気がついた魔物たちが近づいてきています！）

「もう来てるの⁉　皆、めっちゃ強い魔物がこっちに向かって来ているから急いで固まって」

（転移している暇はありません！　もう、すぐそこに来ています！）

そう言って、アンナが暗くて見えない魔物たちのシルエットをゴーグルに映してくれた。

うわ！　本当にたくさんの魔物がこっちに向かっている。

今、俺たちは緊張なんて微塵もしてなかったから、一人一人がそこそこ離れている。確かに、全員俺のところに集まって、転移して、をやっている間に、魔物がここに到達してしまうだろうな。

「皆、急いで固まって！　ルー！　出番だ！　見えた魔物は全部消しちゃって」

転移することを諦めた俺は、すぐに皆に指示を飛ばす。

まず、俺の許可がないと破壊魔法を使えないルーに許可を出す。

「え？　壊していいの？　やったー！」

「もし俺たちが魔物を取りこぼした時はベル、よろしく。シェリーたちを守ってくれ！」

「ちょっと。私も戦うわ！　もう、守られているのは嫌なの！」

「わかった。安全なところから魔法の援護を頼む」

そう言いながら、俺は上に向かって光魔法を撃った。

すると……思っていた以上に見た目が凶悪な魔物たちに囲まれていることを目視することが出来てしまった。

これは……シェリーたちが動き始める前に使わなくて良かったな。たぶん、これを見たらあまりの恐怖で動いてくれなかっただろうからね。

「ははは。こんな緊張感は久しぶりだな」

乾いた笑い声を出しながら、二本の剣を魔物の大群に向かって振った。

第九話　魔界の魔物たち

剣を振ると、魔物たちに斬撃《ざんげき》が飛んでいく。そして、前列から順番に切られていく。どうやら、ドラゴンみたいな硬さを持っている魔物はいないようだ。

でも、三列程度までしか斬撃が届かず、これから長い戦いになる予感しかしなかった。

「マジか……。アンナ、後ろの様子はどうなってる？」

魔物たちを近づけないよう全力で斬撃を飛ばしながら、アンナに後ろの状況を確認させる。

（はい。シェリア様たちは移動が終わり、現在はルー様とレオ様の間で固まっております。ルー様は、楽しそうに破壊魔法を使っておりますが……数が多すぎるのと、薄暗くて奥の方が見えないのもあって、レオ様と同様にそこまで数を減らせていません）

「そうか……。これは、本気で長期戦になりそうだな」

魔力切れは心配ないけど……体力が持つか？

「まあ、根性でどうにかするしかないよな」

SIDE：シェリー
ど、どうしよう。怖くて体が動かない。

さっき、もう守られているだけは嫌とか偉そうに言ったくせに……結局、守られているだけじゃない！

う、うう……なんなのあの魔物たちは？　昔読んだ魔物図鑑に載っているどんな魔物よりも凶暴に見えるわ。

そういえば、さっきレオが魔界から召喚された魔物って言っていたわね……。

あの、物語に出てくる魔王が住んでいた魔界。非常に魔力で満ちている場所で、人間界とは比べものにならないくらいの魔物がウジャウジャいるという場所。そんな場所の魔物たちがこんなにもたくさん……。

これ、レオでも大丈夫なの？

そう思い、レオに目を向けると……苦い顔をしながら必死に剣を振っているレオが見えた。

「レオでも大変なんだ……」

あんなレオの顔は初めて見た。いつも、どんな時でも私を心配させないために余裕な表情でいてくれたレオが、不安を顔に出しちゃってる。これは、本当にダメかもしれない……。

隣を見ると、私と同じことを感じ取ったリーナが不安で固まっていた。

ベルは、不安な顔をしながらも、私たちを守るために腕を変身させ、身構えていた。

エルシーさんは……、

「二人とも、しっかりしてください！」

バン！　バン！

エルシーさんが急に、私とリーナの頬を両手で挟むように叩いてきた。

「しっかりしてください。レオくんも、ルーさんも私たちを守る為に戦ってくれているのですよ？　それに、戦う力があるというのに、どうして戦わないいんですか？　このまま、何もしないで死にたいのですか⁉」

エルシーさんはそう言いながら肩に掛けていたバッグから魔銃《まじゅう》を取り出し、順番に私とリーナの目を見つめてきた。

私たちは、頬がヒリヒリするのを感じながら、エルシーさんの目を見つめ返した。

と同時に、心の中の不安が少し収まってきた感じがした。それに、ちょっと勇気も湧いた気がする。

「ご、ごめんなさい。戦います」

「すみません。私も、出来ることをやります」

「良かった。正気に戻ってくれましたね。それじゃあ、私たちも戦いましょう。シェリーさんは、ご自慢の魔法で魔物たちの数を頑張って減らしてください。リーナさんは、定期的にレオくんとルーさんの体力を回復させてあげてください。ただ、お二人が怪我した時にすぐ治せる魔力は残すように心がけてください」

「は、はい」

エルシーさんの的確な指示に、私たちはすぐに返事をする。

「焼け石に水だと思いますが、私は魔銃を使って援護してみます。魔石はたくさん持っていますので、魔力が尽きることは無いと思いますが、もしもの時はベルさんに魔力の供給を頼んでもいいですか？」

「はい。問題ないです」

「ありがとうございます。それじゃあシェリーさん、攻撃を開始してください」

「わかりました」

エルシーさんに返事をしてから杖を取り出し、私は魔物の大群に向けて一番得意な雷魔法を全力で撃ち出した。

『お願い！　効いて！』

そう願いながら。

バアン!!

魔物たちに魔法が当たると……凄まじい爆発音と共に魔物たちがはじけ飛んでいった。

続けた。

「は、はい」

エルシーさんに褒められて嬉しくなった私は、それからは不安も緊張も感じることなく魔物を倒し

「凄いじゃないですか。でも、まだまだ魔物はたくさんいますから気を抜いてはいけませんよ！」

私の魔法に当たった魔物たちがちゃんと死んでくれた！

「う、うそ……。私の魔法が魔物たちに効いた？」

SIDE：レオンス

戦い始めて、どのくらいが経っただろうか……たぶん、一時間は過ぎたはず。

終わりが、全く見えない。斬っても斬っても、奥から魔物がやってくる。

それでも、シェリーたちのおかげで少しは楽になったが。

やっぱり、シェリーの魔法は凄いな。一回目の攻撃で自信がついたのもあって、それからずっと魔物の数を減らすのに貢献《こうけん》してくれている。

リーナの聖魔法も凄くありがたかった。リーナのおかげで、一時間以上経っても疲労を感じずに動くことが出来ている。

本当、エルシーさんのおかげだな。恐怖と不安で固まってしまった二人を鼓舞《こぶ》してくれなかったら、今頃俺たち全員とまでは言わないが、誰かは死んでいただろう。

魔銃の攻撃もなんだかんだ功《こう》を奏《そう》していた。たくさんある魔石と、ベルの魔力による弾の補充により、弾切れのことを心配せずに撃てるので、そこそこ魔物を倒すことが出来ていた。

でも……四人とも、そろそろ魔力が尽きそうだ。俺やルーがチートなだけで、普通は使っていれば枯渇《こかつ》するものだからな。あと少しで、四人からの援護は無くなると考えていいだろう。

「アンナ。あとどのくらい残っているんだ？」

（当初の四分の一程度です）

「お、あと二十分の辛抱か」

それぐらいなら、リーナからの支援がなくなったとしても体力は持ってくれるかな。

（ただ、動きの遅い魔物が数体、更に後ろから近づいてきています）

「なにそれ、めちゃくちゃ怖いんだけど！　絶対、強いじゃん！」

くそ……そいつらと戦う体力も残しとかないといけないのか……。

しかも、そいつら絶対強いじゃん！

「何か策はないのか……？　あ、いいことを思いついた」

俺は、目の前に広がる死体の山と、そこから何個か見える魔石を見つけて、ニヤリと笑ってしまった。

「シェリー！」

「な、なに？」

俺が振り返らずシェリーに話しかけると、後ろからシェリーの返事が聞こえてきた。

「これから一旦、俺は攻撃を止める。その少しの間、残りの魔力を全部使っていいから代わりに攻撃してくれないか？」

「わ、わかったわ」

「よし、三、二、一。交代だ！」

そう言って、俺はすぐにしゃがみ、地面に手をついた。頭上を魔法が飛んでいくが、シェリーのコントロールなら心配ない。

そう思いながら俺は、魔物の死体たちに向かって創造魔法を使った。

イメージする物は、ゴーレム。少しでも戦力になってくれればいい。

すると……俺が斬り倒した魔物たちが光り、変形し始めた。死体同士がくっつき、分かれを繰り返し、気がついたらたくさんの魔物が出来上がっていた。

あれ？　これは失敗か？

「いや、確認している暇はない。おい、お前たち！　目の前の敵を倒せ！」

頭上を魔法が通過しなくなったことに気がついた俺は、鑑定することを諦め、ゴーレムであることを願いながらすぐに命令を出した。

すると、俺が創造したゴーレム（？）たちが動き始めた。

魔物の方に向かって。そして、魔物たちと戦い始めた。

見た感じ、一体同士だとあっちの方が強いかな？　ただ、こっちの方が数は多いから、何とかなっているという感じだな。

そう思いながら、俺はゴーレムたちと鑑定してみた。

〈ゾンビゴーレム〉
死体から造られたゴーレム
核を壊されない限り、永遠に体が再生する

体力：－
魔力：２００
力：６０００
速さ：50
スキル
超再生

なんか、凄いな。でも、レッドゴーレムの方が強いね。

最大の弱点は、動きが凄く遅いことだな。たぶん、数で勝っていなかったら、一方的に殴られて終わりだったな。

ちなみに、魔物の方はこんな感じ。

〈キメラ〉
レベル：207
体力：３１８０／４３００
魔力：２００
力：１７０００
速さ：８０００
運：10

スキル
頑丈

見ての通り、ゴーレムと比べると凄い強く感じるでしょ？

もう、力が凄いよね。あれに攻撃されたら、ドラゴンの一発よりも大きなダメージを食らっちまうよ。近づいたら終わりの魔物だな。

「おっと、考え込んでいる場合じゃない。ゴーレムが生きているうちに数を減らさないと」

《二十分後》

「そりゃ！　はい、ラスト！」

最後の一体を倒して、ようやく魔界の魔物軍団の一波を無事耐えきることに成功したみたいだ。

「全員、急いで俺に掴まって！」

全ての魔物が倒されたことを確認した俺は、喜びたい気持ちを抑え、皆に指示を出す。

「え？　終わったんだよね？　どうしてそんなに焦っているの？」

「もっと強い魔物がこっちに向かっているの！　その前に逃げるぞ！」

戸惑うシェリーたちに必要最低限の説明だけをして、すぐに動くように促す。

「わ、わかった」

「よし、全員掴まったね」

全員が集まったのを確認して、すぐに転移した。

「ふう、死ぬかと思った……」

部屋に転移してきた俺は、疲れや安心感からその場で倒れ込んだ。

「ねえ、何があったの？　どうして、あんなに強い魔物がたくさんいたの？」

同じように、俺の横で寝転がったシェリーが質問してきた。

「どうやら、地下市街にあった魔法アイテムが誤作動を起こしたみたい。ごめん。ちゃんと確認しておくべきだった」

残党の処理だけじゃなくて、違法商品もちゃんと調べておくべきだったな。全部ルーが壊した、と思い込みをしていたのが良くなかった。

「そんな。謝らなくていいわ。皆、無事だったわけだし」

「でも、もしかしたら誰かが死んでいたかもしれないんだよ？　今回は、それくらい危なかった」

シェリーたちの援護が無かったら……俺かルーの体力が尽きていたら……俺がゴーレムを造ることをひらめかなかったら……。

一時間半くらいの戦いだったが、本当にどうなっていたかわからなかっただろう。

「もう、いいですよ。まずは、無事に帰ってこられたことを喜びましょうよ。私たちも強くなれましたし」

シェリーと反対側に寝転がったリーナがそう言いながら、俺の手を握って微笑んできた。

「わかったよ……。そういえば、シェリーとリーナのレベルが上がったんだよね」

あれだけの魔物を倒していれば、相当レベルが上がっただろうな。

「そうよ。見る？」

シェリーがそう言って、ステータスカードを差し出してきた。

「いや、いいよ。それは、一仕事終わらせてからのお楽しみにしておくよ」

「一仕事？　まだあるの？　そういえば、まだ強い魔物がいるって言っていたわね」

「そうなんだよ。早く倒さないと、もっと大変なことになりそうだからね」

雰囲気的に、凄く強そうだからね。しかも、アンナが言うには数体いるとのこと。それを野放しにしておくわけにはいかないだろう。

「わかりました……。危ないと思ったらすぐに帰ってきてくださいね？」

「了解。それじゃあルー、行くぞ！」

ルーに呼びかけながら、起き上がる。

「え？　私も行っていいの？」

「いや、むしろお前がいないと困る。あ、その前に造っておきたい物があったんだ」

おっと、いけないいけない。焦りは禁物だ。

部屋の端に転がっているバッグから、ダンジョンで手に入れた宝石をジャラジャラと出す。そして、魔石を一つ出し、創造魔法を使った。

いつも通り光って出来た物は、大きな水晶だった。直径が俺の身長よりも長い。

俺はすぐに鑑定をした。


〈模擬太陽&月〉

高いところから光を降り注がせることが出来る
地上の太陽にあわせて光を調節し、夜の間は月になる
あくまで模擬、見た目だけなので光だけしか放出しない
創造者：レオンス・ミュルディーン

「よし、思った通りの物が出来た」

これなら、夜があるから街灯を取り付けなくていいということにはならないな。

「これは何ですか？」

大玉をペタペタと触りながら、エルシーさんが質問してきた。

「太陽みたいな物だよ。昼の間だけ明るくしてくれるんだって。明るくしないと、ルーが本気で戦えないだろ？」

「なるほど、昼の間だけ……。凄く合理的ですね」

お、やっぱりエルシーさんなら俺の意図がわかるか。

「でしょ？　それじゃあ、行こうか」

そう言って、俺は模擬太陽を触りながら、ルーの手を握って再び地下市街に向けて転移した。


地下市街に転移してすぐ、俺は模擬太陽を起動させた。

模擬太陽は光り始めると自動で天井まで上っていき、地下市街全体を照らした。

「わあ～。明るくなったね。本当に昼みたい」

「そうだね。これで、ルーも全力で戦えるな」

「うん！　あ、そうだ。私、新しいことが出来るようになったから、楽しみにしててね！」

「新しいこと？　うん、楽しみにしておくよ。それじゃあ、魔物たちのところに行くか」

破壊魔法のレベルが上がったのかな？　だとすると、何か制限が解放されたとかかな？

ルーが出来るようになった新しいことが何なのかを考えながら、俺は転移を使った。

転移したのは、魔物たちをギリギリ目視できるくらいの場所にした。ただ……。

「うわ〜。あれ、大きいね」

そう、魔物が思っていたよりも大きかった為、簡単に目視出来てしまう距離だった。

「そうだね。道理でこっちに向かってくるスピードが遅かったわけだよ。それにしても、大きさも凄いけど数もヤバいな」

アンナが数体って言っていたけど、数十体はいるな。強さはどのくらいなんだろうか……。

〈ベヒモス〉
レベル：289
体力：5000000／5000000
魔力：2000000／2000000
力：30000
速さ：5
運：20

スキル
炎魔法レベルＭＡＸ
土魔法レベルＭＡＸ
魔力感知レベルＭＡＸ
ダメージ半減

「なるほど、動かないでとにかく魔法を撃ち続けるタイプか。それにしても、見るからに魔法の威力がヤバいよな」

レベルがマックスって、相当ヤバいだろ。これは、十分に警戒しながら戦った方がいいな。

「ねえねえ。もう、攻撃していい？」

「まあ、いいけど……。魔法の反撃に気をつけろよ」

何かあってもすぐに転移出来るよう、ルーに触れておく。

「了解。ちゃんと見てて。えい！」

えい！　という言葉と共に、一番近くにいたベヒモスが頭からチリチリと光の粒子になって消えていった。

ルーの手は、全く動いていなかった。

「もしかして……手を動かさなくても破壊出来るようになった？」

「そうだよ。でも、制限があって、手の時と違って一回に一体しか消せないんだ～」

まあ、見える範囲全ての魔物が消せるとか、普通に反則だからな。

けど……レベルが上がれば、それもあり得るということか。破壊魔法ってチートじゃね？

「なるほど。一対一ならほぼ無敵だな」

本当、ルーのレベルが上がる前に戦うことが出来て良かった。もし今やったら、簡単に消されていただろう。俺も、何か新しい魔法が欲しいな……。

（レオ様、気がついていないだけで、既に創造魔法のレベルが上がっていますよ）

俺がぽつりと心の中で呟くと、アンナがとんでもない情報を教えてくれた。

「え？　そうなの⁉　何が出来るの？」

めっちゃ嬉しいんだけど！　てか、気づけよ俺！

たまには、ステータスカードを見るようにしないとだな。

（魔物を創造出来ます。先ほどのゾンビゴーレムは魔物の扱いです。レオ様がゴーレムをイメージしたためにゴーレムのような形になってしまいましたが）

お〜。魔物を創造出来るのか。それにさっきのゴーレムは魔物扱いなのか。びっくりだな。ただ、俺が魔物を造れるなんて広まったら、魔王とか言われて面倒なことになりそうだから、バレないようにしないといけないいな。

（はい、そうですね。それと、エレナ様のレベルも上がっていますので、確認してみてください）

「そうなの？　了解」

〈魔剣エレナレベル4〉

持ち主と念話が出来る

持ち主の魔力を大量に吸収して、切れ味と耐久力を強化していく
レベルが上がると能力が増える
自己修復能力有り
レベル４……配下の魔物を召喚することが出来る
創造者：レオンス・フォースター

（うお！　エレナ凄いじゃん！）

魔物を召喚か……。俺の魔物創造と合わせたらかなり凄いことになるんじゃないか？

てか、魔物召喚もまた魔王が使いそうな能力じゃん！

ん？　よく考えたら魔剣は元々魔王の剣だから当たり前か。

（何を今更……。まあ、いいわ。今日は、存分に使って貰えているからね）

気がついていなかったのは、普段ほったらかしにしている証拠だから、いつものエレナなら怒ってしまいそうだが、今日は機嫌がいいみたいで助かった。

（レオ様！　もっと私を使ってください！　たぶん、私もあと少しでレベルが上がりますから！　だから使って！）

エレナに許して貰えてホッとしていると、セレナがめっちゃ主張してきた。

（わ、わかったよ）

まあ、セレナのレベルアップももうすぐだろうからね。今からたくさん倒せばいけるかな？

「ねえ、レオ。さっきから誰と話しているの？」

おっと、ルーがいたんだった。

「あ、ごめん。剣と話していたんだ」

「え？　その剣、話すの？」

「そうだよ。持ち主だけしか話せないんだけどね」

「そうなんだ。それで、私がどんどん倒しちゃっていい？」

「うん。いいよ」

セレナには悪いけど、こっちの方が安全だからね。

「やったー」

そう言って、もう一度ルーが破壊魔法を使った。すると、また一体のベヒモスが消えていった……

と、同時に他のベヒモスたちが一斉に俺たちに向かって顔を向け、口を大きく開けた！

「あ、気づかれた！」

危険を察知した俺は、急いで転移した。

「危なかった……。集中砲火されているぞ」

そう言いながら、俺たちがいた場所に魔法を放ち続けているベヒモスを観察する。

どれも、巨体から想像出来た通り、魔法の威力も凄まじく大きかった。俺の体力なら耐えられるかもしれないけど……ルーならあの集中砲火で死んでいたな。

「うん、凄いね。こっち見た瞬間、口から一斉に魔法が飛んできた！」

死にそうになったというのに、ルーは何故か嬉しそうにしている。流石、戦闘狂だな。

「よし。それじゃあ、作戦を変えよう。ルーはさっきみたいに、ここから一体ずつ魔物を消してくれ。

その間、俺はあの大群の中に潜り込んで、ターゲットを取りつつ斬り倒していくから」

「え？　それだと、レオが危なくない？　私の破壊魔法で手を使って一気に消しちゃった方が早くない？」

「いや、そんなことはないぞ。もし、それをやるとなると、広範囲で攻撃するために近づくしかなくなるよな？」

「うん」

「そうすると、必然的にあいつらに気づかれるのもその分早くなるだろ？」

「うん」

「で、さっきみたいに魔法に囲まれたら、視界が遮られて、破壊魔法が使えなくなるだろ？」

「あ、確かに！　でも、今みたいにレオの転移を使いながら攻撃してもいいんじゃないの？」

「いや、たぶんすぐに気づかれるからずっと当たらないと思う。それに、俺は魔法を避けるのが得意なのは知っているだろう？」

「うん……そうだね。わかった」

わかったと言いながらも、ルーはいかにも不満という顔をした。

「よしよし。今回は、新しい能力の練習だと思ってくれ。それと、くれぐれも俺のことは消さないようにしてくれよ？」

ルーをなだめながら、頭を撫でてあげる。また、暴れる機会をあげるから許して？

「わかった。レオも、気をつけてね」

「おう。それじゃあ、俺があいつらのターゲットになった瞬間にスタートだからね！」

そう言って、俺は転移を使った。転移した場所は、ちょうど群れの真ん中にいるベヒモスの頭の上だ。

「ほら、俺はここにいるぞ〜」

それだけ言ってすぐに別のベヒモスの頭に転移する。すると、さっきまで俺が頭の上に乗っていたベヒモスの頭が魔法で消し飛んでいるのが見えた。それだけじゃなく、その射線の先にいる仲間にも致命傷になるくらいのダメージを与えていた。

つまり、俺が一回挑発しただけで、真ん中にいたベヒモスの頭が飛び、その周りにいたベヒモスも大怪我を負ってしまったというわけだ。

「ヤバ。こいつら、もしかして頭悪い？」

と、言いつつもまたベヒモスがこっちに顔を向けたのですぐに転移した。

「ハハハ。同じことを繰り返しているよ。いい加減、気がつけばいいのにね」

また、俺がいた場所一帯のベヒモスが戦闘不能になっているのを眺めながら、思わず笑ってしまった。

「よし、これは効率よく倒せそうだな」

そう言いながら、また転移する。ただし、今度は転移してすぐに斬撃を飛ばす。これによって、何体かの魔物が倒れたのを確認する前に転移をする。そして、また斬撃を飛ばす。

これを繰り返すことによって、ガツガツとベヒモスの数が減っていった。

そして、俺に気を取られている間に、一体。また一体とルーによって着実に数が減らされていった。

《十分後》

「セイ！」

ようやく、ラストの一体を倒し、全滅させることに成功した。

「ふう、終わった……。アンナ、他にもう魔物はいない？」

（はい、いません。ただ、時間が経てばまた召喚されるかもしれません）

マジ⁉　まだ終わりじゃないの？

「え？　それじゃあ、発生源を探さないと！」

（それが、あの魔法アイテム……召喚の開始と同時に壊れてしまう仕様なので、既に壊れているのです）

「え？　一度使ったら壊れてしまうって、そういう意味だったの？　それじゃあ、どうやって止めればいいの？」

もう壊れているなら、壊して止めるとかも出来ないんだよね？

（あの魔法アイテムは、三段階に分けて魔物を召喚します。今、レオ様が倒したベヒモスは二段階目の魔物ですね。ですので、あと一回魔物が召喚されれば、終わります）

「そうなのか……。あとどのくらいで召喚が始まるのかわかる？」

（申し訳ございません。いつから召喚が始まったのかがわからないので、お答えすることが出来ません。ただ、ベヒモスの召喚が終わって間もないはずなので、すぐに召喚されるということはないでしょう）

わかんないか……。

「そうか……。それじゃあ、ネズミたちに監視させて、始まった瞬間に全部倒しちゃうか」

（はい。それがいいと思います）

「了解。それじゃあ、ルーのところに戻るか」

ベヒモスの死骸《しがい》たちは後で回収するとして、とりあえず帰るか。

「ルー、お疲れ」

「レオもお疲れ。見ていて楽しそうだったよ」

楽しそうだった？

「うん……まあ、楽しかったのかな？」

ベヒモスのことを笑っていたし。

「私も、あんな風に戦ってみたいな～。ねえ、どうやったらレオみたいにあんな速く移動出来るの？」

いやいや。ルーが転移出来るようになったら、大変だよ。それこそ無敵だろ。

「あれは、転移のスキルを使っているんだよ」

「その、転移のスキルはどうやって手に入れたの？」

「ダンジョンを攻略した時に手に入れたんだ」

初級ダンジョンでね。

「ダンジョン？　私もそれを攻略すれば貰えるの？」

あ、ヤバい。余計なことを教えたか？

ダンジョンと聞いた瞬間、ルーの目が輝いた気がした。

「どうだろう？　わかんない。てか、勝手にダンジョンに挑戦しに行くとかやめてくれよ？」

これは、念を押しておかないと。

「え～。行きたい！」

やっぱり、そうなっちゃうよね～。

「わかったよ。また、いつか暇な時にでも連れていってあげるよ」

これは、いつか戦法と呼ばれる、先延ばしにすることによって子供のねだりを回避する方法だ。

「やったー！　約束だからね？　ちゃんと連れていってくれるよね？」

あ、これ、いつかは絶対に行かないといけなくなるやつだ。

ルーの目が『約束破ったら承知しねえからな！』と言っている気がする……。

「わ、わかったよ。それじゃあ、シェリーたちが待っているからさっさと帰るぞ」

「わかった。お腹すいたな～。今日の夕飯は何だろう？」

「何だろうな？　今日はいっぱい動いたから、いつもよりご飯が美味しいんじゃないか？」

そんなことを言いながら、俺はルーの手を握ってシェリーたちのいる城に向かって転移をした。


キメラの群れとベヒモスの群れを倒した次の日。

地下市街のとある場所で大きな魔物がゆっくりと魔方陣から召喚されていた。

眠った状態で召喚されるのか目はつぶっているが、それでも十分に凶悪な顔に思わずビビってしまった。

「うわ～。これ、絶対に呼び出したらダメな奴じゃん」

まだ肩までしか出ていないが、この調子だとあと一、二時間で完全に召喚され、活動を始めてしまうだろう。

(それにしても、この魔物は何という魔物なんだ？)

(この魔物は、魔界でも五本の指に入るくらいの魔物でして、見た人は死んでいるので、まだ名前はつけられていません。この魔物に暴れられますと、レオ様たちが負けることは無いと思うのですが

……ここが確実に崩壊しますので、完全に召喚される前に倒すことをおすすめします）

マジ？　それは、急がねばいけないな。

てか、見た人は全員殺されているって相当ヤバくない？　あの魔法アイテム、とんでもない性能だな。

「ねえ、約束通り私が消していいの？」

「うん、いいよ。いや、むしろ早くお願いします」

本当、何があるのかわからないので、早くやっちゃってください。

「わかった。えい！」

「本当、どんな相手でも関係ないな……」

そんなことを言いながら、ルーの腕の一振りによって頭を消されてしまった魔界で五本の指に入る魔物を哀れんだ。

「ふふん♪」

ルーは、大きなものを壊せてご機嫌のようだ。

「それじゃあ、昨日倒した魔物を含めて死体たちを回収しますか」

「手伝うよ」

「ありがとう」

それから、二人だけで魔物を集め……られず、ゴーレムを連れてきてようやく全ての死体を解体BOXに詰め込むことに成功した。

まあ、最初から二人だけでなんて無理なのはわかっていたんだけどね。ベヒモスなんて、二人だけでどう持つんだよ。

今回手に入れた素材たちは今後、創造魔法の素材にしていきます。

とりあえず、後で新しく出来るようになった魔物創造をやってみようかな。魔界で五本の指に入ると言われている魔物の素材を使ってね。

「よし、帰るか」

死体の回収も終わり、俺とルーは城に転移した。


「ただいまー」

「おかえりなさい。凄く大きな魔物だったわね」

帰ると、さっそくシェリーたちが出迎えてくれた。

なんか、エルシーさんにピッタリとくっついているシェリーに何があったのかを知りたいけど、今はいいか。

「そうなんだよ。もし戦っていたらヤバかったと思う」

エルシーさんとの視察が一日でも後だったらと思うとゾッとするよ。あのキメラの大群とベヒモスの群れ、あの馬鹿でかい魔物を同時に、しかもシェリーたちを守りながら相手するなんて、無理に決まっているからな。

「でも、無事に終わって良かったです。これで、地下市街は安全なのですよね？」

「それは、違法商品がまだ残されていないかを確認しないとわかりませんね。明日、探してみます」

たぶん、危ない薬とか魔法アイテムがまだまだ残っているかもしれないからね。明日、よく探さないとだな。

「わかりました。もう何もないといいんですけどね」

「そうですね」

「ねえ、今日はこれから何をするの？　少しは休んだら？　昨日から、ずっと戦ってばかりで疲れたでしょ？」

「うん。疲れたし、今日の仕事はこれで終わりにしようかな。それにしても、随分とエルシーさんと仲良くなったね」

さっきから、エルシーさんにくっついているのが気になって仕方ないんだけど。昨日の夜から今の間に何があったんだ？

俺、昨日は疲れて早く寝ちゃったし、今日も朝早くから魔物の召喚を警戒するために地下市街にいたからわかんないんだよな……。

「そう？　フフ♪」

うん、明らかに仲良くなったな。

「聞いてくださいよ。シェリーったら、初対面の時あれほどあからさまに嫌がっていたのに、昨日怒られて仲良くなった途端こんなに甘えているんですよ」

「まあ、それはいつものことだし……。それにしても、本当にべったりだな」

ルーの時は置いといて、リーナの時もベルの時も最初だけは怒るんだけど、結局仲良くなっちゃっているよね。

でも、今回は異常に早いし、距離も近すぎるだろ。

「そうなんですよ。シェリーがエルシーさんのことを何て呼ぶようになったと思います？」

「え？　何だろう……？　思いつかないや」

わざわざ聞くってことは、普通にエルシーとかではないだろうし……。

「答えは、エル姉さんです」

エル姉さん？　エル姉さんか……。

「へ～そうなんだ～」

思わず、ニヤニヤしながらシェリーを見てしまう。

エルシーさんは、凄くしっかりしているからね。お姉ちゃんと呼ぶのもわからないでもない。

「な、何？　べ、別に仲良くしているんだからいいでしょ？」

「うん。仲良くなってくれて凄く嬉しいよ」

きっと、昨日の怒られた後に、お風呂でも入って優しくされたら懐いちゃったんだろう。

何だかんだ、シェリーは人懐っこい性格だからな。

「でしょ？　あ、そうだ。昨日の約束覚えてる？」

「うん。シェリーたちのステータスを見せて貰う約束でしょ？」

昨日、ベヒモスを倒しに行く前にした約束だよな。

「そうよ。ということで、はい」

「あ、私たちのも！」

「おお、ありがとう。それじゃあ、見させて貰うよ」

シェリーのカードを受け取りながら、リーナ、エルシーさん、ベルの順番に見ていく。

シェリア・ベクター
レベル：26
年齢：11
種族：人族
職業：魔導姫《まどうひめ》
体力：1140／1140
魔力：＊＊＊／＊＊＊
力：220
速さ：380
運：500
属性：無、水、雷、氷、魅了
スキル
〈見ることはできません〉
称号
〈見ることはできません〉

リアーナ・アベラール
レベル：26
年齢：11

種族：人族
職業：聖女
体力：1160／1160
魔力：＊＊＊／＊＊＊
力：250
速さ：360
運：500
属性：無、聖
スキル
〈見ることはできません〉
称号
〈見ることはできません〉

エルシー
レベル：26
年齢：16
種族：人族
職業：大商人
体力：1120／1120

魔力：18900／18900
力：250
速さ：380
運：300
属性：創造
スキル
〈見ることはできません〉
称号
〈見ることはできません〉

ベル
レベル：38
年齢：13
種族：獣人族
職業：メイド
体力：1350／1350
魔力：****／****
力：710
速さ：580

運：500
属性：無、獣
スキル
〈見ることはできません〉
称号
〈見ることはできません〉

おいおい、魔力の表記がおかしいんじゃないのか？　と思われるかもしれないが、これはステータスカードの性能がシェリーたちの魔力に追いついていない為にこんな表記になってしまっている。

もちろん、鑑定を使えば詳しい情報を見ることが出来るよ。まあ、どうせ十の何乗表記で、見ても凄さが伝わりづらいから鑑定は使わない。

それにしても、皆成長したな。

「皆、凄い成長したね。リーナなんて聖女見習いだったのが聖女になってしまったんだね」

遂に、リーナは聖女様の孫から聖女様と呼ばれるようになるわけだ。

「あ、気がついてくれたんですか？　そうなんですよ。私も知らないうちになっていました」

「へえ～。何が条件だったんだろうな？」

「さあ？　思い当たることとすれば、アンナさんたちを助けたことぐらいなんですけどね……」

「たぶんそれだよ。あの時のリーナは、本当にかっこよかったもん」

あの、無償の気持ちで助けている姿は、聖女様そのものだった。

「本当ですか？　それは嬉しいです」

リーナのことを褒めていると、エルシーさんに抱きついているシェリーの頬《ほほ》が膨《ふく》れ始めたので、そろそろシェリーの時間に移行しよう。

「シェリーの魔導姫も凄いよね。こんな職業、見たことないよ」

たぶん、文字通りの意味で、魔法が凄いお姫様ってことなんだろうね。けど、この職業は世界でシェリーだけだろう。王国の姫様は、宝石類に夢中らしいからね。

「そ、そう？　私、魔法だけは得意だから」

「うん。シェリーの魔法は凄いよ。エルシーさんも、魔力が凄く増えましたね。これなら、創造魔法で魔法アイテムも造れると思いますよ」

俺が初めて成長のミサンガを造った時は、今のエルシーさんよりも魔力が少なかったからな。

「本当ですか？　後で試してみます！　こ、これでレオくんの記録がもっと詳しく……」

「エル姉さん。その話、後で詳しく聞かせて。たぶん、私の魔石を使えばいいのが出来るわ……」

なんか、シェリーとエルシーさんがコソコソと何かを話し始めた。

もしかしてこの二人、一緒になると危ない存在になったりしないよね？

うん、気にしないことにしよう。うん、今のは気のせいだ。

「ベルは、もう十分強いな。無属性魔法と獣魔法を組み合わせたら、A級の冒険者にでも圧勝出来るんじゃないか？」

「そうですか？　そこまで強くなった気がしないんですけど……」

「まあ、まだレベルが上がったばかりだしな。それじゃあ、見させて貰ったから返すよ」

そう言いながら、皆にカードを返す。

「じゃあ、今度はレオの番ね」

「え？　俺のも見るの？」

てか、俺も自分のステータスがどうなっているのかを把握《はあく》してないんだけど。

「もちろんでしょ。それに、ルーも見せなさいよ」

「いいよ～」

若干見せることを渋った俺に比べて、ルーは何も気にせずシェリーにステータスカードを差し出した。

ルー
レベル：38
年齢：11
種族：魔族
職業：破壊士
状態：記憶喪失
体力：11000／11000
魔力：****／****
力：6000
速さ：8200
運：10

属性：無、破壊
スキル
〈見ることはできません〉
称号
〈見ることはできません〉

「あれ？　ルーのステータスって思っていたほど凄くないのね。というより、あんなに強くてどうしてレベルがベルと一緒なのよ」

カードを見て、最初にシェリーがルーのレベルに文句を言った。

「私もわかんな〜い」

当の本人は、そんなことはどうでもいいじゃんという態度だった。

「アンナ情報なんだけど、魔族の特性みたいだよ。魔族は長く生きられる分、人や獣人族よりレベルが上がるのが遅いんだって」

俺は、前にアンナから聞いた情報を皆に伝えた。俺も同じことを気になってアンナに聞いたんだよね。

そんなことを思っていると、急にルーの顔が青くなったような気がした。

「え？　私、レオやシェリーよりも長生きなの？　それじゃあ、レオたちが死んだらまた私は一人になってしまうの？　一人……ウゥゥ……」

それだけ言うと、ルーは頭を抱えてその場で蹲《うずくま》ってしまった。

「ルー!?　どうした？　大丈夫か？」

急なことに驚きながら、俺は慌ててしゃがみ込んでルーの背中を擦《さす》る。

「一人、嫌だよ……。寂しいよ……。皆、私を置いていかないで……」

大体わかってきた。たぶん、一人にされてしまうことに何かしらのトラウマがあるのだろう……。

たぶん、奴隷だった時のトラウマなんだろうな。

「ルー、落ち着けって。まだまだ何十年も先の話だろう？」

どうやって慰めたらいいんだ？　たぶん、こんな言葉じゃあダメだ。もっとルーが安心する言葉ってなんだ？

そんな風に、ルーの背中を擦りながら悩んでいると、またルーの様子が変になった。今度は、体も震え始めた。

「嫌だよ！　置いてかないで！　お姉ちゃん！　お姉ちゃん置いてかないで！」

「お姉ちゃん？」

ルーにお姉ちゃんと呼ばれている人はいない。ということは……。

「もしかして、消えていた昔の記憶か？」

「お姉ちゃん！　どうして！　どうして置いていくの！　お願いだから帰ってきて！」

「ルー、落ち着け！　こっちを見るんだ。一人じゃないだろ！」

どんどんおかしくなっていくルーの肩を掴んで、無理矢理目を合わせた。

目を合わせたが……、

「お姉ちゃん。お姉ちゃん……」

ルーの目は虚《うつ》ろで俺の目を見てくれることはなかった。

そして、何故かそのまま目をつぶり、眠ってしまった。

「すみません。あまりにもお話が出来そうになかったので、聖魔法で眠らせてしまいました。たぶん、起きた時には落ち着いていると思いますので、それからじっくりとお話をしましょう」

どうやら、リーナの聖魔法によって眠ってしまったみたいだ。

聖魔法には、気持ちを落ち着かせる魔法があったはず。だから、起きた時にはきっとさっきよりも落ち着いている状態になっているだろう。

「うん、そうだね。それじゃあ、ルーが起きるまで側にいてやるか」

「そうね。そうしましょうか」

ルーをベッドに運び、いつ起きてもいいようにルーの側に皆でいてあげることにした。

《四時間後》

ＳＩＤＥ：ルー
「ん……あれ？　私、いつの間にか寝てた？　うん……覚えてないや。それより、もうご飯の時間よね。急いで起きないと……あれ？」

私の上に、誰かの腕がある？　え？　レオ？　それに、シェリーも？

どうして？　ここ、私のベッドよね？

慌てて起き上がると、レオとシェリーだけじゃなく、皆が私のベッドでスヤスヤと眠っていた。

「皆も寝ちゃったんだ〜。ふふふ、皆で寝るのもいいね」

それに、なんだろう……この感じ。凄く落ち着く……。

「ふあ～。なんだか、眠くなってきた。皆、お休み」

そう言いながら、もう一度枕に頭を乗せた私は、レオとシェリーの手を握りながら目をつぶった。

第十話　魔物創造

あれから二週間が経ったが、ルーはそれまで通りの生活をしていた。

変に刺激をして、あの発作が起こったら大変なので、俺らはあの時のことを質問出来ずにいた。たぶん、消された記憶に何か関係があるんだけど、思い出させる方法は知らないし、出来たとしても辛い記憶だった時は、逆に可哀そうだしね。

ということで、俺たちは普段通りにルーと接している。あ、いや、一つだけ変わったことがあったな。

夜な夜な、ルーが誰かのベッドに潜り込むようになった。なんか、この前皆で一緒に寝た時に凄く安心感があって気に入ったらしい。もしかすると、あの時の寂しさがまだルーの中で残っているのかもね。

ちなみに、俺のところに来ようとするとエルシーかシェリーに捕まって二人の寝室に連れていかれるらしい。だから、朝起きてルーが俺のベッドに潜り込んでいることはまだ無い。

まあ、ルーの話はこの辺にして、この一週間に何をしたのかを説明していこうかな。

まず、地下市街の安全確認を行った。違法な物が残っていないか、アンナと一緒に隈《くま》なく探した。

結果は、何も出てこなかったんだけどね。全部、ルーに消されていた。逆に、どうしてあの魔法アイテムだけが無事だったのかが不思議なくらい何もなかった。もしかすると、ルーが消したことによって誤作動が起きたのかも。

それから地下市街の安全確認が終わり、次の日から俺はエルシーさんと一緒に魔法具工場の準備を始めた。工場の建設場所は、地下に入ってすぐの場所。業者の手配などはフレアさんに頼み、エルシーさんには魔法具作りを教えられる人を本店から呼んで貰うように頼んだ。工場建設はすぐに始まり、俺が造った地下市街の入り口からたくさんの資材が今も運び込まれている。

あとは、元奴隷屋だったクラークの店を改造して、簡易的な魔法具工場を始めた。十人くらいを雇って、今はエルシーさんが呼んだ職人に作り方を教わっている。この人たちには全ての工程を覚えて貰って、工場が完成した時の教育係になって貰おうと思っている。工場が完成するまでには、習得出来るかな。

ということで、工場が完成するまで何もすることがない。地下市街の開発は街灯が設置されてからじゃないと出来ないし、街灯は工場で量産が始まらないと何も出来ないからね。

それで、今日からは少しゆったりと休みを満喫《まんきつ》しようかなと思っている。あと少しでまた学校が始まってしまうから、今のうちに遊んでおかないと。

まず今日は、例の魔物創造に挑戦してみようかな。と思って、俺はシェリーたちを引き連れて地下市街に来ていた。ここなら広いし、工場の予定地からも遠いから誰かに見られる心配も無いから大丈夫だろう。

そんなことを考えながら、俺は地面に今日使う素材たちを並べていった。

この前の魔界で五本の指に入るってアンナに言われていた魔物とドラゴンの素材は多めに入れてお

く。あとは、使えそうな素材を適当に出しておいた。

「本当、いろんな素材を持っているわね」

「まあね。それが趣味みたいなところもあるし」

創造魔法に使えそうな素材があるとついつい取って置いちゃうんだよね。

俺は素材を出し終わり、最後に魔石を取り出した。もう、何年も毎日寝る前に魔力をつぎ込んだ魔石だ。この前、オークションで出されていた魔石なんて比べものにならないくらい魔力が入っている。

「いつ見ても、凄い魔力ですよね。しかも、このレベルの魔石がいくつもあるんですよね？」

「そうだね。ほら」

そう言って、バッグから魔石をいくつか掴み取ってリーナに見せてあげた。

「本当に凄いわね。ねえ、一つ貰っていい？」

「別にいいけど、何に使うの？」

まあ、綺麗だし、部屋にでも飾って置くのかな？

「エル姉さんの創造魔法に使うんだ」

そういえば、ここ最近二人で創造魔法の練習をしているって言っていたな。

「ああ、なるほど。それなら別に、なくならない程度だったら俺のバッグから勝手に素材も含めて持って行っていいよ。どうせ、使い切れない物ばかりだし」

エルシーさんの創造魔法のレベルが上がるなら、お安いもんだよな。あとで、何が造れるようになったのか聞いてみよう。

「え、いいの？　レオ大好き！」

こちらこそ、喜んで貰えて何よりだ。

「ありがとう。それじゃあ、魔物創造を始めるよ」

「どんな魔物を造る予定なんですか？」

さあ、始めるぞって感じで素材たちに向けて手を向けたところで、エルシーさんから質問が飛んできた。

「そういえば、特に何も考えてなかった。そうだな……もし誰かに見つかってもペットって誤魔化せる犬とかいいかな？」

もし、見た目が凶悪な魔物が出来てしまったら、人に見られないようにしないといけなくなりそうだもんね。

「犬ですか……いいと思いますけど、この量の素材を使ったら、誤魔化せない大きさにならない？」

あ、確かに。

「それじゃあ、魔石を追加して何体か同時に造るか」

あとは、一体だけ少し強くなるようにイメージしておこう。

リーダー的なのを一体ね。そんなことを意識しながら、俺は創造魔法を使った。

それからいつも通り、光って素材たちがくっつき変形して出来たのは、真っ黒な犬だった。

それと、一体だけ体から炎が出ていた。

どうやら、イメージ通りに出来たみたいだ。さて、お楽しみの鑑定の時間だ。


〈ヘルハウンドレベル50〉

主人を守ることを生き甲斐としている
影魔法で主人の影に隠れて生活する
体力：4000／4000
魔力：6000／6000
力：3000
速さ：8000
スキル
影魔法レベル8
察知
連携

で、一体だけ強そうなのが、

〈ヘルハウンド（炎）レベル50〉
主人を守ることを生き甲斐にしている
影魔法で主人の影に隠れて生活する
炎魔法も得意
体力：5000／8000
魔力：8000／8000

力：3000
速さ：8000
スキル
炎の体
炎魔法レベル8
影魔法レベル8
察知
統率

うん、強いね。

レッドゴーレムより弱いかな？　とか思ったけど、レベル表記があるからこれからもっと強くなりそうだよね。

それに、影魔法とか初めて聞いたかも。あ、いや、おじさんも一応持っていたな。使っているところは見たことがないけど。

「わ〜。かっこいいですね。触って大丈夫ですか？」

「どうなんだろう？　大丈夫か？」

噛まれても困るから、一応犬たちに聞いてみた。

「ワフ！」

ヘルハウンドたちは、吠《ほ》えながら縦に首を振った。うん、どうやらそこそこ知能はありそうだな。

「いいみたいだよ」

「やったー」

許可が出ると、シェリーたちは嬉しそうにヘルハウンドたちを撫で始めた。

「モフモフしていて気持ちいい。ねえ、餌とかどうするの？」

そうだ。こいつら、ゴーレムと違って飯が必要だったな。

「さあ？　アンナに聞いてみる」

困った時は、アンナだよな。

(普通の犬と同じで大丈夫ですよ)

「普通の犬と同じで大丈夫だって」

肉とかでいいのかな？　まあ、後でいろいろと並べてどれを食べるのかを確認すれば大丈夫だろう。

「わかりました」

「よし。それじゃあ、それぞれの住処を決めるか。まず、普通のヘルハウンドは二匹ずつシェリーたちの影だな。で、残った一匹は孤児院で育てて貰うか。お前は俺の影だな。」

俺がそう言うと、ヘルハウンドたちは『ワフ』と返事をして、それぞれ俺たちの影に潜っていった。

「え？　影に入ることが出来るの？」

「影魔法を使って、影の中で生活するんだって」

「へ～凄いわね。それより、名前を考えてあげないと」

そう言うと、シェリーは「うん……」と考え始めた。

「確かに、名前が必要だな。よし、お前の名前は……。そういえば、お前はオスなのか？」

炎を身にまとったヘルハウンドに質問すると、首を横に振って答えてくれた。

「メスなのか。そうか……うん……ミーナだな」

「ワフ」

「気に入ってくれたか？　それは良かった。それじゃあ、上手くいったことだし帰るか」

「待って！　まだ考え終わってない！」

シェリーの言葉で、リーナやベルたちを見ると、まだ二頭のヘルハウンドと睨《にら》めっこしながら、名前を考えていた。

あ、ルーだけは考え終わったのか、嬉しそうにじゃれ合っていた。

「わかったよ。まだ時間がかかりそうだね。それじゃあ、その間俺は孤児院に犬を届けてくるから、帰ってくるまでに考えておくんだよ」

「はーい」


「よっと。お前は、今日からここで暮らして貰う。子供たちの遊び相手になってあげてくれ。あとは、危ないことがあったら助けてあげて」

孤児院に転移した俺は、ヘルハウンドに説明する。たぶん、頭がいいから俺の言葉を理解してくれているだろう。

「ワフ」

うん、大丈夫のようだ。

「あ、レオにいだ！」

庭を歩いていると、外で遊んでいたキャシーたちとアンヌさんをすぐに見つけることが出来た。

「よお。久しぶり。皆、元気にしていたか？」

「うん！　それより、その犬はどうしたの？」

「お、気になるか？　ここで飼って貰おうと思って連れてきたんだ。アンヌさん、ここで犬を飼っても大丈夫？」

「え？　ここで、犬を飼うんですか？　たぶん、大丈夫だと思いますが……一応、カミラさんに聞いてきます」

そう言うと、アンヌさんが中に入っていきそうなったので、慌てて止めた。

「いや、俺が聞きに行ってくるからいいよ。カミラさんは、どこにいるの？」

俺が連れてきたんだから、自分で許可を取らないと。

「たぶん、院長室にいると思います」

院長室は確か、メイドたちの部屋の端にあったはず。

「了解。それじゃあ、俺が戻って来るまでの間、皆でこいつを可愛がってやっていてくれ」

「いいの？　やったー」

「嬉しそうだな」

子供たちにこねくり回されながらも、嬉しそうにしているヘルハウンドを見てから、俺はカミラさんのところに向かった。

「すみません」

「あ、レオンス様！　どうしたのですか急に？」

俺が院長室に入ると、お金の勘定をしていたカミラさんが慌てて立ち上がった。

「あ、ごめんなさい。一つだけ聞きたいことがあって来ました」

「聞きたいことですか？」

「はい。ここで犬を飼っても大丈夫ですか？　一頭だけなのですが、孤児院の皆に飼って貰いたくて」

「犬ですか？　大丈夫だと思いますよ。子供たちに面倒をみさせれば、いい教育にもなりそうですし」

「ありがとうございます。凄くお利口な犬なので、子供たちを噛むとかはないと思うので、そこは心配しなくても大丈夫です」

主人を守ることが生き甲斐らしいから、たぶん大丈夫だろう。普通の犬を飼うよりは安全なはず。

「わかりました。私も、後で可愛がりに行きたいと思います」

「是非可愛がってあげてください。黒くてかっこいいですよ。それじゃあ、また」

「はい。また、いつでも来て下さいね！」

了解しましたと伝えつつ、俺は院長室を後にした
「あ、レオにい！　大丈夫だって？」

俺が戻ってくるとすぐに、犬を可愛がっていたキャシーたちが聞いてきた。

「うん。大丈夫だって。その代わり、お前たちがちゃんと世話をしなさいって言っていたよ」

「わかった！　ちゃんとお世話する！」

「よしよし。それじゃあ、俺は帰るぞ」

そう言って、キャシーの頭を撫でてあげる。

「え～もう帰っちゃうの？」

「シェリーたちを待たせちゃっているんだ。どうせ、明日から暇だからまたすぐに来られるさ」

当分、やることは無いからね。学校が始まるまではゆっくりするんだ。

「わかった。明日、絶対来てね。約束だからね？」

明日？　まあ、暇だからいいけど。エルシーさんも連れてくるか。

「わかったよ。それじゃあ、また明日。お前たち、犬の世話をちゃんとやるんだぞ！」

『は〜い』

キャシーたちの元気な返事を聞きながら、俺は地下市街に向かって転移した。

それから、まだ名前が決められていなかったベルとエルシーに家に帰ってから考えるように言って、城に帰った。

第十一話　報告＆お疲れ会

「この度、帝国の闇を暴き、その解決に力を尽くしてくれたことへの感謝として、褒美《ほうび》を与える。褒美は、レオンス・ミュルディーンに伯爵を叙爵《じょしゃく》し、騎士団保持の許可を出す」

「あ、ありがたく受け取らせて頂きます」

学校が始まるから、とりあえず帝都に帰ってきた俺は、到着早々城に呼び出され、訳がわからないまま褒美を渡されていた。

たぶん、俺が断らないようにするための作戦だったのだろう……。まあ、いいんだけどさ……事前に説明くらいしてくれても良かったよね！

そんなことを思いながら現在、皇帝の部屋に来ていた。

「これで、ようやくお前も上級貴族の仲間入りだな。十代で伯爵になった奴なんて初めてなんじゃないか？」

皇帝はそんなことを言いながら、エリーゼさんに顔を向ける。

「ええ、間違いなく異例の成り上がりだと思います」

「だそうだ」

「悪運が強いだけですよ。行くところでトラブルに巻き込まれていても嬉しくありません」

というか、もうこれ以上何もいらないんだよね！　だから、このトラブル地獄から解放してくれ！

「確かにそうだな……今回は特に」

「そうですよ。僕の暗殺計画から始まり、この国の汚職が暴かれ、僕の領地の地下に全てが違法な闇市街が見つかり、とんでもなく強い魔族と戦う羽目になり、締めには魔界から召喚された大量の魔物に囲まれましたからね」

「凄いな……逆に、よく生きていられたな」

「本当ですよ。終盤なんて、もしかしたら本当に死んでいたかもしれません。運がいいのか悪いのかわかりませんよね」

「まあ、生きているんだから運はいいんじゃないか？　そういえば、あれから魔族の少女はどうなったんだ？」

「大人しくしてますよ。シェリーに凄く懐いています。最近だと、よく二人で寝ていますね」

今日も、俺たちが一旦帰ると言ったら本当に悲しそうにシェリーにギュッと抱きついていたな。

まあ、エルシーさんもいるし大丈夫だと思う。俺たちも転移があるからすぐに帰れるしね。

「そうか。安全ならいい。ただし、これからもしっかりと警戒しておくんだぞ？」

「はい。わかっています」

この前の発狂事件から、十分に警戒はしている。

「そうか。それじゃあ、レオ君がこの一、二ヶ月で何をしたのか教えて貰おうかな」

「わかりました。今回、僕は最悪に近いミュルディーン領の治安を改善するためにいろいろと行いました。まず、憲兵の劣悪な職場環境の改善と大幅な人員増強を行いました。これは、文官のフレアさんに指摘されて行いました」

「お、さっそく派遣した文官が役に立ってくれたか」

「はい。凄い仕事が速くて助かっています」

「そうだろう。エリーゼが認めるほどだからな」

「はい。あの子の仕事の速さは、私といい勝負ですからね」

へ～エリーゼさんがそこまで認める人なんだ。

「それは凄いな。まあ、役に立ってくれて良かった。それで、次に何をやったんだ？」

「大きな孤児院を造りました。これは、ミュルディーン領にはスラムがありまして、そこで生活している子供たちが悪いことをしなくても生活出来るようにするためですね。今は、皆元気に遊んだり、勉強や魔法の練習をしたりしていますよ」

「おお、それは凄いな。魔法は誰が教えているんだ？」

「元違法奴隷だったエルフの方たちが教えています。僕もたまに教えたりしていますね。皆、どんどん魔法の使い方が上手くなっていますよ」

昨日、最後に教えに行ったら皆しっかりと的に魔法を当てられていたからな。

「エルフに魔法を教わっているのか？　それは、将来が楽しみだ。将来、レオ君の騎士団に加えるのか？」

「そんなつもりはありませんよ。皆、自由に生きてくれればいいと思っています」

「そうか。レオ君は本当に善人だな」

「そんなことないですよ。お金に余りがあり過ぎるので、やろうと思っただけですから」

それに、スラムをどうにかしたいという自分の利益の為にやったものだからな。

「それでも、人を助けたことには変わりはないさ。それより、他にまだ何かやったんだろ？」

「他には……やったというより、やっていると言った方が正しいですね。ホラント商会と協力して地下市街の開発を進めています。これには、たくさんの人が必要になりますので、仕事が無い人を減らすことが狙いです。既に、魔法具工場の建設にたくさんの人が雇われて、スラムの人口がどんどん減っています」

「それは、良かった。順調じゃないか」

「そうだといいのですが……」

どうせ、また何かトラブルが起こるよ。

「大丈夫だろう。これからも、更なる発展を期待しているぞ」

「はい。頑張ります」

「あ、そうだ。褒美の説明を忘れていたな」

「あ、そうですよ！　騎士団保持の許可ってなんですか？」

騎士団を持っていいってことだろうけど、詳しいことはよくわかんないんだよね。

「そのまんまの意味だよ。騎士団を持てる貴族は、限られているんだよ。上級貴族の中で、皇帝に認められた家だけが持てるんだ。大体が、他国との国境付近の家だな」

「反乱を起こさせない為ですか？」

「そうだ。警備兵を雇うくらいなら許しているんだが、あからさまに戦争が出来そうな兵を雇うことは認めていないんだ」

まあ、それは当然だよな。

というか、今まで何も気にせずにゴーレム兵を造っていたけど、バレたらヤバかったんじゃないか？　バッグの中にいる奴と合わせたら、普通に戦争が出来そうだよな……。

「な、なるほど。それで、今回はどうして僕に許可を出したのですか？」

「それは、フィリベール家への牽制《けんせい》と本当に反乱を起こした時に必ずレオ君の領地が通り道になるからだ。何も準備していないのに、攻められるのは嫌だろ？」

うわ～。また、トラブルに巻き込まれそうだ。というか、確実に戦争に巻き込まれるな、うん。

「準備していても攻められるのは嫌ですけど……わかりました。騎士団を造ってみます」

死にたくないし、全力で騎士団を育成しないといけないな。

はあ、次から次へと。

「おう。頑張ってくれ。というより、レオ君に頑張って貰わないと本当に困る」

「ん？　そんなにですか？　フィリベール家って今、凄く疲弊《ひへい》しているんじゃないんですか？」

いつか、戦争が起きそうなのはわかったけど、どうしてそこまで焦っているんだ？

「それが……どうも、王国と手を組んでいるみたいなんだ」

「王国ですか……。王国は、本気で戦争をするつもりなんですか？　たぶんですけど、王国が帝国に戦争を仕掛けても勝てませんよね？」

王国って、王族が私利私欲に突っ走っているから、国力が落ちているって聞いたんだけど？

「そうだな。だが、それはフィリベール家がこっち側だった時の話だ。普段なら、フィリベール家が国境付近で王国を食い止めている間に他の家から増援を頼むのだが、次はそれが出来ないだろう。砦《とりで》で戦うこともせず、他の家からの増援が間に合う前に帝都に向かってくるだろう」

「なるほど……。確かに、それは大変ですね。わかりました。いろいろと考えておきます」

うわ〜。戦争に巻き込まれるどころか、戦争の中心地に引きずり込まれた。

これは、早急に対応しなければだな。

「ああ、頼んだ」

「それじゃあ、僕はこの辺で失礼させて貰います。家で、友達が待っていますので」

「ああ、シェリーに聞いたぞ。試験のお疲れ会らしいな」

「はい。一年間、頑張って勉強しましたから」

「そうだろうな。私の耳に、レオ君たちの点数が既に届いているのだが、楽しみにしておいていいと思うぞ」

お、それは嬉しいニュースだ。

「本当ですか？　ありがとうございます。それじゃあ、失礼します」

「ああ、またな」

皇帝にお辞儀をしてから、俺は家に転移した。


「ただいまー」

「お帰り！」

「お帰りなさい。遂に伯爵にまでなりましたね。おめでとうございます」

家に帰ると、シェリーとリーナが出迎えてくれた。

「ありがとう。皆は、もう来ているの？」

「うん。席に座ってあなたを待っているわよ」

「了解。あいつらと会うのも久しぶりだな」

約二ヶ月ぶりだ。

「よお。元気にしていたか？」

「お、レオ。久しぶり」

「師匠！　元気にしてました！」

フランク、ヘルマン共に、二ヶ月前と変わっていないようで良かった。

「うん、二人とも元気そうで何よりだ。それじゃあ、お疲れ会を楽しむか」

それから俺たちも席に着き、料理が運ばれ始めた。

まず出てきたのは、いきなりドラゴン料理だった。なんでも、舌が何の味にも影響されていない最初に食べて欲しいとのこと。

「うわ～。匂いからして、絶対美味しいだろ。レオ、これが手紙で言っていた新作のドラゴン料理か？」

今回のドラゴン料理は、ステーキみたいだ。焼き時間と肉に合うタレを二ヶ月間研究し続けたそうだ。

「俺も初めて見たんだけど本当に美味しそうだ。それじゃあ、いただきます」

『……』

皆、一口食べると、それからは無言で食べ続けた。

そして、あっという間にドラゴンのステーキは無くなってしまった。

「うん、凄く美味しかった。後で、サムさんにお礼の言葉を言わないとだな」

「流石、元フォースター家の副料理長ね」

「前回のドラゴン料理よりも美味しくなってますよね」

「流石、師匠の料理人ですね！」

皆、ドラゴン料理に大絶賛だった。喜んで貰えて嬉しいね。

「ありがとう。そういえば、フランクとヘルマンは休みの間、何をしていたの？　実家に帰ったの？」

「いや、実家に帰っていたら移動だけで休みが潰れてしまうから、帝都の家で魔法の練習をしていたよ」

「僕も、帝都の家で兄さん相手に剣術の練習をしていました」

確かに、俺みたいに転移が無いと移動に時間がかかるもんな。それじゃあ、帰らないか。

「二人とも真面目だな。どれくらい強くなったのか楽しみだ」

「楽しみにしていて下さい！　僕、この前初めて憧れだった兄さんに勝てたんです」

ヘルマンの兄さんって、帝国の騎士団に入った人だっけ？　ヘルマン以外で、兄弟の中で唯一無属性魔法が使えるとか。

「お、それは凄いじゃないか。剣術の授業が待ち遠しいな」

「はい！」

「本当、あなたたちは仲がいいわよね。そういえば、ヘルマンはレオの騎士団に入るの？」

「え？　騎士団ってなんですか!?」

シェリーの言葉に、ヘルマンが凄い勢いで食いついてきた。

「えっと……その話は長くなりそうだからまた後でな。学校が始まってから、フランクの部屋でゆっくりと説明してあげるから」

今は、楽しもうよ。戦争の話とかすると、ご飯も美味しくないし。

「わ、わかりました……」

「おい！　どうして俺の部屋なんだよ！」

「まあ、いいじゃないか。それより、俺の領地での話を聞きたくないか？」

「ま、まあ……」

「聞きたいです！」

「よし。それじゃあ、説明するよ……」

それから、デザートを食べながら、俺の領地改革の話で盛り上がった。

うん、気軽に話せる学校の友達というのもいいものだな。

第八章　西の反乱編

continuity is the father
of magical power

第一話　クラス替え

二ヶ月の長期休みも終わり、今日から学校が始まる。

昨日から寮生活が再開し、久しぶりにベルと二人だけで生活した。二ヶ月しか経ってないのに、凄く懐かしく感じたんだよね。まあ、凄く濃い二ヶ月だったからな。

「それじゃあ、行ってきます！　帰ってきたら、すぐに領地に向かうから、準備しておいて！」

「はい。わかりました。学校頑張ってきてください」

「うん！」


「やあ、おはよう。遂に、クラス替えの発表だぞ」

ベルに行ってきますを言って部屋から出ると、二ヶ月前までと同じようにフランクが待っていた。

「おはよう。ああ、そういえばそうだったね」

そういえば、今日クラス替えをやるのか。騎士団設立の準備が忙しくて忘れてた。

「相変わらず余裕だな。たぶん、心配で心配で寝られなかった奴だっているだろうに……」

「別に、フランクだって心配はしてないだろ？」

どうせSクラスじゃなくて、どれだけ上位に入れるかを考えているからな。

「まあな。手応え的に、Sクラスは確実だな。でも、二位を取れるかは心配だぞ」

ほら、やっぱりこの前リーナに負けたことを意識しちゃってるよ。うん……リーナに勝てるか？

「えっと……三位でもいいんじゃないか？」

三位も悪い順位じゃないと思うな、うん。

「おい、そこはきっと二位になっているさ！　くらい言ってくれよ！」

「だって。リーナも優秀なんだもん。勉強だと差はそこまでつかないだろうし、魔法でリーナにはまだ負けているでしょ？　もしかすると、どっちも満点という扱いになるかもしれないけど」

あの、クラス全員を眠らせた魔法は本当に凄かったからな。フランクを二位にさせてやろうと思っていたけど、あんな凄い魔法をやられたら無理だな。

「ま、まあ……」

フランクも理解はしているらしい……。顔が暗くなってしまった。

「まあ、もしかすると意外に筆記試験で勝っているかもしれないから希望を持てって」

なんとか励《はげ》ましの言葉を考えながら、フランクの肩をポンポンと叩いてやる。

「お前は、励ましたいのか励ましたくないのかハッキリしろよ！　もう、いい。ほら、見に行くぞ」

「あ、ちょっと待ってよ」

フランクが怒って先に行ってしまった。

まあ、俺はゆっくりと向かうとするか。

「それで、順位はどうだったの？」

俺は、先に掲示板に到着していたフランクに順位を聞いてみた。

「二位だった」

二位だと⁉　リーナを抜かせたの？

「おお、やったじゃん！　うん？　あ、リーナと同率二位か」

喜びながらリーナの名前を探していると、フランクの名前と同じ二位の欄にリーナも載っていた。

「そうだよ。はあ……」

二位だったけど、同率だったから喜べないのか、フランクは微妙な顔をしながらため息を吐いた。

「まあ、いいじゃないか。目標だった二位になれたんだから。それより、問題のヘルマンの名前を探すぞ」

フランクの順位なんて、ヘルマンがSクラスになれたかどうかに比べたら、どうでもいいことなんだよな。

そんなことを思いながら、Sクラスの下の方の順位でヘルマンの名前を探していく……。

「うん？　あれ？　いないぞ？　もしかして……」

Sクラスになれなかった？　嘘だろ？　あんなに頑張って教えたんだぞ！

直前の俺が作った練習問題もほぼ満点だったし、大丈夫だと思っていたのに……。

もしかして、緊張して頭が回らなかったとかか？　いや、テストの合間にそんな素振りは見せていなかったぞ……。

「いや、よく見ろよ。六位に名前が載っているだろ？」

そう言って、フランクが両手で俺の顔を掴んで無理矢理上に向けさせた。

「へ？　六位？　ヘルマンが？」

視線の先には、六位の文字と……その隣には確かにヘルマン・カルーンの文字があった。

「お前、失礼だな。あれだけ頑張っていたんだから、いいんじゃないか？　あいつ、剣術は満点だぞ。それに、今回は魔法も高得点だろ？」

「た、確かに……」

よくよく考えてみたら……魔法の実技が０点になるから、苦手教科以外はほぼ満点を取れるくらいにまで仕上げたんだっけ。

でも結局、リーズ先生が実技の試験方式を変えたから、ほとんどの教科で高得点を叩き出すことが出来てしまったわけだ……。

「師匠……僕、今年は違うクラスです。来年は、必ず同じクラスになれるように頑張ります」

俺がヘルマンの高順位に納得していると、後ろから凄く悲しい声が聞こえてきた。

「おい、ちょっと待て。師弟揃ってどうして下しか見ないんだ？　お前、六位を見てみろよ」

そう言ってまた、フランクがヘルマンの顔を掴んで思いっきり持ち上げた。

すると、ヘルマンの目が思いっきり見開いた。

「え？……六位!?　どうして僕が六位なんですか？　絶対、何かの間違いですよ！」

「いやいや。一年間、あれだけ頑張ったんだから当然だろ？」

そう言って、驚きを隠せないヘルマンの背中を優しく撫でてやる。

「どの口が言っているんだが……。思いっきり、上位を探そうともしなかったくせに」

あ～聞こえな～い。

「し、師匠……。いえ、全部師匠のおかげです。師匠がいなかったら、僕は今頃Ｃクラスでした」

「さ、さあ、教室に向かおうじゃないか」

「はい！　それにしても、また主席を取るなんて凄いですね。流石、師匠！」

「まあ、満点は逃したんだけどね」

たぶん、流石にまた満点は不味いよな……と思ってわざと間違えたんだけどね……。まあ、ここでそんなことは口が裂けても言えないな。

「一問間違えだったな。よく、そんな高得点を取れるよ。普段、勉強しているようには見えないのに……」

「さ、さあ？　どうしてだろうね？　隠れて勉強しているのかも」

本音を言うと、小学生が解くような問題を今更間違えるわけがない。

「隠れて勉強している奴は、自分から言わないだろ」

確かに！　的確なツッコミだ！

「そ、そうかな？　それじゃあ……そうだ！　授業中に頑張って全部覚えているんだよ！」

「いや、そんなあからさまに今考えました！　みたいにして言われて誰が信じるかよ。というかお前、授業を真面目に受けたことないだろ！　まあ、いい……教室に入ろう」

マシンガンのようなツッコミを終えたフランクは喋り疲れたのか、言うことだけ言って先に歩き出してしまった。

「お、おう。新しいクラスはどんな感じなんだろうな～」

とりあえず、俺は話に合わせつつヘルマンとフランクの後を追いかけた。

「シェリア！　あいつと結婚するなんて今すぐやめて僕と婚約するんだ！」

教室に入ると、まるでデジャブのような場面に遭遇《そうぐう》した。

ああ、そういえば、あいつもSクラスなのか……面倒だな。

おっと、それより早く止めないと。

「うるさい！　どっか行って！　次近づいたら、魔法で吹き飛ばすからね！　それに、名前で呼ぶ許可なんてした覚えなんかないから！　二度と名前で呼ばないで」

俺が止めに行こうとするよりも早く、怒ったシェリーが杖を取り出してぽっちゃりに向けた。おお、シェリーも成長したな。

「うう……。くそ！　いいんだな！　こっちはこんなにも親切に言ってやったのに！　絶対に後悔させてやるからな。ぐふふ……シェリアの泣いて許しを請《こ》う姿を見るのが楽しみだ」

「キモい」

「グハ！」

おっといけない。我慢出来なくて思わず殴ってしまった。

「な、殴ったな！　俺を殴ってどうなっても知らないぞ！」

うわ～。いかにも悪役の下っ端が言いそうなセリフだな。

「うるさい。今の、どう考えても不敬罪《ふけいざい》だろ。このことがバレたら、裁かれるのは俺よりもお前の方だ。それに、やられて悔しかったらやり返してこいよ！　ほら」

そう言って、俺がファイティングポーズをした。

「ふ、ふん！　俺は暴力で解決しようとは思わないんでね」

どうやら、俺に挑むほどの勇気はないみたいだ。

「あっそう。それじゃあ、黙って席に着くんだな」

「うるさい！　俺に命令するな！」

「はあ……。それじゃあ、好きに動いていいよ。ただ、俺の不利益になりそうなことをしようと思っているなら、覚悟しておけよ？」

もう、めんどくさくなってきたから、それだけ言って本気の殺気をぽっちゃりに向けてやった。

こいつの家には散々迷惑をかけられているから、これぐらいはやっても大丈夫だろう。

「ヒ、ヒイ！　く、くそ！」

完全に腰が抜けてしまったぽっちゃりは、尻を引きずりながら後ずさって、逃げるように教室から出ていった。

本当、よく物語に出てくる威勢だけはいい悪役の下っ端みたいな奴だな。

「レオありがとう！」

「どういたしまして。今度から、あいつが近づいてきたらすぐに念話《ねんわ》するようにしてね。何をされるかわからないから」

あいつの家は俺を殺そうとしているわけだし、シェリーにも何かされるかもしれないからね。

「うん。わかった」

「お、帰ってきた。かっこよかったぞ。まるで、悪役を撃退した物語の主人公だな」

自分の席に戻ると、後ろの席のフランクがさっそく茶化してきた。

今回の席はどうやら成績順らしい。同率の場合、家の階級が上の方が前になるみたいで、俺の後ろにフランク、その後ろにリーナとなったわけだ。

ちなみに、シェリーは四位だったので、リーナの後ろの席だ。

シェリーに目を向けてみると、さっきのことなど無かったかのようにリーナと楽しそうに喋っていた。

「おおげさだな～。まあ、シェリーは俺の婚約者なわけだからね。あれくらいしても大丈夫でしょ？」

「そうだな。流石に、あれは酷かったからな」

「そういえば、あいつの後ろにいた奴らが見当たらないな？」

この前まで、いつも二人くらいいなかった？

「ああ、それならこの前、どっちの家もお取り潰しになったぞ。色々と不正が見つかったみたいだ」

「なるほど……」

ああ、皇帝が調べさせて見つかった不正をしていた貴族に含まれていたのか。大きな貴族から小さな貴族まで、たくさん不正が見つかったからな。もしかすると、二ヶ月前までよりも同級生の数が少ないかも？

「は～い！　始めますよ！　皆さん、席に着いて下さい！」

俺が教室を見渡して、クラスメイトの数を数えていると、リーズ先生が元気な声を出しながら教室に入ってきた。

「あ、リーズ先生だ。Sクラスの担任はリーズ先生になったんだ」

「そうみたいだね。あの先生、優しいから当たりだな」

「生徒思いだしね」

確かに、当たりの先生だな。というかリーズ先生、Sクラスの担任になれたから給料アップじゃん。

「ほら、そこ！　今から私が話し始めるから静かにしなさい！」

「「は～い」」

先生に注意され、俺たちは元気よく返事をして、それからは静かにして先生の話を聞いた。

それから少しだけ授業があり、午前中で学校が終わった。

今日は、午後から新入生と五年生と六年生の先輩たちで新入生歓迎パーティーを行う関係で、俺たちは午後から休みらしい。

ということで、午後から領地に行って仕事をするぞ～！

第二話　入団試験

「師匠！　騎士団の話を詳しく教えて下さい！」

授業が終わり、俺が帰りの準備をしているとヘルマンが大きな声を出して迫ってきた。

「あ、そういえば、まだ話していなかったな……」

「学校が始まったら教えてくれるって約束ですよね？」

わかったから、そんな近づいてくるな。

さて、どうしようか……あ、そうだ。

「今日、二人とも午後は暇？」

「ん？　俺もか？　まあ、暇かな。もしかして、俺の部屋に来るのか？」

「僕はもちろん暇です！」

よし、二人とも午後の予定はないみたいだな。

嫌そうに答えるフランクと、大喜びしているヘルマンを余所に俺は午後の予定を考える。

「それじゃあ、午後に俺の部屋に来てくれ。ヘルマンは、動きやすい格好と剣を持ってくること。フランクは……好きな格好でいいよ」

「お、おう……わかった。わかったんだが、何をするんだ？」

「何をするかはお楽しみということで」

まあ、もしかしたらフランクは退屈かもしれないけどね。

「わかりました！　昼の間に剣をしっかりと磨いて、準備してから師匠の部屋に向かいます。ふふ、僕も遂に師匠の騎士に……」

そう言うと、ヘルマンは嬉しそうに教室を出ていった。

ん？　何か勘違いをしていないか？　と思って、ヘルマンを呼び止めようと俺が廊下に出た時には、もうヘルマンの姿を確認することは出来なかった。

仕方ない。まあ、大丈夫だろう。


そして、午後になり……ヘルマンとフランクが約束した通り、俺の部屋を訪ねてきた。

「師匠！　来ましたよ！」

「おう。とりあえず入れ」

そう言って、とりあえず俺は二人を部屋に入れた。

「「お邪魔しまーす」」

「そういえば、レオの部屋に入るのは初めてじゃないか？」

「はい。そうだと思います。いつも、フランクの部屋で勉強していましたから」

言われてみれば、いつもフランクの部屋で遊んでいたな。

最初がフランクの部屋だったから、それからフランクの部屋で集まるのが習慣になってしまったんだったな。

「まあ、今日も俺の部屋で何かするわけでもないんだけどね」

「ん？　それじゃあ、どこに行くんだ？」

「俺の領地だよ。騎士団の説明をするなら、騎士団を見せながらの方がわかりやすいでしょ？」

「今から？」

「俺には転移があるから余裕で日帰りだよ」

「便利だな……」

そういえば、フランクとヘルマンと転移をするのは初めてだな。最近、俺の周りの人は慣れてきたからこういう反応も新鮮に感じるな。

「というわけで、行きますか。ベル、行くよ！」

「はい！　あ、皆さん、はじめまして。レオ様の専属メイドをさせて貰っていますベルと申します」

「は、はじめまして……」

「はじめまして。姫様とリーナに嫉妬されたりしてないか？」

ベルに見惚れているヘルマンの隣で、ニヤリと笑ったフランクがベルに意地悪な質問をした。

「え？」

「まあまあ、それは解決したことだから」

嫉妬されましたなんて、自分で言えるわけがないじゃんね？

「解決したこと？　だとすると、やっぱり何かあったのか。おいおい、隣の部屋であの二人と修羅場になるとか身の危険を感じるからやめてくれよ？」

「大丈夫だって。もう随分と前のことだから」

寮生活が始まってすぐのことだったな。

「は？　てことは、知らない間に俺の身が危ない状況になっていたのか？」

「え、えっと……そ、そんなことはなかったよな？」

「え、ええ……」

少し怯えながら俺がベルに質問すると、ベルは少し躊躇《ちゅうちょ》しながら頷いてくれた。

「おい！　ここで一体何があったんだよ！」

「まあまあ、そんなことはいいじゃないですか。それより、早く師匠の領地に行きません？」

不安になって叫ぶフランクの肩をポンポンと叩いて落ち着かせながら、ヘルマンが俺に向かって転移を催促《さいそく》してきた。

「おお、そうだな。よし、全員俺に触れ！」

ナイスヘルマン！　もう、あの時のことはあまり思い出したくないんだよ。

あ、でも、リーナにキスされそうになったのはいい思い出だよな。

「おい、急にニヤニヤしてどうした？」

「ニ、ニヤニヤなんてしてないぞ！　それじゃあお前たち、行くぞ」

俺は誤魔化しながら全員が俺に触ったことを確認して、城に向かって転移した。

「転移って、本当に一瞬なんですね。ここが、師匠の領地ですか？　わ〜賑《にぎ》やかな街ですね」

俺の部屋の窓から見える領地を眺めながら、ヘルマンが感嘆の声を漏らした。

「そうだよ。ここが、世界の中心と言われているミュルディーン領だ」

「ここから見える眺めが凄い高く感じるんだが？　この家、随分と大きいだろ？」

「あ、気がついた？　この家、城なんだ」

「やっぱりか。ミュルディーンと言えば、この城が有名だもんな。そこに住めるなんて、やっぱりレオは凄いな」

お、流石フランク、ちゃんと知っているんだね。

「ありがとう。これにはわけが「師匠！　それで、騎士団はどこなんですか？」」

もう、今日のヘルマンは落ち着きがないな。仕方ない。騎士団の説明を先にしてやるか。

「まあ、待てって。それと、正確には騎士団候補だ」

「え？　どういうことですか？」

「今日は、騎士団の入団試験なんだよ。午前中は、基礎学力の試験と面接を行って、午後から実技試験をやるんだ」

「なるほど。それで、僕もその実技試験に参加すればいいんですか？」

やっぱり、お前も騎士団に入ろうとしていたのか……。

「いいや。お前は、試験官だ。入団希望者の相手をしてくれ」

騎士団に入るのは構わないけど、今日は試験官側《こっち》の数が少ないから手伝ってくれ。

「え？　僕が試験官？　僕でいいんですか？」

「ああ、ただし誰にも負けるなよ？」

負けて舐めた態度を取られるのが一番面倒だからな。

「はい！　任せて下さい！　必ず、全勝してみせます」

「おう、頼んだぞ」


「あ、フレアさん。午前の結果はどうだった？」

試験会場に到着し、会場の隅の方で書類に目を通していたフレアさんに話しかけた。

「はい。特に問題なく終わりました。面接で問題がありそうだった人物は、この場で不採用にしておきますか？」

ああ、例の人たちか……。

「うん……やらなくて大丈夫かな。誰が怪しいのかわかっているなら、後で不合格にすればいいし」

まあ、これからやる試験方法なら、そんなのもあまり関係ないけどね。

「わかりました」

「じゃあ、試験を始めるか」

そう言って、俺はヘルマンと共に入団希望者たちの前に出ていった。

「どうも皆さん。レオンス・ミュルディーンです。今回は、こんなにもたくさんの方に入団を希望して貰い、大変嬉しく思います。とまあ、面倒な前置きはこの辺にして……腕に自信がある者、手を挙げろ！」

見渡してみて、どう見てもほとんどの奴が冒険者崩れなのがわかったので、丁寧な言葉遣いを止め、荒っぽい言葉で問いかけてみた。

するると、すぐに全員が高々と手を挙げた。

「そうかそうか。それじゃあ、一番前にいるお前、前に出てこい」

俺は何も考えず、最前列にいた筋肉がモリモリの男を選んだ。

「ヘルマン、出番だ」

「はい！」

大きな返事と共に、ヘルマンも前に出た。

うん、あの顔は今すぐに戦いたくて仕方ない時の顔だな。あれなら、負けることはないだろう……。

「そこにいるヘルマンに勝てたら騎士団長にでもしてやる」

「ちょっと待って下さい！　子供が相手ですか？」

「そうだけど何か問題か？　やらないなら、次の人に順番を譲ってくれ」

予想通りの言葉が飛んできたので、予定通りの言葉を返しておいた。

「い、いや……やります！」

男は振り返り、早く譲れと言わんばかりのたくさんの目に抗議するのを諦め、戦うことを承諾した。

「そうか。それじゃあ、構えろ。よーい、始め！」

「グハ！」

始めの合図と共に、男は目に見えない攻撃によって吹き飛ばされ、後方にいた同じ入団希望者たちにぶつかりながら倒れ込んだ。

俺にはヘルマンが腹に攻撃したのがわかったが、この中にそれをわかった奴は何人いるのかな？

そんなことを思いながら、俺はまた説明を再開した。

「はい。一人脱落。次に挑戦したい奴はいるか？」

俺が質問をすると、今度は誰も手を挙げようとしなかった。皆、ヘルマンには勝てないと思ったのだろう。

「はい！」

俺が入団希望者たちにがっかりしていると、少し列の後方から元気な声と少し低く挙がった手を見つけた。

「お、それじゃあ、前に出てこい」

なんだ。今日はこれで終わりと思ってしまったじゃないか。勇気がある奴がいて良かったよ。さて、どんな奴が挑戦してくるのかな……？

「おい。女がなんでこんなところにいる？」

「女が勝てるわけがないだろ？」

「こんな奴が騎士なんて……」

手を挙げた挑戦者が前に来るにつれて、入団希望者がざわつき始めた。そして、前に出てきた時、その理由がわかった。

なんと、挑戦者は女の子だった。

しかも、見た目が幼いことから俺やヘルマンとそこまで歳が変わらない少女のようだ。

「おい。今、女がどうのこうの言った奴、次そんなことを言ったら全員不合格だからな！　俺は、偏見とか差別が嫌いなんだよ」

自分がその女の子よりも意気地なしなのを棚に上げるんじゃねえよな。

「よし、それじゃあ、好きなタイミングで始めてくれ」

と言いつつ、俺はすぐにヘルマンに向かって念話を送った。

（ヘルマン、今度は相手の力量をしっかり見たいから、さっきみたいに瞬殺しないでくれ）

（はい！）

「それじゃあ、いかせて貰います！」

「おお、速い！」

俺は少女の予想以上のスピードに、思わず声を上げてしまった。

「ふん！」

しかし、ヘルマンは余裕でその攻撃を受け止め、少女を弾き飛ばした。

うわ～容赦ないな。まあ、すぐに終わらせなかっただけいいか。

そう思ったのだが……少女は剣を地面に突き立て、立ち上がってしまった。

「凄い根性だな」

これは、磨けば凄く強くなりそうだ。

「まだまだ～!!」

少女は、そう言ってまたヘルマンに攻撃を仕掛けた。どうやら、もの凄い手数《てかず》で攻撃し、ヘルマンに反撃の余地を与えない作戦らしい。見た感じ、その作戦は功を奏してヘルマンは防戦一方になっていた。

「スピードは、素のヘルマンよりも速いか」

まあ、流石に無属性魔法を使うヘルマンには勝てないけどな。

「セイ！」

「ウグ……」

少女は、ヘルマンにボディーブローを貰って倒れ込んだ。

「お前、名前はなんて言うんだ？」

俺はすぐに駆け寄り、聖魔法で痛みを和《やわ》らげてあげながら名前を聞いた。

「アルマです」

「アルマか。どこで剣を教わったんだ？」

「孤児院で教わりました」

孤児院で教わった？　剣術を教えてくれるような孤児院なんて、一つしか知らないぞ？

「もしかして、帝都にある小さな孤児院のことか？」

「え？　あ、はい。そうです」

やっぱりな。あそこの孤児院は優秀な人材を育てるプロなのか？　今度、どんな教育方法なのか、見学しに行かないといけないな。

「そうか。ベルのことは知っているか？」

「はい。私と同じ孤児院で一つ上の女の子です」

ベルの一つ下か。とすると、俺の一つ上だな。

「そうか。お前、どうして魔法を使わなかったんだ？」

「どうしてって……私、適正魔法が無属性以外ないんです」

いや、鑑定で無属性魔法だけなのは知っているんだけど。

「いや、無属性魔法は使えないのか？」

「え？　あ、はい」

そういえば、ベルも無属性魔法は使えなかったな。

「そうか……。これは強くなりそうだ。ヘルマン、いいライバルが出来たな」

「いえ、今のままでは僕がすぐに負けてしまいます。無属性魔法を使わないと勝てませんでしたから」

「だってさ。それじゃあ褒美として、これを渡しておくよ」

俺はそう言って、用意しておいた忠誠の腕輪を渡した。

「こ、これは……」

「俺が認めた配下の証みたいな物さ。その勇気と、素質に期待して渡しておくよ」

「あ、ありがとうございます……」

アルマは、土下座してしまいそうな勢いで頭を下げながら、俺から腕輪を受け取った。

その後ろで、ヘルマンが何か深刻な顔をして考え込んでいた。もしかすると、今の戦いがショックだったのかもな。後で、どうして素の状態で負けそうになったのか教えてやるか。

「それじゃあ、他に誰か挑戦したい奴はいないか？」

「私が行かせて貰おう！」

俺が聞いて、少し間を開けてからすぐに野太い声が響いた。そして、奥からとにかく凄い雰囲気のある奴が出てきた。

「おい、あいつ……」

「間違いねえ。Sランクのベルノルトだ」

「そんな奴までここに来ているのか？」

へえ。Sランクの冒険者か。うん、確かに強い。

鑑定を使って前に出てきた男を確認し、心の中でこいつはヘルマンより強いなと言ってしまった。

「なるほどね……。ヘルマン、今回は俺が戦う」

「え？　そ、そんな……」

「勘違いしなくていい。この人は、それぐらい強いのさ。今回は、見て学べ」

「わ、わかりました……。師匠の戦い、一秒たりとも見逃しません」

少し悔しいのか、悲しいのかわかりづらい顔をしながらヘルマンは下がった。

「ほう。フォースター家の神童と戦わせて貰えるとは、嬉しい限りですな」

「こちらこそ、S級の冒険者と戦えるなんて光栄だよ」

いつか、俺もなりたいと思っていたしね。

そう思いつつ、俺はセレナを召喚した。

「それは……聖剣ですな」

「そうだよ。見たことがあるの？」

「はい。昔、勇者様に挑んだ時に」

お前、何歳だよ！　と言いたくなるが、鑑定で年齢は知っているので、そこまで不思議には思わなかった。たぶん、十代の頃に挑んだんだろう。

「へぇ～そんなことがあったんだ」

「若気の至りですね。その経験もあって、ここまで強くなれたのですが」

「それは良かった。よし、それじゃあ勝負を始めるか。好きにかかってこい」

「ほう。あくまで私が挑戦者ですか。わかりました。行かせて貰います」

ガキン！

「流石Sランク、攻撃が重い」

俺は、ベルノルトの普通の人なら認識することも出来なかったであろう初撃を受け止めながら、そう感想を漏らした。

「その割には、簡単に受け止めますね」

「まあ、神童とか言われるくらいには強いからね」

そう言いつつ、今度は俺が軽く攻撃に転じた。

「っく。ここまで勝てないと思ったのは、勇者の時以来だ」

ベルノルトはそんなことを言いつつも、体は必死に防御しながら後退していた。

「それは、嬉しい言葉だね。セイ！」

俺は防御をすり抜けて、ベルノルトの首に剣を当てた。

「負けました」

首に剣を当てられたベルノルトは、そう言って剣を地面に置いた。

「うん。あなたが騎士団長で問題ないと思うよ。これから、新人の育成を頼んだよ。それと、これも渡しておくよ」

これだけ強ければ、心配ないね。

そう思いつつ、ベルノルトに忠誠の腕輪を渡した。

「ありがとうございます。これから、レオンス様の期待に応えられるよう、頑張らせて貰います」

ベルノルトはそう言って地面に膝をつき、頭を下げたまま腕輪を受け取った。長年、冒険者をしていて、貴族の扱いとかを心得ているのかな？　大体の貴族は、持ち上げておけば気を良くしてくれるからね。まあ、そんなことはいいか。

「うん、よろしく。それじゃあ、他に挑戦したい人？」

ベルノルトの挑戦が終わったので、次の挑戦者を求めた。

『……』

まあ、当然誰も申し出ないよな。初っ端の吹っ飛ばされた人といい、アルマとヘルマンの戦いといい、俺とベルノルトの戦いといい。一般人からしたら、ビビるよな。まあ、それが作戦なんだけど。

「いないのか……。それじゃあ、全員不合格ということで。はい、今日は解散。来月の挑戦を楽しみにしているよ」

「そ、そんな！　待って下さい！」

「やります！　やらせてください！」

俺の発言に、さっきまで静かだった挑戦者たちが口を開いて焦って俺に訴えてきた。

「もう、遅いよ。解散！」

暴動を起こされても面倒だから、俺はセレナの力を使ってゴーレムを大量に召喚した。

そういえば、まだ紹介していなかったけど、セレナのレベル4の力でゴーレム召喚が出来るんだ。

エレナの魔物召喚と被《かぶ》っていないか？　とか思ったんだけど、人工的に作ったゴーレムは魔物扱いはされないみたいだ。魔法具、または魔法アイテム扱いみたい。

で、セレナの詳しいレベル4の力は、魔法具または魔法アイテムの召喚なんだ。これが、凄く便利でね。

実は、セレナを召喚すると、エレナも召喚出来るんだ。だから、俺は普段武器を持っていなくても安心ってわけ。

まあ、セレナの凄さは置いとくとして。

召喚されたゴーレムたちは、壁になって入団希望者たちを城の外に追い出した。俺やヘルマンに挑もうとすらしなかった奴らは、ゴーレムたちと戦うことすらせず、怖じ気づいて帰っていった。

「よろしかったのですか？」

ゴーレムたちに押し出されていく人々を眺めながら、ベルノルトが尋ねてきた。

「うん。問題ないよ。やる気がある奴なら、きっと来月も挑戦するよ」

「でも、騎士団なのに二人しかいませんよ？」

「まあ、それは大丈夫だよ。うちにはゴーレムがいるし、急いで数を増やしてもいいことは無いからね。少しずつ、よく考えながら厳選して数を増やしていかないと」

急ぐ必要は無い。敵も、準備に時間がかかっているのは知っている。

「なるほど……」

「それに、これから学校が終わったらヘルマンも連れてくるから心配しなくていいよ」

「それでも、三人なんですけどね……」

ベルノルトは、アルマとヘルマンを見てから苦笑いをした。

「数なら、ゴーレム兵がたくさんいるから大丈夫だよ。それに、そこらの兵士よりも断然ここにいるゴーレムの方が強いからね」

というか次の戦争、ゴーレムを大量生産して戦った方が確実じゃないか？

とか、思ったのだが、戦争が出来るほどの数をそろえるのは無理だな……という考えに至ったので、ぼちぼち騎士団の募集を始めることにしたのだ。

「なるほど、それなら騎士はゆっくり選んでもいいかもしれませんね」

「でしょ？　裏切り者を出さないためにも真剣に見極めないと」

「了解しました」

「それじゃあ、二人とも明日からよろしく。と言っても、やることはないだろうから、とりあえず来月までにアルマが無属性魔法を使えるようにしておいてくれ。たぶん、魔力操作が出来るからすぐに習得出来るだろうから」

「了解しました」

「あ、そういえばアルマ。ベルに会っておくか？　すぐそこにいるぞ」

せっかくだからね。ベルも、同郷の後輩に会えて喜ぶだろうし。

「え？　あ、はい！」

アルマは、一瞬俺の質問が頭に入ってこなかったのか、首を傾げてから元気よく頷いた。


そんなわけでアルマたちを連れて、俺はフランクたちのところに戻ってきた。

「ふう、一仕事終わったぞ」

「全く……お前のやりたいことは俺にはよくわからん」

俺が戻ってくると、フランクが呆れた顔をしながら今も押し出されている挑戦者たちに目を向けた。

「そうか？　優秀な人を見つけることが今回の目的だからな。それに、今回はスパイがたくさん混じっていたから、どっちにしてもそんなに多く採用することは出来なかったし」

それを一人一人見分けるのも面倒だから、今回はこの方式を採用したんだ。スパイなら、絶対始めの頃は目立たない為に様子を見てから試験を挑んでくるはず。そう考えた俺は、難解な試験を見せてから自ら名乗り出て貰う方式にした。この方式なら、本当に熱意がある奴か、実力者しか名乗り出てこない。スパイは挑戦したくても、目立つし俺に顔を覚えられてしまうから参加出来ないんだ。

まあ、もしもそれを気にしないスパイが来た時の為に、フレアさんに面接を頼んでおいたんだけどね。

そんなことを思いつつ、隣で盛り上がっていた二人に目を向けた。

「ベル！　元気だった？」

アルマがベルの手を握りながら嬉しそうに話しかけていた。

「ええ、アルマも元気そうね」

一方のベルも、嬉しそうにアルマに答えていた。

それにしても、ベルが敬語を使っていないなんてめっちゃ珍しいな。まあ、アルマは家族みたいなものだから、敬語を使うのもおかしいか。

「うん。ベルは本当にメイドになれたんだ。しかも、レオンス様に連れ歩いて貰っているなんて、随分と気に入って貰えているのね」

もちろん！　俺はベルのことをもの凄く気に入っているよ。

「ま、まあ、一応専属メイドだから」

「うわ～凄い。そんなに出世したんだね」

「アルマこそ、明日からは騎士様よ」

「えへへ」

「アハハ」

二人は、お互いを褒め合って嬉しそうに笑い合っていた。

なんか、二人を見ていると、こっちまで幸せな気分になってきそうだ。

「それにしてもあの時、勇気を振り絞って挑戦して良かったわ。夢だった騎士になれたし、ベルにもまた会えたし」

俺もそう思うよ。もし、あそこでそこまで実力を発揮出来なくても、俺はアルマのことを採用しようと思っていたんだ。あの誰も手を挙げないなか、まだ若い少女があそこで挑戦するなんて、普通は出来ないからな。それに、弱くても俺が鍛えて無理矢理強くすることも出来たし。

「そうね。それにアルマ、また強くなったよね？」

「うん。二年間頑張って冒険者をやってたからね。今なら、ベルにも負けないわよ？」

いやいやそんなことは……。

「そんなこと無いわ。私、毎日レオ様に格闘術を教わっているのよ？」

「あ、それは無理な気がしてきた……」

アルマは、俺の顔を見てうんうんと頷きながら一人で納得していた。

「まあ、ベルはヘルマンよりも強いからね」

たぶん、普段俺の周りにいる人たちの中で一番強いからな。

「し、師匠……？」

「あ、心の声が漏れてた。じゃなくて」

背後からヘルマンの悲しい声が聞こえてきて、慌てて誤魔化そうとしたら更に失言をしてしまった。

「そうなのか。僕、師匠の一番弟子だと思っていたけど、違ったんだ……。そうだよな。きっと、この慢心がいけなかったんだ。これから、初心に戻って毎日死ぬ気で練習しないと……」

そんな声が聞こえ、顔をゆっく～りと後ろに向けると……負《ふ》のドス黒いオーラが見えそうなほど落ち込んだヘルマンがブツブツと独り言を言っていた。

「ちょ、ちょっと落ち着こうか？　これには、訳があってだな……」

「師匠に初めて教わった時を思い出せ。あの頃の僕は、あんなにも死に物狂いで特訓をしていたじゃないか。そうだ、」

「おい！　聞けって！」

まだまだブツブツと独り言を放ち続けそうだったので、俺はそう言ってヘルマンの両肩を掴んだ。

すると、やっとヘルマンの独り言が終わった。

「は、はい」

「お前、まだレベル1だろ？」

「はい。学校で、レベルを上げることは禁止されていますから」

レベル上げが禁止されいてる？

「え？　そうなの？　まあ、いいや。ヘルマンはレベル1だけど、ベルはレベルが30を超えているんだ。普通なら、三十倍以上の差があるんだ。流石に、この差は、どんなに頑張っても勝つことは出来ないだろ？」

「た、確かに……」

「納得出来たか？　お前は、十分強いんだ」

「はい……わかりました」

返事はするが、ヘルマンはどこか納得していないようで、声の大きさは凄く小さかった。たく……仕方ないな。

「まあ、今度の休みにでもレベル上げに付き合ってやるから、そんな落ち込むなって」

ダンジョンに二日間くらい籠もれば十分強くなるよね。

「ほ、本当ですか!?」

お、ヘルマンの顔が急に明るくなった。全く、現金な奴め。

「ああ。それで、機嫌を直してくれよな？」

「もちろんです！」

さっきまでの負のオーラはどこに行ってしまったことか……。

「フランクも来るか？」

「いや、いい……。どう考えても、お前らの戦いに俺がついていけるはずがないから」

「そんなことないと思うぞ。フランクには、強力な魔法があるんだし。装備類は、後で俺が造ってやるから」

遊び半分みたいな感じだしな。いつもの三人で行く方が絶対楽しいだろう。

「そ、そうか？　それじゃあ……」

「オッケイ。ということで、アルマとベルノルトは明日からよろしく。俺は、これから仕事があるから今日はお別れになるけど。ベルにこの城を案内して貰って。フランクとヘルマンも、もし良かったらこの城の中を一緒に回ってきなよ」

「わかった」

「はい！　回ってきます」

「了解しました」

「よし。ということで、また後でね」

皆の返事を聞いてから、俺はそう言って自分の部屋に向かった。


「エルシーさん、待たせちゃってごめん」

俺が部屋に戻ってくると、エルシーさんが部屋にあるソファーに座って何かの書類を読んでいた。

「いいえ、待っていませんよ。むしろ、早すぎませんか？　騎士団の試験はどうしたんですか？」

「もう終わったよ」

「え？　終わった⁉　どんな決め方をしたんですか？」

「試験を受けたい人いますか？　て聞いたら、名乗り出た人たちが三人しかいなくてね。思ったよりも早く終わっちゃったんだ」

「そ、そうなんですか……」

エルシーさんは、俺の言っていることがわかっているのか、わかっていないのか、難しい顔をしながら頷いた。

「まあ、そんなことより、俺がいなかった間の進行具合を聞かせてよ」

「わかりました。と言っても、まだ十日くらいしか経ってないので、そこまで進んでいませんけどね」

「まあ、そうだろうけど。よろしく」

特に何も無かったらいいんだけどね。

「わかりました。レオくんが帰ってから、順調に職人の育成、魔法具工場の建設も進んでいます。それと、レオくんに頼まれていた一般の商業スペースの募集も始めました。こちらは、すぐにたくさんの商会に申し込んで貰えましたので、問題なく定員を超えそうです」

「それは良かった。半年後からは、予定通り本格的に開発を始めることが出来そうだな」

「そうですね」

「あ、それと、仕事とは関係ないけどルーの様子はどうなの？」

仕事以上に大切なことだからね。ルーにストレスは非常に危険だ。

「ルーさんですか？　ルーさんなら、レオくんたちがいないのがよほど寂しいのか、私が仕事の時以外はずっと私にくっついていますよ」

「そうなのか……」

やっぱりこの前の発狂事件以来、ルーは随分と寂しがり屋になってしまったな。これは、頻繁《ひんぱん》にシエリーを連れてきてやらないとダメだな。

「おかげで、私の寂しさも和らげて貰っていますけどね」

そうなんだ。やっぱり、エルシーさんも寂しいよね。

「すみません。これから、なるべくこっちにいられるようにしますから」

「無理しなくて大丈夫ですよ。あ、でも、たまに程度には顔を出して貰えると……」

大丈夫ですと言ってしまったけど、本当に来なくなってしまうと困ってしまう。エルシーさんのそんな考えが、エルシーさんの声と表情から伝わってきた。

「うん、なるべく来られるようにしますよ」

とりあえず、明日は来られるはず。

第三話　あちら側の悩み

SIDE：？？？

「なに？　潜入に失敗しただと⁉」

俺は、部下からとんでもない失敗の報告を聞き、思わず声を荒げてしまった。

「す、すみません！」

「どうしてだ？　あれだけの数を送り込んだんだぞ？　普通、一人くらい採用されるだろ？　もしかして、お前が用意した兵たちは中級貴族の騎士団に入ることが出来ないほど質が悪かったのか？」

「ち、違います！　決してそのようなわけではございません！」

だろうよ。俺が見た限り、少なくとも十人くらいは上級貴族の騎士団でもやっていける奴がいたんだから。

「じゃあ、どうしてそうなった？」

「今回、レオンス・ミュルディーンが採用した騎士はたったの二名だけだったのです」

……二名？　二名だと!?

「はあ？　たったの二名？　お前、保身の為に嘘をつくのも大概にしろ！　嘘をつくなら、もっとまともな嘘をつけ！

「嘘じゃありません！　本当に二名だけだったのです」

「じゃあ、あいつはその二名だけで俺と戦争しようと考えているのか？」

「い、いえ……。レオンスは、もともと謎の赤い騎士を所有しておりまして……」

「ああ、知っている。全身真っ赤の鎧を着ているんだろ？　だが、あいつらは戦争するのには数が足りなすぎる。だから、脅威《きょうい》になることはないだろ？」

確かに、あいつらの強さは未知だ。だが、あの数なら大したことはない。

「はい。そうだと思います」

たく……奴の考えが読めないぞ。

何が目的か？　もしかして、スパイがたくさん紛れ込んでいることに気がついていて、本当に実力がある奴以外採用するつもりがなかったか？

「それで、その二名というのはどんな奴なんだ？」

「それが……一人の素性はわかっているのですが、もう一人の方は現在調査中です」

「そうか。それじゃあ、わかっている方の話を詳しく。わからない方は、わかっている範囲で教えろ」

「はい。まず、わかっている方から申し上げます。元Ｓ級冒険者ベルノルトです」

ベルノルトだと？

「はあ？　あの、この世界で三組しかいないＳ級パーティーのリーダーのベルノルトか？」

「はい。間違いありません」

「ど、どうしてだ？　ベルノルトがどうして奴の騎士団に？」

あいつに、冒険者を辞めてまで騎士になる理由はないだろ？

「それが……先月、ベルノルトの所属していた『勇者に続け』が解散しまして」

あのパーティーが解散しただと⁉

「何故だ？　あそこのパーティーは、仲がいいことで有名だっただろ？　誰か、大きな怪我でもしたのか？」

「いえ、違います。『勇者に続け』の魔術師が妊娠したそうで、これを期に解散してそれぞれ自由に活動することに決めたそうです」

なるほどな。十分稼いだし、これからはそれぞれ気楽に生きようってことだな。

「そういうことだったのか……。それで、どうしてベルノルトは奴の騎士団に入ることになったんだ？」

「それが、どうやら気まぐれのようです。冒険者を辞めて、暇を持て余していた時にたまたま募集を見つけ、入ることにしたそうです」

気まぐれね……それは、あいつの口癖だ。

「たぶん、違うな。あいつは、気まぐれで生きているように見せて、実はちゃんと目的を持って生きている。じゃないと、自分のパーティーをS級にまですることは出来ないだろうよ」

「そ、そうですか……」

まあ、会ったことがないお前にはわからないさ。

きっと、魔術師の腹の中にいるのは、ベルノルトの子供なんだろうよ。今まで稼いだ金で十分暮らしていけるだろうに……たぶん、あいつのことだから家庭を持ったから安定した職に就いておいた方がいいと思ったんだろうな。

「まあ、いい。それより、もう一人の方はどんな奴なんだ？　俺は、そっちの方が気になるぞ」

謎の女……情報不足ほど怖い物はないからな。しっかりと調べさせないといけないな。

「それが……わかっていることと言えば、もの凄く強い女ということだけでして……」

「もの凄く強い？　ベルノルトと同じくらいか？」

「いえ、たぶん違います。レオンスがその女の相手は自分の部下にやらせていましたが、ベルノルトの時は自身が相手していましたから」

「うん？　どういうことだ？　奴は、どんな試験を行ったんだ？」

何で、あいつ自身が相手をしているんだ？

「簡単です。名乗り出た者をレオンスの弟子であるヘルマン・カルーンまたは、レオンス自身が相手するという形式でした」

「そうか。ヘルマン……前に貰った情報にあったな。確か、元勇者の弟子だったラルス・カルーンの息子だろ？　元々、魔力がゼロに近かったが、レオンスに何かを教わってからとんでもなく強くなったという」

「はい。そうです」

「それで、実際にヘルマンはどのくらい強かったんだ？」

その情報は、凄く重要だぞ。俺の中で、今回の戦いの鍵を握る人物の一人だ。

「それが、判断出来るほど戦っていませんでしたのでなんとも……」

「どういうことだ？　奴が全部相手したのか？」

「いえ、レオンスが相手したのはベルノルトだけです」

「それじゃあ、他は誰が相手したんだ？」

まさか、奴にはヘルマン以外にも強い部下がいたのか？

「いえ、誰もいません。そもそも、誰も名乗り出なかったんです」

「どういうことだ？」

「まず始めにレオンスが腕に自信がある奴は手を挙げろと言ったんです」

「ああ」

「それで、始めは当たり前ですが、全員挙げました」

「まあ、そうだろうな」

自信が無い奴は受けないだろうからな。挙げなかった奴なんていないだろうよ。

「そこで、レオンスが適当に一番前にいた男を選んでヘルマンと戦わせたんです」

「それで?」

「一瞬でした……。一瞬で、私の目に見えない速さで、男の方が倒されてしまったんです」

ハハハ。それほどか。

「なんだ。十分化け物なのがわかっているじゃないか。お前の目に見えない速さで動けるとか、なかなかいないだろ」

「言われてみれば、確かにそうですね……。その後の戦いが凄すぎて、忘れていました」

「その後? ああ、ベルノルトと謎の女か」

「はい。話を戻しますと、ヘルマンのとんでもない強さを見せつけられた入団希望者たちは、様子を見ようと手を挙げるのをやめてしまいました」

「お前らもか?」

「はい。あの状況で前に出てしまうと、目立ってしまうので……」

「そうだな。それに、奴自身が試験官をやっているなら目立って顔を覚えられるのも余り良くないな」

「そうなんです。それに、私たちはあの試験に合格出来る自信がありませんでした」

それなら、一旦様子を見て何か他の試験が始まるのを待つのが得策だな。

はあ、きっと奴はこれが狙いだったんだろうな。頭までいいとか、勘弁してくれよ。

「まあ、その状況なら俺でも諦める。それで、その後の話を聞かせろ」

「はい。その後、誰も申し出ない中、一人の女が申し出たんです」

「例の女か。ヘルマンといい勝負したのか?」

「はい。と言っても、いくらかヘルマンが手加減しているように見受けられました。ただ、それでも私たちが諦めるのに十分なレベルの戦いをしておりました」

ベルノルトといい、その女といい、本当に面倒なのが入ってしまったな。どんどんこっちが不利になっていくぞ。

「そうか。それで、その後にベルノルトか？」

「はい。あれは、凄い戦いでした。正直、あの二人の戦いは異常でした」

「だろうな。どちらもS級でも上位の力を持っているだろうからな。で、奴が勝ったのか？」

「はい。ベルノルトの猛攻を余裕で耐え、最後にベルノルトの首に剣を当てて終わらせてしまいました」

「ハハハ。あいつ、ベルノルト相手でも手加減出来るほど強いのかよ」

帝国のダミアンや忍《しの》び屋《や》のアレンほどまでの強さはないが、それでも冒険者最強の一人だぞ？　それを、首に剣を当てるだけで終わらせるとか……。

「はい。あれは間違いなく手加減をしておりました」

「流石だな。フォースター家の麒麟《きりん》児《じ》は伊達《だて》ではないみたいだな……。はあ、俺はそんな奴と戦わないといけないのか……。なあ、フィリベールさんよお」

この、どんどん勝ち筋が潰されていく状況にうんざりし、今俺のことを一番イラつかせている男に嫌みを言ってやった。

まともに働かないくせに偉ぶっているし、今も女を抱きながら偉そうに踏ん反り返っている男《オーク》が、今俺の中で一番の敵だ。

「うるさい。お前は黙って絶望に打ちひしがれたあいつを俺の前に連れてくればいいんだよ」

「いや、私の仕事は王国の領土を広げることだけなので。それは、ご自身の力でどうにかしてください」

誰が、あんな化け物と直接勝負するかよ。精々《せいぜい》、お前が挑んで殺されろ。

「はあ？　お前、誰が金を出してやっていると思っているんだ？」

「それじゃあ、もっと金を出して下さいよ。一向に準備が進められないじゃないですか。今が絶好のチャンスなんですよ？　これから、奴の戦力はどんどん増えていくというのに……」

「うるさい！」

「はあ……戦争はいつになることやら」

痛いことを言われ、逆ギレするオークにため息をつき、これ以上話していても無駄だから俺は部屋を後にした。

SIDE：レオンス

「「……」」

今、寝る前にベルと肩を寄せ合ってネズミモニターを見ていたんだけど、予想外の映像が流れてきて、俺とベルは固まっていた。

たぶん、今日の挑戦者にネズミがくっついて行ってしまったんだろう……これは、予想外だ。これから、相手の情報が筒抜けかと思うと、逆に申し訳なくなってくるな。

「ど、どうやら、すぐには攻めては来なそうですね」

「そうだね。たぶん、もうフィリベール家には、戦争に使える金がそこまでないんだよ。領地はボロボロだし、罰金で大量に金が持っていかれたからね」

「そんなに大変な状況なら、諦めればいいのに……」

「確かに」

真面目に領地を経営した方がよっぽど金になりそうだよな。

「でも、もう引くに引けないんだと思うよ。王国まで関わってきちゃったし」

「そうみたいですね。あの、男の人は一体誰なんでしょうね？」

あの、部下からの話を真剣に聞いていた男のことか？

「さあ？　王国の将軍とかかな？」

王国から派遣された人の中で、一番偉いのは間違いないけどな。

「私もそんな気がしました」

「それにしても、あの感じだとまだまだ戦争を起こしそうにないな。と思いたいが、あの将軍はデキる奴みたいだから、もしかすると無理矢理でも戦争を始めるかも」

「そうなると、レオ様的には困りますか？」

「うん、非常に困る。基本的に、あっちの方が断然戦争の準備が整っているんだよ。こっちは、まだ領地の経営がやっと順調になった程度だからめっちゃキツい」

だから、今は本当に大人しくしておいて欲しいんだよね。

「だとすると……何か、あちらが戦争を始めづらくするしかありませんね」

流石ベル！　わかっているじゃないか。

「そうだな……。会話を聞く限り、どうやら金が足りてないみたいなんだよね。しかも、金をフィリベール家に頼っている状況なんだと思うんだ」

王国も政治が腐敗しているから、たぶんそこまで金が回ってきてないんだと思う。本当、あの男には同情するよ。

「はい」

「でだ。フィリベール家の財政難をもっと悪化させてやろうかなと思う」

「え？　どうやってですか？　バレると、レオ様が悪くなってしまいそうですが」

「だから。俺が悪くならないようにするんだ。いや、むしろ皇帝に褒美が貰えるくらいの良いことだね」

「え？　一体、何をするつもりなんですか？」

「ダンジョンを踏破しちゃうんだよ」

「ダンジョン？　ああ、そういうことですか」

俺の言葉を聞いて、ベルが少し考えてからなるほどと頷いた。

「あ、わかった？　そう、ダンジョンはあるだけでその領地を潤してくれるんだ。でも、無くなると、その領地は終わる」

ダンジョンは危険だけど、その分冒険者を集めてくれるからね。その分、その領地はダンジョン頼りになってしまうんだ。

「そうですね……」

「で、フィリベール家の領地に、ダンジョンがある街が二つあるんだけど……」

「もしかして、二つともレオ様が？」

「いやいや、一つだけヘルマンたちとゆっくりやるさ。もう片方は、名も知れない誰かが一晩で踏破しちゃう気がするよ」

俺はそう言ってニヤリと笑った。

「それ、レオ様じゃ……」

「まさか～。俺はヘルマンたちと片方のダンジョンで手一杯だからもう一つもなんて無理だよ！」

大げさに手を広げながら、俺はベルに茶番をしてみた。

「レオ様、わざとらしいです」

茶番が終わると、ベルはそう言って胡散臭《うさんくさ》い物を見る目で見てきた。うん。その目のベルも可愛いな。

ということで、今週の休みに向けて色々と準備を進めるか……。

第四話　ダンジョンは遠足感覚

四年生が始まり、数日が経った。

遂に、明日から休みだという日の放課後、俺は学校が終わってすぐにフランクとヘルマンに話しかけた。

「よし。お前たち、約束通り帰ったら準備をしてからすぐに俺の部屋に集合な」

「はい、わかりました！」

「おい待て。準備と言われても俺、何も冒険に必要な道具を持っていないんだが？」

「あ、そうだった。それじゃあ、防具とかは俺が用意するからいいよ」

そういえば、元々そういう約束だったね。出る前に装備を準備しないと。

「わかった。それじゃあ、着替えを済ませたらすぐに行く」

「僕もすぐに向かいます」

「うん、頼んだよ。じゃあ、また後で」

そう言って俺たちは一旦別れ、すぐに俺の部屋に集合した。


「おい、来たぞ！」

「お邪魔しまーす」

「お、来た。それじゃあ、フランクの装備一式とヘルマンの装備を造って改造したらさっそくダンジョンに向かうぞ」

「え？　僕の装備もやってくれるんですか？」

俺の言葉が意外だったのか、ヘルマンが目を見開いて聞き返してきた。

「うん。そのままの装備だと流石に踏破するのは厳しいからね」

だって、どう考えてもその防御力の欠片もない服と、魔物に攻撃したら逆に壊れてしまいそうな安い剣だと、流石に心配だからな。

「と、踏破？　お前今、踏破って言ったか？」

「そうだけど？」

あれ？　言ってなかったか？　そういえば最近、学校で寝ていたから今日の本当の目的を伝え忘れていたかも。

「そうだけど？　じゃねえよ！　てか、休みの間にどうやって踏破するんだよ！」

フランクはご立腹のようだ。まあ、フランクは遊び感覚で参加する予定だっただろうからね。

「それは心配しなくて大丈夫。それより、急いでいるからさっさと装備を造っちゃうよ。フランクとヘルマン、そこで気をつけ！」

俺は、二人に有無《うむ》を言わせずビシッと二人を指さして命令を下した。

「お、おう」

「はい！」

二人は、反射的に言われたとおりに気をつけをしてくれた。

「まず、防具からだね。二人とも、タンク的な役割じゃないから、重くて硬い鎧は合わないよな……。あ、いいのがあった」

そう言って俺が取り出したのは……この前の魔物大量発生事件の最後に出てきてルーに瞬殺された魔物の毛皮だ。普通に戦っていたらそうとう強い奴だったみたいだから、これなら期待出来るはず。

「何かの毛皮か？　レオのことだから普通の魔物の毛皮ではないんだよな？」

「まあね。名前は俺も知らないけど。もしかしたらドラゴンよりも強い魔物だったかも」

「そ、そんな魔物を一体どこで……？」

「さあ？　それじゃあ、皮の鎧を造るか。そうだ、俺のもついでに造っておくか」

俺、今まで防具はマントだけだったからね。これから造る鎧は絶対凄いことになるのは間違いないから、俺のも造ってしまおう。まあ、実はマントだけでもけっこう防御力が上がってるんだけどね。

そんなことを思いつつ、俺は魔石を三つ取り出して創造魔法を使った。いつも通りに光り、形が変わっていき、黒々とした皮の鎧が三人に装備された。

「おお、かっこいいです！　しかも、凄く軽いです！　孫の代まで大事に使わせて貰います！」

いや、鎧は消耗品だから大事に扱われても困るんだけど。

「す、凄いな……」

フランクは、自分の鎧をコンコンと叩きながら感触を確かめていた。

「ちょっと待ってて。今、出来た鎧について調べるから」

さて、お楽しみの鑑定の時間だ。

〈魔王の鎧〉
かつて、魔王だった魔物の毛皮を使って造られた鎧
耐久力が非常に優れていて、壊れたとしてもすぐに修繕される
魔法への耐性が凄く、魔法攻撃を十分の一にまで抑える
物理攻撃は、威力を五分の一にまで軽減
装備者のステータスを全て1.5倍する
創造者：レオンス・ミュルディーン

「はあ？」

おっと、あまりの情報量に思わず声を出してしまった。

なんだ、この異次元な鎧。今まで造ってきた魔法アイテムの中で一番の性能なんじゃないか？

「どうした？　そんなに凄い鎧だったのか？」

「凄いとかそういうレベルじゃない……。もう、最強の防具と言って間違いないレベル」

これより凄い物って、絶対にダメージを受けないくらいしかないよね。

「最強？　どういうことなんだ？」

「実は……」

それから、俺は鑑定結果を二人に教えてあげた。

「はあ？　そんな鎧、俺たちが貰っていいのか？」

「僕なんかがこんな物を……」

「別にいいよ……これから二人にかける迷惑を考えたら、こんなこと大したことないさ」

おっと、ボソボソっとだけど思わず本音を言ってしまった。

「お、おい……今、聞き捨てならないことをポロッと言いやがったな」

どうやら、フランクには聞こえてしまったのか、フランクはすぐに問い詰めてこようとした。いけない、これはすぐに話題を変えないと！

「まあまあ、細かいことは気にしないでって。それより、二人の武器もどうにかしないとね」

「武器も!?」

「また僕のもですか!?」

「そうそう。防御が硬くても、攻撃力がないと先に進めないからね」

とにかく、今回は効率重視でいくからね。

「まず、フランクの杖からいくか。どうしようかな～。神魔《しんま》の杖だとシェリーが怒りそうだし。そうだな……長さがあるロッドにするか。材料は……あ、これとこれだな」

神魔の杖は、シェリーに誕生日プレゼントであげた物だからね。あれは、特別な物ってことにしておかないと。

「これは、ミスリルだな……。これは……何だ？」

フランクは、俺が取り出した紫色の石を両手で持ち上げながら、首を傾げていた。まあ、見たことないだろうよ。なんせ、魔界にしかない物なんだからね。

「ベヒモスの魔拡石《まかくせき》だよ」

「魔拡石？　なんだそれは？」

「ベヒモスが魔法を撃つ時に使う器官で、ここに魔力を通すことによって普通の魔法よりも威力を大きく出来るんだ。どうして大きくなるのかとかは、魔物の専門家ではないので知りません」

アンナの情報によると、魔界の魔物のほとんどは魔法を攻撃の主体としていて、大体がこの魔拡石を持っているみたいだ。

「ベヒモス？　そんな魔物どこで倒したんだ？」

「さあ？　そんなことより創造だ。それ！」

その説明をするのは時間がかかって非常に面倒だから、聞き流してさっさとフランクの杖を造った。

そして、出来た物は……。

〈増魔《ぞうま》の杖〉

その名の通り、魔を増やす杖

持ち主の魔力が十倍になる

魔法の威力と効力を十倍にする
魔法の範囲を十倍にする

「おお！　かっこいいじゃないか」

俺から一メートルくらいあり、先に丸くなった紫色の魔拡石がついた杖を受け取って、フランクは珍しくはしゃいでいた。喜んで貰えて何よりだ。

「そうだね。能力も問題ない」

能力的には色々と十倍になるし、神魔の杖と変わらないかな。まあ、威力一点だけを見ると、神魔の杖には敵わないけど。

それより、次！

「次は、ヘルマンの剣だな。うん……ヘルマン、その剣は大事？」

ヘルマンが使っている奴を改造するか、新しく造るか……。能力的なことを考えると、新しく造った方がいいんだろうけど……きっと、剣に思い出があるよな。

「いえ、そうでもないです！　ずっと使っているので愛着はありますが、これは練習用ですから。一人前になったら実戦用のいいやつを買ってやると父さんに言われています」

え？　そうだったの？　なら、早く言ってくれよな。いつも、剣を大事そうに扱っているからよっぽど大事な物なのかと思ったよ。

「そうなの？　それじゃあ、ヘルマンは十分一人前だと思うから新しく実戦用の剣を造るよ」

「本当ですか⁉　ありがとうございます！」

「よし。それじゃあ、剣に良さそうな素材を探すか」

何にしよう、剣に使えそうな硬い物は……ミスリル、ドラゴンの爪、キメラの牙、名前がない魔物の爪くらいかな。うん……どれにしよう？

「選ぶのも面倒だし、全部使っちゃうか。大きさと重さとかは今ヘルマンが使っているやつと同じにするよ」

「ありがとうございます！」

俺の創造魔法はイメージしたらその通りに出来るから、重さや大きさの調節は凄く楽なんだよね。

「ということで、えい！」

かけ声と共に俺は素材たちを剣にしてやった。

うん、なかなかかっこいい剣が出来た。見た目や大きさはヘルマンの剣と同じだが、光沢感が全く違う。見たら誰でも「あ、これは凄い剣だ」ってわかるくらいピカピカの剣になった。

「試しに振ってみ……ダメ！　試し振り禁止！」

剣をヘルマンに渡しつつ、鑑定を使った俺は慌てて試し振りをしようとしていたヘルマンを止めた。

「え？　あ、はい」

「使い方はダンジョンで説明するから、室内で使うのは禁止ね」

そう言いながら、俺は鞘《さや》を造って渡してやった。

「そ、そんなに凄い物を造って貰えるなんて……本当にありがとうございます。我が家の家宝にさせて貰います。そして、一生僕はレオ様の下で働きます」

鞘に収めた剣をマジマジと眺めてから、ヘルマンは涙を流しながら頭を下げてきた。

「そこまでしなくても……」

「いや、実際。レオが造るアイテムって、貴族の家宝レベルの物ばかりだよな。この鎧は、国宝級だけど」

そ、そうかな？　言われてみれば、確かに俺が造る魔法アイテムはありえない能力ばかり持っているよな。

「まあ、そこまで苦労して造ってないから気にしなくていいよ。それより、早くダンジョンに行くよ！　学校が始まるまでには踏破しないといけないんだから」

あと、二日と数時間くらいしかないんだから急がないと。

「だから、これからなんて無理だろ。こんな短期間でダンジョンを攻略する奴なんてどこにいるんだよ」

「大丈夫。これから行くダンジョンは、三十階までしかないから。それに、全ての階層の地図がもう出来ているから、ぱっぱと進むことが出来る」

そう言って、二人にダンジョンの地図が描かれた紙の束を見せてやる。

「え？　そこまでされていて、どうして踏破されていないんだ？」

「それは、最後の階にいるボスが異常に強いからなんだ。と言っても、俺たちなら簡単に倒せる魔物だけどね」

普通の冒険者なら倒せないレベルでも、この三人なら余裕だよな。

「そうなのか。じゃあ、大丈夫なんだな？」

「うん。ということで、俺に掴まって」

「転移で行けるのか？」

「そうだよ。実はここのところ、夜の間に走ってダンジョンへ行ってきたんだ」

毎日、学校が終わってからすぐに走り始めて、今日の日までに二つのダンジョンまで転移出来るようにしておいたんだ。

「ああ、だから最近授業中寝てたのか」

「師匠、珍しく先生に怒られていましたもんね」

ああ、リーズ先生に呼び出されて怒られたやつか。放課後に一時間は怒られていたからな……早くダンジョンに向かいたかった俺にとって、あれが一番の罰だったな。

「大義《たいぎ》の為には多少の犠牲は必要なのよ」

「ダンジョンを踏破することのどこが大義なんだよ。元々、遊び半分とか言ってなかったか？」

「そんなことない。これは戦争だ」

戦争はもう始まっているのだ。

「何との戦争だよ……」

「そのうちわかるさ。まあ……二人のことは巻き込んじゃうけどその装備一式で許して」

「おい！　今、良からぬ言葉が聞こえたぞ」

マジか、今度こそ小さな声で言ったつもりだったんだけどな。

「き、気のせいだよ。ほら、二人とも捕まって」

俺は慌てて二人に掴ませてから、ダンジョンに向けて転移を使った。

「ほい、着いたぞ」

「ここは？」

目的の場所に到着すると、フランクが辺りを見渡してから俺に質問してきた。ダンジョンは街にあると思っていたんだろうね。それなのに、建物どころか人の姿が全く見当たらない木々に囲まれた場所に連れてこられたら『ここはどこ？』になるよな。

「ここは、山のダンジョンの入り口の近くだよ。ほら、あそこに入り口が見えるだろ？」

俺は森から山道に飛び出して、山にあいたトンネルのような穴を指さした。

「入り口？　ということは、これの先にはダンジョンがあるのか？」

「そうだよ。ラスボスは、この山の頂上だって」

山の中がダンジョンになっていて、その中の階層を上っていく形式みたい。ちなみに、ダンジョン近くの街は山の麓《ふもと》にあって、そこそこ大きな街だったよ。

「なかなか大変そうだな……」

「そんなことない。ちゃんと地図もあって罠がどこにあるのかもわかっているんだから。それに、このダンジョンに出てくる魔物なんて、俺たちなら簡単に倒せるから」

心配するなよ。別に、魔の森に連れていこうとしているわけじゃないんだから。

「それでも、俺とヘルマンは初めてのダンジョンなんだぞ？」

「心配ないさ。俺も初めてで踏破したし」

しかも、八歳でね。

「お前の場合は……まあ、いいや。それで、どんな陣形で進むんだ？」

俺には話が通じないと思ったのか、フランクは諦めた顔をしながら話題を変えた。

陣形か……。まあ、一択しかないよね。

「ヘルマンが前、俺が真ん中、フランクが後ろかな」

近距離攻撃のヘルマンが前、遠距離のフランクが後ろ、どっちも出来る俺が真ん中。これしかないよね。

「まあ、そうだよな」

「わかりました」

「ということで、さっそく行こうか」

挑戦前最後の作戦会議を終え、俺たちはダンジョンの中に入っていった。

「う～。凄くワクワクします。これから、どんな戦いが待っているんだろう……」

前にいるからどんな顔をしているのかはわからないけど、ヘルマンの顔はきっとニンマリしているんだろうな。ウキウキした声だけでわかる。

「まだそんな期待しない方がいいよ。一階の魔物なんて、誰でも倒せる強さだから」

期待され過ぎて、後でがっかりされるのも嫌だったからとりあえず釘を刺しておいた。

「そうなんですか？　それじゃあ、歯応えのある魔物は何階くらいからなんですか？」

「たぶん、ラスボスくらいかな。あ、来た」

俺がヘルマンの質問に答えていると、スライム数体が飛び出してきた。ちっちゃくて、全然脅威に思えないな。

「本当にスライムだな」

「五階までスライムだよ。だから、これから当分は戦闘と言うよりも作業だな」

スライムは踏み潰すだけで倒せるからね。それも面倒だったら、素通りでも大丈夫だし。

「よ～し、師匠！　師匠に貰った剣を試しに使っていいですか？」

俺の言葉と裏腹に、ヘルマンは一人で凄い盛り上がっていた。スライムごときで剣を使う必要なんてないのに。

「うん……まあ、いいよ」

ヘルマンも新しい剣を使いたいだろうからね。

「わかりました。よ～し、どんな切れ味なのか、楽しみだな～！」

そう言って、剣を一振りすると、スライムたちは綺麗にパカッと真っ二つになってしまった。

「え？」

「まあ、スライムなんてこんなもんだよな」

スライム相手じゃあ、剣の性能なんて試せないぞ。と、思ったんだけど本人はどうやら何か感じたらしい。

「違います。斬った感覚がなかったんです。本当に、ただ素振りをしたぐらいにしか感じないくらい抵抗がなかったんです」

そう言って振り返ったヘルマンは凄く興奮していて、嬉しそうに剣を見せてきた。

あ！　待て！　こっちに向けて剣を振るな！　危ないだろ！

「……おい。レオ、この剣はどんな能力が入っているんだ？」

俺の慌てた顔を見て、呆れた顔をしたフランクが質問をしてきた。

「あ、そういえばまだ教えてなかったね。えっと……」

そうだな……これ、どう説明すればいいんだろう？

〈神剣ラルフ（未熟）〉
持ち主と念話が出来るが、剣が持ち主を認めてからでないと話しかけてこない
この世のほとんどの物を斬ることが出来、本気で振れば斬撃も飛ばせる
斬った相手の魔力や血を吸収、または持ち主の成長によってこの剣は成長する
成長段階ごとに剣の形が変わり、どんどん切れ味や耐久力、使える能力が増していく
成熟すると名実ともに神の剣になる
自動修復機能あり

セレナやエレナよりも凄いのは確実だよな。やっぱり、あの名前のない魔物は素材として優秀だったんだな……。この剣、成熟したら本当に恐ろしいよな。

「おい、レオ」

「ん？　あ、ごめん。えっと、ヘルマンの剣は敵を斬れば斬るほど強くなる剣かな。あとは、本気で素振りをすると斬撃が飛ばせるくらいだよ」

うん、嘘は言ってないぞ。

「本気で素振りですか？　わかりました。やってみます」

そう言って、ヘルマンは俺たちがいる方向と反対側に体の向きを戻し、頭の上にまで剣を持ち上げた。そして、気合いを溜めてから、大きな気合いと共に剣を振り下ろした。

「せい！」

ヘルマンが剣を振り下ろすと、神剣の先から鋭い斬撃が勢いよく飛んでいった。

「うお！」

ドン!!　という音と衝撃に、俺の後ろにいたヘルマンが思わず驚きの声を上げてしまった。

それもそのはず、普通は壊れるはずのないダンジョンの壁が、斬撃に当たって縦に深くえぐられているんだから。

「凄いです！　これで、僕も遠距離から攻撃が出来ます！」

「普段は扱いに気をつけろよ？」

嬉しそうにしているヘルマンに、若干ビビっているフランクがマジな顔をして注意した。まあ、学校で素振りの練習をしただけで帝都に大打撃を与えるだろうからな。

「は、はい！」

「普段はいつもの剣を練習で使いなよ。大きさも重さも同じなんだから」

「わかりました。この剣は、本当に必要な時にだけ使わせて貰います」

うん、そうしな。

「ということで、剣の確認も終わったし、今日中に十階のボスまで行くよ！」

「今日だけでそこまで行けるか？　いや、この感じだと心配ないか」

フランクはヘルマンに目を向けて、俺の計画に納得してくれたみたいだ。

「はい。全然行ける気がします。もっと斬り応えのある奴と戦いたいので早く上の階に行きたいです！」

だから、そんな期待するなって。

「わかったよ。それじゃあ、俺が地図を見ながら指示を出すから二人は近づいてきたスライムを適当に倒して」

「了解」

「任せてください！」

《二時間後》

一回、俺が地図を読み間違えて迷ってしまう事件があったが、なんとか目標の半分まで来た。

「よし、五階も終了。次からはゴブリンだ」

「五階まで来てもゴブリンなのか？」

「まあ、ここは通称初心者用ダンジョンだからね。ここにいる二十階のボスを倒せたら、冒険者として一人前と認めて貰えるらしいよ」

「え？　そんなダンジョンを潰していいのか？」

「まあ、ここで踏破を目指している冒険者もたくさんいるから心配ないと思うよ。それに、申し訳ないけど俺の大切なモノを守るためだから仕方ないよ。多少恨まれても、誰かが死ぬことよりはマシだから」

初心者用と言われるくらい簡単だからこそ、このダンジョンはダンジョンを踏破して貴族になりたいと思っている冒険者が一番挑戦するダンジョンだったりする。だから、いつかは踏破されるものだと思われており、俺たちが踏破しても冒険者にはそこまで恨まれないかなと思っている。

「誰かが死ぬ？　どういうことだ？　お前、何か目的があって意図的にダンジョンを踏破しようとしているのか？」

「そうだよ。ここまで来たから教えてあげるけど……今、帝国はいつ戦争が始まってもおかしくない状況なんだ」

「戦争？　戦争が始まるんですか？」

「そう。それで、その戦争の相手がフィリベール家と王国なんだ」

「はあ？　フィリベール家が裏切ったのか？　いや、あそこは昔から自分たちのことしか考えていなかったな……」

フィリベール家をよく知っているフランクは、自分で自分の言葉に納得した。

「そういうこと。今回も王国と何か取引したんだと思う。今、フィリベール領には王国の騎士たちが集まっている」

「マジか……。本当に戦争が起きるんだな」

「そうならないために、これからダンジョンを踏破するんだよ」

「どういうこと？　このダンジョンを踏破して何が変わるんだ？」

「どうやら、王国は今回の戦争に人を出すだけで、資金面は全てフィリベール家が負担するみたいなんだ」

「あ、そういうことか。フィリベール家の金を減らして、戦争を起こさせないようにするんだな？」

流石フランク、理解が早くて助かるよ。

「そういうこと。まあ、そんな上手くいくわけでもないだろうし、時期を遅らせる程度になってしまうけどね。でも、そしたらこっちも準備する時間が出来る。それに、またその間に戦争を起こさせないために何か妨害をすればいいからね」

たまたま忍び込んだネズミが、あっち側のことを全て俺に教えてくれるから、これから作戦を考える上でこっちの方が断然有利だからね。まずは、一番つまらない数のゴリ押しで負けるという未来を潰しておかないといけない。

「なるほど。それなら、冒険者たちには申し訳ないけど仕方ないな」

「そういうこと」

戦争が終わったら、フィリベール家が荒らした土地も含めて俺がどうにかするからちょっとだけ我慢してくれ。

「うん……師匠たちが何の話をしているのか、さっぱりわかりません」

「気にしなくていいよ。今は、このダンジョンを踏破することを考えていな」

ヘルマンは、これからも俺の友達であり、優秀な弟子であり、俺の騎士であって欲しいな。

「はい！　わかりました」

「それじゃあ、今日の夜までにボスを倒すぞ！」

「「おう！」」

「あ！　もしかして、あれがゴブリンですか？」

俺たちが大きな声で話していたからか、四体のゴブリンたちが道の先から近づいてきていた。

「そうだよ。ほら、さっさと先に進むぞ。そこを右に曲がってくれ」

ヘルマンの質問に答えながら俺は魔法を飛ばして、道案内を始めた。

「あ、僕が倒そうと思ったのに……」

おっと、いけない。倒すのはヘルマンの役目だった。

「まあ、すぐに出てくるから気にするなって。どうせ、これから嫌になるほど戦うしかないぞ」

《三時間後》

後半戦は、なんとか道を間違えることは無く、最短距離でボス部屋前に到着した。

それでも、踏めば死ぬスライムと違って倒すのに一手間が必要なゴブリンが出てきたせいで予定よりも時間がかかってしまった。流石に、ヘルマンも飽きるかな？　と思って見ていたんだけど、最後まで楽しそうに倒していた。

「これが、ボスへの扉ですか？」

まだまだ元気なヘルマンは、俺に質問しながら大きな扉をコンコンと叩いた。

「そうだよ」

「やっぱりボスですか。楽しみだな……よいしょ。え？　あれがボス？」

ボスだから、きっと強い魔物がいるだろうと意気込みながらドアを開けたヘルマンは、中にいた黒いゴブリンを見て、いかにも拍子抜けと言いたげな顔をした。

「そうだよ。ブラックゴブリン、普通のゴブリン十体分くらいの強さだ。さっきよりは少しマシだろ？」

「そ、そうなんですか……？　それじゃあ、試しに」

そう言って、ヘルマンは牽制程度のつもりで斬撃を飛ばした。

「まあ、たかがゴブリンの十倍なんて大したことないけどね」

避けることも出来ず、綺麗に真っ二つになったブラックゴブリンを見ながら俺は説明を付け加えた。

「そ、そんな……」

ヘルマンは、光の粒子になっていくブラックゴブリンを見ながら、唖然《あぜん》としていた。だから、ラスボス以外には期待するなって言ったのに。

「それと、物足りなく感じているのはヘルマンのレベルが上がったのもあるぞ」

がっかりを通り越して、しょんぼりとしてしまったヘルマンを慰めるのも面倒そうだったから、ヘルマンが喜びそうな話題に話を変えた。

「あ、そういえばレベル上げが本来の目的でしたね。確認してみます」

俺の思惑通り、ヘルマンは嬉しそうにステータスカードを取り出してレベルの確認をした。

「わあ！　凄いですよ師匠！　もうレベルが7にまでなりました！」

うん、鑑定で見たから知っているよ。

「ここに来るまでたくさんのスライムとゴブリンを倒してきたからな。倒した数を考えたら、もう少し上がってもいいと思うんだけど」

まあ、あの弱さだとそこまで経験値も貰えないか。

「そうですか？　でも、ステータスが凄く上がりましたよ！　修行だけだったらこんなに上がらなかったですね」

「まあ、しっかりと鍛えていたからこそ、伸びやすいんだけどな。よし、今日はここで休むぞ！　二人とも、このテントに入れ」

そう言って、俺は快適テントを取り出した。

「え？　このテントには三人も入らないぞ？」

その反応を待ってました！

「そんなことないよ。いいから入ってみなよ」

俺は、少しニヤリと笑いながら二人をテントに向けて背中を押していく。

「わかったから押すなって」

「お邪魔しまーす！」

「「え？」」

テントに顔を突っ込んだ二人は、同時に驚きの声を上げた。

「どう？　テントの中は家になってるんだ」

「どうせ、魔法アイテムなんだろうと思っていたけど想像以上だ……。まったく、レオがいたらダンジョン攻略も遠足気分になってしまうな」

「まあね。楽しく安全に攻略するに越したことはないでしょ？」

それに、公爵家の坊ちゃんには流石に野宿はキツいだろ？

「そうだけどさ……」

「うわ！　師匠、お風呂まであるんですか!?　しかも、お湯が出ますよ！」

フランクが文句を言おうとすると、先に入っていったヘルマンから驚きの声が飛んできた。

「風呂もあるのか……」

「悪くないでしょ？　風呂は、飯食ったら順番に入るぞ」

「わかりました！」

「まったく……。順番はじゃんけんで決めるぞ」

何がまったくだよ。なんだかんだ言って、一番風呂を狙っているじゃないか。

その後、公平なじゃんけんの結果、一番風呂の権利はヘルマンの物となった。

第五話　計画遂行

現在、俺たちは全員風呂に入り、喋りながら夕飯を食べている。

もちろん、誰も料理は出来ないから、俺のバッグに入っている保存食を食べている。まあ、保存食と言っても普通のパスタなんだけど。

「それにしても、まさか本当にほんの数時間で十階まで来てしまうなんてな」

学校では行儀良く食べているフランクが、今日は俺たち三人しかいないからかパスタを頬張りながら話し始めた。

「出てくる魔物が思っていた以上に弱かったですしね」

ヘルマンはいつも通り、男らしくバクバクと食べながらフランクと会話を始めた。

「そうだな。ダンジョンって、もっと恐ろしいイメージがあったんだけどな」

学校では、ダンジョンは災害の元として教わるからね。

「まあ、このダンジョンはラスボス以外雑魚《ざこ》だから」

「そうなのか？　逆に、ラスボスはそこまで強いのか？」

「よく考えてみなよ。こんな魔物が弱くて罠も無い簡単なダンジョン、とっくに踏破されていてもおかしくないでしょ？」

そこそこ強い冒険者がとっくの昔に踏破出来ているはずでしょ？

「確かに、そうだな……」

「このダンジョン、ラスボスだけ異常に強いんだよ。それまで、どうぞ踏破して下さいと言わんばかりの難易度だったのが、急にSランクのパーティーでも何も出来ずに全滅するくらいにまで難しくなる」

実際、これまでラスボスに挑戦した人たちはことごとく失敗に終わっている。

「それは、随分とバランスの悪いダンジョンだな」

そうなんだよね……。

「なんか、ダンジョンに意図があるのかな？」

ラスボスに倒されても殺されることはないみたいだし、何かありそうなんだよな……。

冒険者を鍛えたい、とか？　いや、それだと少しずつ難易度を上げていった方が冒険者は強くなるよな？　うん……わからん。

「ダンジョンに意図？　ダンジョンって、意思があるのか？」

「いや、造った人の意図と言うか……」

「え？　ダンジョンって、人が造ったものなんですか？」

「どうなんだろう？　でも、造れるみたいだぞ」

「どうやって？」

「創造魔法だよ。もしかすると、高レベルの創造魔法ならダンジョンを造ることが出来るかもしれないんだ」

俺の家を改造した時に、ダンジョンにするにはレベルが足りませんって出てきたからね。もしかすると、ダンジョンに出来るのかも。

「それじゃあ、いつかはレオも創造魔法でダンジョンを造ることが出来るってことなのか？」

「たぶんね」

「造るのはいいが、間違っても災害になるとかはやめてくれよ？」

災害か……。創造に失敗とかしたらあり得るのかな？　とすると、もしかたら帝都の屋敷から魔物が大量発生していたのかもしれないのか……。

「も、もちろんわかってるよ。ま、まさかそんな馬鹿なことをするわけないじゃないか。それに、まだ造れると決まったわけじゃないし！」

「まさか、もう既に造ろうとしていたな？」

ギクリ！

「師匠が造ったダンジョン、楽しそうですね。もし造った時は、僕を呼んで下さい！」

「造ることが出来たらね。よし、それじゃあそろそろ行くか」

食べ終わった俺は、手を合わせてから立ち上がってバッグを持ち、アンナを装着した。

「ん？　どこに行くんだ？　まさか、今からまた攻略を始めるのか？」

「ちょっとね。二人は寝てていいよ」

ここからは、極秘なんでね。俺だけで行ってくるよ。

「おい、今度は何をしでかす気だ？」

しでかすって、何か悪いことをするみたいじゃないか。まあ、ある意味悪いことになるのかな？

「そんな大したことじゃないよ。ちょっとダンジョンを踏破してくるだけさ」

「はあ？　って、おい！」

俺はフランクの文句を聞く前に転移した。だって、長くなりそうだったんだもん！


「よしよし、予定通りだな」

転移してきた俺は、ボス部屋の前でウンウンと頷く。ボス部屋と言っても、ここはとあるダンジョンのラスボスだったりするのだが……。

「それにしても、こっちのダンジョンはあっちに比べて本当にキツかったな。霧が濃くて道に迷うし、罠が多くて思うように進めないし。おかげで、この一週間フルで寝られなかったからな……」

ここは、霧のダンジョン。その名の通り、ダンジョンの中がずっと霧で覆《おお》われている。

俺は、アンナのおかげで少しはマシになっているが、それでも方向感覚が狂って同じ道を何度も行ったり来たりしてしまった。本当、大変だったな。

「でも、こうして計画を成功させられると思うと寝不足なんて屁《へ》でもないな。さて、どんなボスが登場するかな……」

俺は達成感に浸りつつ、扉を開けた。

「うお！　霧で何も見えない！　しかもなんかこの霧、色が毒々しいんだけど！」

開けた瞬間、いかにも毒とわかる紫色のガスが飛び出してきた。

「アンナ、これ毒だよね？」

（はい、猛毒です。状態異常無効の装備が無かったとしたら即死レベルです）

「マジか。霧で何も見えないから、どんな魔物かもわからないしな……」

ボスを見つけないことには始まらないから、とりあえずボス部屋の中を歩き回ってみることにした。

それにしても、何も音が聞こえないな……普通、ボスって大きいから動けば音が響くんだけどな……。

と思いつつ歩いていると、意外とすぐにボスが現れた。

『シャア～～!!』

「うお！　でっかい蛇だ」

出てきたのは、頭が複数ある大きな蛇だった。

どうやら、毒ガスはこいつが出しているみたいだ。複数ある頭のうちいくつかが、口から紫色のガスを吹き出していた。

さて、鑑定してみるか。俺は、蛇とちょうどいい距離を保ちつつ鑑定を行った。

〈ヒュドラレベル70〉
体力：8000
魔力：13000
力：8000
速さ：7000
属性：毒

スキル
毒魔法レベル6
再生

「あっちを三人で攻略することにしておいて良かったな」

まあ、ここに来るまでが大変だから元々そのつもりはなかったけど、もし三人で戦ったら剣の攻撃が効かなくてヘルマンが何も出来なかっただろうからね。きっと、拗《す》ねちゃっていただろうな……。

「さて、どうやって倒すのが正解かな？　たぶん、斬っても……こうなるよな」

試しに斬撃を飛ばして全ての首を斬ってみたのだが、すぐに再生して頭が生えてきてしまった。うん、ヘルマンを連れてこなくて良かった。

「それじゃあ眠いし、死ぬまで斬っている元気もないから一番手っ取り早い方法にするか。それじゃあ、さようなら」

俺は、一番簡単な方法……魔法で燃やすを選択した。再生が追いつかなくなるまで、魔法で燃やし続けるという作戦だ。

どうやら効果があるのか、ヒュドラは断末魔の叫びを上げながら俺に突進してきた。

「よっと。あと少しかな？」

俺は、ヒュドラの決死の攻撃を避けつつ、更に火力を強めていく。

そんなことを五分くらい続けていると、ヒュドラの動きは鈍くなり、最後は全く動かなくなった。

「ふう、上手くいって良かったな。あ、ドロップした」

思ったよりも簡単に終わったことに喜びつつ、俺はヒュドラが消えた後に残った牙を持ち上げて、鑑定を使った。


〈ヒュドラの牙〉

猛毒につき取り扱いに注意

「怖いな。でも、使えそうな素材だからありがたく貰っておこう」

俺は良さげな素材に喜びつつ、毒が怖かったからすぐにしまった。

「さて、後は奥の部屋に行ってダンジョンの魔石に触って終了だな。さてさて、奥に続く扉はどこかな～」

霧のせいで扉がどこにあるのかわからないから、とりあえず壁づたいで歩いて探すことにした。

「あ、やっぱりあった。さて、どんなスキルを貰えるかな～」

扉を発見した俺は、そう言いながら扉を開けた。

部屋の中は霧が晴れていて、中を簡単に確認することが出来た。部屋の中は、初級ダンジョンの時と変わらずに部屋の中心に魔石が一つ置いてあるだけだった。

『警告！　このダンジョンはクリアされました！　これより、ダンジョンは崩壊しますので、直ちに脱出してください』

俺が部屋に入ると、ダンジョンの中でアナウンスが響き渡った。

「よしよし、この魔石を触って終わりだな」

そう言いつつ部屋の中心に進み、魔石に手を置いた。

すると、またアナウンスが響き渡った。

『おめでとうございます！　あなたは霧のダンジョン初の踏破者です。あなたに、スキル再生を授けます』

「おお、再生か。これは神スキルだ。おっと、転移が始まる前に転移をしないと」

目立ってしまっては計画が失敗してしまうからね。

人が集まっているところに転移される前に、ヘルマンたちのところに転移した。


「ただいまー」

「おかえり。何をしてきたんだ？　この短時間で」

まさか、この短期間でダンジョンを一つ潰したとは思わないよね。

「ちょっとした運動だよ。ふああ～眠い。それじゃあ、おやすみ二人とも」

「ちょっとした運動って何だよ！……まあ、いいや。おやすみ」

フランクは俺が何をしてきたのか聞きだそうとしたが、俺が本気で眠そうなのを見て諦めてくれた。

ごめんよ。でも、明後日くらいにはわかるから。

心の中で謝りつつ、俺はベッドに横になって目を閉じた。

第六話　三人で踏破

「おい、起きろ！」

「うんん……」

フランク？　どうしてフランクの声が聞こえるんだ？　まあ、いいか。

「二度寝するな！　お前が七時起きって言ったんだろ！」

俺がもう一度布団を被って寝ようとすると、今度は声と共に足が飛んできた。

「起きろ！　起きろ！」

フランクはガシガシと足で手荒く俺の目を覚まさせようとしてきた。

「わかった！　起きるから！　蹴るなって！」

流石に耐えられなくなった俺は、慌てて布団から顔を出した。

「よし、まったく……ヘルマンを見習え」

「ヘルマンがどうしたの？」

「もう起きて、一人で朝から体を鍛えていたぞ」

「流石だな」

本当、ストイックな奴だ。俺には無理だな。

「で、昨日は何をしてきたんだ？」

「昨日？　俺、何かしてたっけ？　ああ、思い出した」

昨日、ダンジョンを踏破してきて、そのまま寝ちゃったんだったな。

「で、何をしていたんだよ」

「大したことはしてないさ。うん、そう、寝る前の軽い運動だよ」

嘘は言ってないよ。あれは、軽い運動だ。

「寝る前に運動ってなんだよそれ、もったいぶらずに教えてくれよ」

「まあ、明日にはわかるさ」

「なんだそれ」

「よし、今日も頑張るぞ！」

ようやく目が覚めたから、起き上がってリビングの部屋に向かった。


「あ、師匠！　おはようございます！」

寝室を出ると、ヘルマンが汗を流しながら筋トレをしていた。本当、朝から元気だな。

「おはよう！　朝飯にするぞ」

「は～い」

鞄に入れておいたパンを食べながら、今日の作戦会議を始めた。

「それじゃあ、今日一日かけて二十五階を目指すぞ。昼までに、二十階に行ければいいかな」

「了解」

「わかりました。ちなみに、今日はどんな相手が出てくるんですか？」

ヘルマン、そんなワクワクした顔で見ないでくれ……。

「今日は、コボルドが出てくるぞ。で、ボスはジャイアントコボルドだ。二十一階以降は、オークだって」

「弱いんですよね……？」

「うん。今日も期待しない方がいいよ」

「そうですか……わかりました」

「まあ、そんな落ち込むなよ。昨日のゴブリンよりは強いから」

「そうですよね。わかりました。今日も頑張ります！」

言えない。この期待に満ちた目を見られたら、ヘルマンからしたらゴブリンとそこまで変わらないなんて言えないよ……。

てか、昨日散々言ったのにな。ラスボス以外期待するなって。まあ、いいか。

「ということで、今日も頑張っていくぞ！」

それからそれぞれ支度を終え、攻略がスタートした。


「それじゃあ、先に進むぞ」

ボス部屋を後にして、十一階への階段を上った。

「あ、さっそく魔物が出てきましたよ。やっぱり、弱いですね」

階段を上ると、さっそくコボルドが一体待ち構えていた。が、出てきた瞬間にヘルマンに斬られ、すぐに消えてしまった。

ヘルマン、昨日だけで随分と強くなったな。今なら、素の状態でアルマといい勝負が出来るんじゃないか？

「まあ、仕方ないって。もう、諦めてラスボスにたどり着けるように頑張ろうよ」

「そうですね。歯応えのある戦いは最後のお楽しみということで、今は効率よく進むことだけを考えておきます」

コボルドの弱さを見て、ヘルマンもようやく諦めたみたいだ。てか、ヘルマンが強くなり過ぎただけだからな。

「うん、よろしい」

《八時間後》

途中で休憩を入れたりしたが、俺たちは約八時間をかけて二十五階にまで来ることが出来た。

「ふう、今日はこの辺にしておくか」

「わかりました」

「予定通り二十五階に来ることが出来たんだからいいと思うぞ」

「そうだね。よし、明日に備えて寝るぞ！」

明日はいよいよボス戦だ！

《次の日》
「ほら、起きろ！」

「うんん……あと少しだけ……」

あと五分だけ寝かせてくれ……。

「いい加減にしろ！　てか、昨日あれだけ早く寝たのにまだ眠いのかよ！」

確か、九時くらいに寝たんだっけ？

「朝は弱いんだよ……」

「はあ、いつも起こして貰ってるのか？」

「そうだよ。いつも、ベルに起こして貰ってる。たまに、一緒に二度寝しちゃうこともあるけど……」

「一緒に二度寝ってどういうことだよ！」

「それは……前日一緒に徹夜して……」

「おい、話しながら寝るな！　せめて、話し終わってからにしろ！　てか、寝るな！」

仕方ない、起きるか。

「わかったよ……フランクは朝から元気だね」

どうして朝からそんなに声が出るんだ？

「そうか？　それにしても、レオがこんなに朝が弱いのは意外だったな」

「昔からダメなんだよね。特に、ベルが起こしてくれるようになってからは自分で起きたことがないな」

「随分とメイドに甘やかされているんだな」

はい。甘々です。

「まあね。フランクは違うの？　フランクのメイドさんって、世話焼きなイメージなんだけど？」

「世話焼きと言ったら、世話焼きかな……。でも、何かと厳しかったりするぞ」

そういえば、口うるさいって前に言っていたっけな。

「そうなんだ〜。よいしょ」

「やっと起きた。ほら、朝ご飯にするぞ」

「了解」

それから、昨日と同じようにパンを取り出して朝食会議を始めた。

「今日は、昼までに三十階。そんで、昼飯を食ったらラスボスに挑むぞ」

「遂にですね！」

今日のヘルマンは、いつもに増して上機嫌だ。何でも、楽しみすぎていつも五時に起きるところを三時に起きてトレーニングをしていたそうだ。早すぎてもはや夜中じゃん……。

「そうだね。今日は思う存分暴れてくれ」

きっと、ラスボスはヘルマンの期待に応えてくれるよ。

「わかりました！　ふふん♪　楽しみだな〜」

「油断はするなよ？　ボスはベルノルトよりも強いんだから」

Sランクのパーティーがクリア出来ないのを忘れてないだろうな？

「そ、そうでした。気を引き締めて挑みます」

「よろしい。それじゃあ、支度を済ませたら出発だ」

《五時間後》
「やっと来ましたね。これが、ラスボスに続く階段ですか」

「そうだね。普通なら扉なんだけど、このダンジョンは最上階が山の頂上になっているからな」

だから、このダンジョンは実質三十一階あるんだよな。

「なるほど。それで、どんな敵なんですか？」

「天使だって。空からの光魔法に気をつけろ」

これまで、挑戦したほとんどの冒険者たちが空高くから飛んでくる光魔法になすすべなくやられたそうだ。

「わかりました！　楽しみだな～」

「何度も言うけど、油断するなよ？」

「はい！」

まあ、何かあったら俺が助ければいいから大丈夫か。

「それじゃあ、行くぞ」

最後の確認が終わり、俺たちは階段を上っていく。

「うお～！　見晴らしいいな！」

階段を上りきると、山の頂上からの絶景を見渡すことが出来た。

「あ、師匠、いましたよ！　攻撃していいですか？」

俺が景色を眺めていると、さっそく敵を見つけたヘルマンが中央にいる天使を指さしながら聞いてきた。

「いいけど、斬撃を飛ばす程度にしておけ、近づいたら避ける間もなく光魔法で蜂《はち》の巣にされてしまうぞ」

「わ、わかりました。じゃあ、斬撃だけ。セイ！」

俺の指示通りヘルマンが斬撃を飛ばしたが、天使は空高く舞い上がって簡単に避けてしまった。

「うん、やっぱりすぐには無理だね。二人とも頑張って戦ってみな」

「レオは戦わないのか？」

「うん。だって、俺が戦ったらすぐに終わっちゃうんだもん。それだと、ヘルマンに悪いじゃん？」

俺には転移があるから、一瞬で背後に回って首をはねることが簡単に出来ちゃうんだよね。

「俺的には、安全に終わった方がいいんだけどな」

「まあ、頑張れって。危なかったら手を貸してやるからさ」

「危なくならないことを祈るよ。それじゃあ、俺も攻撃を始めるか」

そう言って、斬撃を飛ばし続けるヘルマンと一緒にフランクも魔法を使っての攻撃を始めた。しかし……。

「くそ！　全然当たらないじゃないか！」

天使は、空を自由に舞いながら簡単に二人の攻撃を避け、光魔法での反撃を繰り返していた。

一方ヘルマンたちは、天使からの攻撃をギリギリで避け、何とか反撃しているという状態だった。

仕方ない。少しアドバイスしてやるか。

「もっと魔力操作を使って魔力の配分を変えるんだ。石の大きさを小さくして、スピードを上げろ」

「了解！」

「ヘルマンは、ただ斬撃を飛ばすんじゃなくて、相手の逃げ道を無くすように飛ばせ！」

「わかりました！」

俺が二人にアドバイスを出すと、二人の攻撃は掠《かす》る程度の攻撃がほとんどだが、徐々に当たるようになってきた。

逆に、天使の方は避ける方に集中し始め、なかなか反撃が出来なくなってきていた。

「よしよし、いいぞ。無理に仕留めようとするな。地道に削っていくイメージだ」

この調子なら、いつかはこっちが勝つからね。

「はい！」

「了解！　って、うお！」

このままではヤバいと感じたのか天使が戦い方を変え、高いところから光魔法を撃つ戦法から低空飛行で相手の近くから光魔法を当てにいく戦法になった。これなら、相手からの遠距離攻撃は当たりづらくなり、自分は好きに攻撃することが出来る。

「でも、それは悪手《あくしゅ》だぞ」

「せいや！」

天使が地面に近づいてきたところを狙って、ヘルマンが天使の片翼《かたよく》を切り落としてしまった。

「ナイス！」

「あ、美味しいところを持っていきやがった」

俺は、翼がなくなって地面に落ちた瞬間の真上に転移して、そのまま頭に剣を突き刺した。

「今、危なかったからね」

たぶん、天使が死を覚悟して自爆したかもしれないじゃん？

「どこがだよ……。まあ、いいや。それにしても、今までの魔物と比べものにならないくらいの強さ

だったな」

「だから言っただろ？」

「はい。十分、歯応えがありました。最後に羽を斬った時は、忘れられないくらいの快感でした」

ヘルマンが血のついた剣を見てニヤニヤ笑ってるよ。怖いな～。その快楽にハマって人斬りになるとかやめてくれよな？

「お、ドロップした」

天使が消えた後に残ったのは、白い指輪だった。

「なんだ？　指輪か？」

「みたいだね。なんの指輪だろ？」

〈天使の指輪〉
神の使いに特攻
即死回避

「ヤバ。この指輪、凄いぞ」

「どんな能力なんだ？」

「即死回避だって」

不意打ちを食らっても死なないなんて凄いぞ！

「おお、暗殺の心配がなくなるな。着けておけよ」

「え？　俺が着けていいのか？　今回は、二人が倒したんだぞ？」

俺は、最後に美味しいところを持っていっただけだし。

「剣を握るのに邪魔だから僕はいいです」

「俺もいいかな。俺よりもレオの方がこれから命を狙われることが増えるわけだし」

二人とも……。

「ありがとう。これは借りにしておくよ」

「気にするなって」

「そうですよ。あ、でも、また戦いに連れてきて貰えるとありがたいです！」

それくらい構わないさ。また、三人でダンジョンに潜るか。

「わかったよ。それじゃあ、奥の部屋に行くぞ。さて、何が出るかな？」

便利なスキルでありますように。

「そういえば、俺たちスキル持ちになるのか」

「やりましたね。また強くなれると思うと凄く嬉しいです」

そんなことを言いながら、俺たちは奥の部屋に進んだ。

『警告！　このダンジョンはクリアされました。これより、ダンジョンは崩壊しますので直ちに脱出してください』

中に入ると、二日前も聞いた声が響き渡った。

「おい、大丈夫なのか？」

「心配するなって、あの魔石に触れれば自動で安全な場所に転移されるようになっているんだよ」

それに、ここは山の頂上なんだから崩壊しても平気だろ。

「なるほど。それじゃあ、早く触らないと」

「それじゃあ、せーので触るぞ？」

「「「せーの」」」

『おめでとうございます！　あなたは入門ダンジョン初の踏破者です。あなたにスキル魔眼《まがん》を授けます』

俺たちが魔石を触ったと同時に、またアナウンスが響いた。

「魔眼？　なんだそれ？」

「わかんない。それより、これからたぶん冒険者に囲まれるから覚悟して」

スキルは、後で調べれば何とかなる。それよりも、今はこれからの騒ぎに備えないと。

「え？　嘘だろ？　大丈夫なのか？」

「心配するなって。それと一昨日の夜、俺はダンジョンの中でフランクとヘルマンと一緒に休んでいて、どこにも行っていないということにしておいてくれ」

「どういう……」

俺の言葉にフランクが問いただそうとした瞬間、転移が始まってしまった。


「あ、来たぞ！　おい、お前たちが踏破したのか？」

転移されるなり、やはりたくさんの冒険者たちが待機していた。まあ、これは予定通りだな。

「そうです。先ほど、最上階にいる天使をやっつけてきました」

「ふ〜ん。見た感じ、貴族の子供だな？」

代表して、俺に話しかけている男は、俺たちをジロジロ眺めながらニヤリと笑った。何か、悪巧みでも思いついたんだろうな……はあ、面倒だ。見るからにチンピラだし、冒険者のランクも低いんだろうな……。

「そうですけど、何か？」

「いや、世間知らずの坊ちゃんたちが大変なことをしてくれたな〜と思っただけだよ」

貴族相手にそんなことを言えるお前の方が世間知らずだろ。

「そうですか。それじゃあ、ギルドに報告したいのでどいて貰えますか？」

こういうのは無視が一番。

「おいおい、待てよ」

俺たちが立ち去ろうとすると、男が俺の肩を掴んで止めてきた。

「はあ、何ですか？」

「俺たちの仕事を奪っておいて、それはないんじゃないか？」

「だから、どうしろと？」

どうせ、大した仕事はしてないだろ？

「慰謝料を払え！　そうだな……金貨百枚で許してやる。貴族なら簡単だろ？」

はあ？　何言っているんだこいつ？

「そんな義務は俺たちにはないですよ。それじゃあ」

相手にするのが馬鹿らしい。俺は肩を掴まれている手を振り払って、また歩き出した。

「おい、待てよ」

まあ、そう簡単には行かせてくれないよな。きっと、周りも自分の仲間だからと思って強気なんだろう。

たく、少し喝《かつ》を入れるか。俺は、また肩を掴まれた手を強めに握り、男を睨んでやった。

「いい加減にしろよ？　仕事がなくなったなんてことはないだろ？　お前たち、冒険者なら他のダンジョンにまで冒険すればいいじゃないか。人に施《ほどこ》しを貰おうとする前に働け」

「お、おう……」

男は、先ほどまでの自身満々な態度が嘘みたいにビビりながら俺から後ずさった。

これから、もっと面倒なのと戦わないといけないというのに、こんなところで時間を潰してられるかよ。

「それじゃあ、二人とも行こうか」

「お、おう」

「はい！」

第七話　俺のスキルは……

現在、俺たちは冒険者ギルドの応接室に座らされている。

ギルドの受付にさっさと報告して逃げようと思ったんだけど、やっぱり無理だった。早く終わるといいな～。

そんなことを思っていると、一人のおっさんが入ってきた。

「あんた方がダンジョンを踏破したんだって？」

ギルド長なんだから、もう少し丁寧な言葉使いが出来ないかな？　まあ、冒険者上がりだろうし仕方ないか。それに、そこまで有能そうに見えないのは好印象だな。答えづらい質問をしてこなさそうだし。

などと思いながら、入ってきたギルド長を観察した。

「そうです」

「それにしても、こんな短期間に二つのダンジョンが踏破されるとは……」

あ、さっそくその話題に持っていこうとしているな。

「え？　二つのダンジョン？　どういうことですか？」

俺は、少しわざとらしく驚いてみた。

「あ、知らないのか。実は一昨日の夜、ここから少し離れたところにある霧のダンジョンが踏破されたんだ」

「え⁉　誰が踏破したんですか？」

知らないだろうけど、わざと質問する。俺は知りませんというアピールだな。あ、でも逆に疑わしくなっちゃうかな？　まあ、このおっさんならそこまで心配しなくても大丈夫だろう。

「それが、わかんないんだ。レオンス・ミュルディーンがやったんじゃないか、と言われていたんだが、その本人は別のダンジョンに挑戦していたからな」

お、やっぱりすぐに疑いは晴らしてくれたみたいだ。

「はい。その日は、ちょうど十階のボスを倒した日ですからね」

「おい、どういうことだ？　お前たち、二日で十階から三十階までクリアしちまったのか？」

「はい、そうですよ。最後の天使以外は強くありませんので、スムーズに進むことが出来ました」

ここら辺は、嘘をついても調べればすぐにわかってしまうことだから正直に話しておく。

「そうか……流石、一度ダンジョンを踏破しているだけあるな。で、本当に霧のダンジョンには関わっていないんだよな？」

「無理ですよ。どうやって二つのダンジョンを同時に攻略するんですか？」

普通なら無理だろ？

「まあ、そうだよな。はあ、早く見つかんねーかな。領主様に、早く誰が踏破したのかを報告しろと言われてるけど、どう考えてもすぐになんて無理だよな……」

なるほどね。やっぱり、必死こいて犯人を捜すよな。まあ、頑張って俺以外の人を探してくれ。

「それじゃあ報告は済んだので、帰っても大丈夫ですか？」

「うん？　ああ、大丈夫だ。ダンジョン攻略したことも俺が上に報告しておく」

「ありがとうございます」

「そういえば、レオンスはギルドに入っているんだよな？」

「はい、そうですけど？」

「ランクが上がるだろうから、後でギルドにもう一度来い」

ああ、そういえばランクが上がるのか。ベルと一緒に上げていこうと考えていたから、少し残念だな。

「帝都のギルドでも構わないんですよね？」

「ああ、どこでも大丈夫だ」

「わかりました。それじゃあ」

話が終わったので、俺は二人を連れて転移した。


転移したのは、俺の部屋の前。

「よし、帰ってきたぞ」

「お前、一昨日の夜……」

「おい！　誰が聞いているかわからないんだぞ」

フランクが余計なことを言いそうになったから慌てて口を押さえた。

「ご、ごめん」

「その話はまた今度ね。とりあえず、今日は疲れてるだろうし解散にしよう」

これから、俺の計画を二人に説明するほどの気力は俺には残っていないからごめん。

「ああ、わかったよ」

「わかりました。師匠、楽しかったです！　また誘って下さい！」

「機会があったらね」

とは言ったものの、次ダンジョンを踏破するとしたらいつだろう？

「ただいまー」

「お帰りなさいませ」

「お帰り。友達とのダンジョン攻略は楽しかった？」

「……え？　なんでここにおじさんが？」

ベルと一緒に出迎えてくるんだもん、びっくりして思わず二度見してしまったじゃないか！

「さて、何でだと思う？　想像つかない？」

「え、えっと……山のダンジョンを攻略してきたこと？」

「違う違う。一昨日に攻略された霧のダンジョンについて聞きたくてね」

「霧のダンジョン？　知らないな……というか俺、一昨日は山のダンジョンで十階のボスと戦っていたんだよ？」

おじさんにこの答えは厳しいかな……と思いつつ、ギルド長の時と同じ言い訳をしてみた。

「でも、レオくんなら出来るんじゃない？」

「またまた～。俺のことを買いかぶりすぎだよ！」

「まあ、レオくんが隠しておきたいならいいさ。レオくんの目的もなんとなく理解しているし。今回のことは、ダンジョンが自然崩壊したんじゃないか？　ということにしておいてあげるよ。たぶん、この噂が一週間もすれば帝国中に広がって、レオくんに注目はそこまで行かないさ」

まあ、やっぱり誤魔化すのは無理があるよな。それより、おじさんの提案はありがたいな。

今回、俺が踏破したのを隠したい理由は、あいつらに意味のない犯人捜しをして貰って時間を稼ぐためと、目立ちすぎて一般人に戦争のことを悟られないためだから、その対応はありがたい。

「噂じゃなくて本当にそうなんじゃない？」と、言いたところだけど、素直にありがとうと言っておくよ」

「どういたしまして。それと、皇帝陛下から伝言。一人で背負い込むなよ？　これは、お前だけの戦争ではないんだから。手を貸して欲しかったらすぐに頼ってこい。だって」

俺だけの戦争じゃない、か……。

でも、俺は死にたくないし、死なせたくない人がいるから絶対に手は抜かないよ。

「了解しました、と伝えといて」

「わかった。それにしても、またレオくんが褒美を貰うのか～。遂に、侯爵だね。勇者みたいに一代で公爵にまで成り上がるのも夢じゃないね」

侯爵か……公爵の次だからもう上から二番目まで来てしまったか。なんか申し訳ないから、これから褒美はなしにして貰えないかな？

「好き勝手に生きてたらいつの間にかそうなっていただけなんだけどね……」

というか、トラブルに巻き込まれ過ぎなんだよ。俺、運はステータスだけを見たらめっちゃいいんだよ？　あれか、もしかして悪運か？　きっとそうなんだろ？　俺は平和に暮らしたいんだけどな……。

あ、でも、平和だったらこんなに楽しい生活は出来なかったのかな？　貴族と言っても末っ子なんだし、普通ならシェリーともリーナとも結婚するなんて無理だったろうからね。そう考えると、運は良いのか。

「いいじゃないか。それが人の為になっているんだから」

「そうかな……」

人の為にね……。

「今回のダンジョンが無くなってしまった街が心配？」

「まあね。ただでさえ悪政に苦しめられているのに、俺のせいで更に辛い思いをさせてしまうと思うと、申し訳なくなるよ」

いくら人よりも自分の為、と割り切ったとしてもなんだか罪悪感が今回の計画で残ってしまった。

「仕方ないさ。それなら、そんな人たちが逃げられる場所をレオくんが造ったら？」

「そうだね。そう考えるしかないよな……。うん、頑張るよ」

これから、もっと領地の開発を頑張っていこうじゃないか。

「うん、頑張りな。それと、今日はとりあえず疲れているんだから休みなよ」

「うん、わかった」

「ベルちゃん。レオくんが今日は無理しないように見張りを頼んだよ」

「はい、お任せ下さい」

「それじゃあ、またね」

おじさんは手を振ってから、窓に手をかけると隠密《おんみつ》を使って消えてしまった。どうせ、また屋根の上を渡って帰っていくんだろう。

「相変わらずだな……」

「レオ様、改めてお帰りなさいませ。計画が成功したみたいで良かったです。お疲れ様でした」

俺がおじさんを苦笑いを浮かべながら見送っていると、ベルがそんなことを言いながらお辞儀をしてきた。

「ありがとう。ベルも一人にしてしまってごめんね」

寂しかったでしょ？

「いえ、二日くらい寂しくありません」

「そう？」

「はい。それより、ダンジョンでのお話を聞かせて下さい」

「うん、いいよ。と、言いたいところだけどそんなにないよ？」

三日で終わってしまうくらいのダンジョンだったからね。

「それでも、どんな魔物がいたのかだけでも構いませんので、教えて下さい」

「わかったよ。山のダンジョンは、事前情報通りだったよ。問題のラスボスの天使は、ちょっとヘルマンたちが手こずったけど、誰も怪我なく倒せたよ。問題の霧のダンジョンの方は、ヒュドラと呼ばれる毒を吐く魔物だったよ」

「え？　毒を吐くって、大丈夫だったんですか？」

「うん。俺にはこれがあるからね」

そう言いながら、俺は悪魔の指輪をベルに見せてあげた。

「指輪ですか？」

「そう。これは、状態異常を無効化する能力があるんだ。だから、意外と苦労しないで倒せたよ」

「それは、良かったです。それで、スキルの方はどんな物を貰ったんですか？」

やっぱり、スキルが気になるよね。

「再生と魔眼だよ。再生は、言葉通り怪我をしたら再生する能力だよ。ほら」

そう言いながら俺はナイフを創造して、手に突き刺してみた。

うお！　思っていた以上に痛い！　でも、ここで痛そうな顔をしたらベルに心配されてしまうからダメだ。

「きゃあ！　血が出てますよ！」

「し、心配ないって。ほら、見てみな」

ベルが悲鳴を上げてしまったのを見て、俺は慌てて血を拭き取って手に傷がなくなっているのを見せてあげた。

すると、ベルは俺の手を両手で掴んで、俺がナイフを刺したところを凝視し始めた。

「本当だ……。傷がなくなってる……」

どうやら、大丈夫だったみたいだ。痛みの方もすぐに収まった。うん、今度からはわざと手にナイフを刺すとかやめておこう。

「これが再生の力だ。まあ、どこまでの傷を治すことが出来るのかはわからないけど、調べたいとは思わないよね。腕とか切ったら痛そうだし」

ナイフを突き刺しただけでこの痛みなのに、腕がなくなったらと思うと怖くて出来ないよね。

そんなことを思っていると、ベルが思いっきり腕を抱きしめてきた。

「調べないでください！　もし、腕を切り落として生えてこなかったらどうするんですか!?」

ベルは俺の腕を抱きしめながら、頬を膨らませた。なんだこれ、めっちゃ可愛いんだけど。

「そうだな……そのときはベルに俺の腕の代わりをして貰おうかな」

「え？　じゃなくて、冗談はよして下さいよ。レオ様が怪我しているところなんて見たくありません！」

可愛かったからついからかうと、ベルは一瞬照れてからハッとなって怒り始めた。

「ごめんって」

やっぱり可愛いな。

「もう……。それで、もう一つの魔眼の方はどんな能力なんですか？」

「わかんない。今、アンナに聞いてみる」

（アンナ、魔眼ってどんな能力？）

（魔眼とは、目に魔力を集中させると特別な力が使えるものです。どんなことが出来るのかは、使ってみないとわかりません）

へ～。魔眼の中でも種類があるのか。

「了解」

「どんな能力だったんですか？」

「目に魔力を込めると、何かが出来るらしい」

「では、さっそくやってみたらどうですか？」

「そうだね。とりあえず、どんな能力かわからないから少しずつ魔力を込めてみるよ」

そう言いながら、少しずつ目に魔力を集中させていく……すると、俺の視界にとある変化が起き始めた。あれ？　ベルの服が段々と透けて……。

「レオ様、何か変化がありましたか？」

「え？　あ、うん。ちょっと待ってね」

いかんいかん。これはいかん。

でも、ちょっとだけ……。

「なんだか、レオ様の目つきがいやらしくなった気がします」

ベルが嫌そうな顔をしながら、胸を腕で隠した。もしかしてバレた？

「そ、そうかな？」

俺は慌ててベルから視線を外した。

うお、壁が透けてる。あ、フランクが見える。メイドさんと楽しそうに話しているな。きっと、ダンジョンでの思い出話でもしているのだろう。

「それで、どんな能力だったんですか？　なんか、だいたい想像出来てしまうんですが、一応聞いておきます」

そうです。たぶんそれです。

でも、自分の口から言うのは罪を認めたことになってしまうぞ……。

「え、えっと……魔力を込めれば込めるほど遠くを見ることが出来る能力みたいだよ。壁の向こうも見えるし、今そこそこ魔力を込めてみたんだけど、ここから城まで見えるよ」

俺は苦し紛れに、今わかったことを言ってみた。

この魔眼、凄いよ。魔力を込めれば込めるほど遠くを見ることが出来るんだ。今だって、おじさんと皇帝が難しい顔をしながら会話しているのが簡単に見えちゃうんだから。

「つまり、どういう能力ですか？」

くそ……上手く濁《にご》せたと思ったのに。見逃してくれないか。

「え、えっと……つまり……遠隔透視かな」

「はい。やっぱり透視だと思いました」

「だから、遠隔透視だって」

「でも、服の中を覗くことも出来るんですよね？」

そ、それを言われてしまうと……。

「は、はい……」

認めるしかないよな。

「普段は使っちゃダメですからね！」

「わ、わかりました」

「もし使ったのが発覚した時は、シェリーさんやリーナさんに言いつけますから」

「どうか、それだけは勘弁を！」

俺は反射的に土下座をした。あのネズミモニターでお風呂を覗いたことがバレた時のことを思い出したら、体が勝手に動いてしまった。

「それと、いつも思うのですが、見るなら堂々と見てください」

「え？　それって……」

俺が顔を上げると、ベルはぷいっと俺に背中を向けた。

「さあ、私は夕飯の準備をしますので、レオ様はそれまでゆっくりとくつろいでいてください」

「まさか……冗談だよな？」

それからしばらく、俺は正座のままベルの背中を眺め、言葉の意味を考えるのであった。

第八話　あちら側の対応

ご飯を食べ、風呂も入って後は寝るだけになり、敵の動向を知るために寝室でベルと一緒にネズミモニターを眺めていた。

《昨日》

「おい！　俺の領地にあるダンジョンが潰されたぞ！」

どうやら、俺が霧のダンジョンを踏破したことが伝わった時のことを見せてくれるみたいだ。

フィリベール家の当主が焦って、将軍（仮）のところに来ていた。自分から動くなんて、相当焦っているんだろうな。将軍も驚いた顔をしていた。

「ダンジョン？　ダンジョンがどうしたんですか？」

「だから、昨日の夜に潰されたんだよ！」

「誰にですか？」

「それは、まだわかってない……だが、絶対あいつに違いない！」

まあ、そうなるよな。

「はあ。で、なんだと言うんですか？　もし、奴が踏破したなら新たなスキルを手に入れられて面倒ですが……奴は昨日、学校に行っていたんですよ？　流石の奴でも、ダンジョンを数時間で踏破するなんて無理だと思いますよ。もしそれが出来るのなら、これから戦うのを諦めた方がいいです」

おお、めっちゃまともなことを言っているけど全然当たってないぞ。転移の存在を忘れているじゃないか。あ、でも、流石にダンジョンの中にまで転移が出来るとは思わないか。

「そ、そうだよな。よし、誰がダンジョンを踏破したのかを見つけ出してくれ」

「それは私たちの仕事ではありません。探したいなら、ご自身の兵を使って探して下さい」

「な、何故だ！」

「私たちが探す理由がないからですよ。私たちは王国の騎士であって、あなたの騎士じゃない。そして、このダンジョンの件はあなたの領地での問題ですから」

まあ、そうだよね。

「そんなことを言っていいのか？　金を出すのは俺だぞ」

「だから何度も言いますが、それを言うなら早く金を出して下さいよ。このままだと、国王陛下にフィリベール家に戦う意思がないと報告するしかありませんよ？」

そうなったとしたら、どうなるんだろう？

まず、フィリベール家は帝国、王国の両方を敵に回すことになってしまうだろうな。それから、帝国にお取り潰しにされるか王国に攻め込まれるかのどちらかになる。

どっちの未来でもフィリベール家は終わりだけどね。

「く、くそ！　わかった。半年だけ待て！　税をもっと増やして半年後までに戦争を始められるまでにする。今は、罰金を払ったせいで戦争に使う金がない」

うわ……こいつ、もう既に疲弊している領民から金を巻き上げるつもりだ。戦争を始める前に破綻《はたん》しそうだな。

「半年ですか……わかりました。半年を期限とさせて貰います。半年を過ぎても金を出さなかった場合は国王陛下に報告させて貰いますね」

それじゃあ、俺はもっとフィリベール家の財政難を悪化させて半年で間に合わないようにすればいいんだな。

これは、戦わずして戦争を終わらせられる気がしてきた。

《二時間前》

今度は、俺たちが山のダンジョンを踏破したことが伝わった時の場面かな？

「大変です！」

「どうした？」

「霧のダンジョンに続き、山のダンジョンを踏破されました」

やっぱりそうだったか。

一人の兵士が将軍とフィリベール家の当主に報告しているところから映像が始まった。

「はあ？　誰だ！」

ぽっちゃりの父親は報告を聞いて、兵士に向かって怒鳴った。兵士は別に悪くないんだから怒鳴ることはないじゃんね。

「霧のダンジョンはまだ調査中ですが、山のダンジョンはレオンス・ミュルディーン、フランク・ボードレール、ヘルマン・カルーンの三名が踏破したことが判明しました」

「はあ？　あいつ、一昨日まで学校にいたんだろ？　どういうことだ！　説明しろ！」

兵士の説明を聞いて、今度は将軍の方に向かって怒鳴った。本当、忙しい奴だな。

「さあ？　調べないと私にもわかりません。でも、霧のダンジョンも奴が踏破したと考えて問題無いでしょう。だとすると、奴はスキルを更に二つも手に入れたことになります。こうなると、もう一分一秒たりとも猶予《ゆうよ》がありません。今すぐ戦争を仕掛けるしかありません」

流石だな……焦ることなく冷静に分析している。

でも、もう一方が無能だからな……。

「それは無理だ」

「どうしてですか？　もう、これからは時間が経てば経つほど厳しくなるんですよ？」

「ダンジョンを二つも潰されたんだぞ！　どうやって金を集めるんだ！」

うんうん、計画通りの展開だ。

「ああ、そういうことか……奴のやりたかったことがわかった」

あ、気がついた？　でも、もう手遅れだね。

「ど、どういうことだ」

「奴は、時間稼ぎを狙っているんですよ。奴は私たちが今悩まされている資金源を的確に突いてきた。くそ、やられたな。あいつの弱点を探ろうとしているうちに、こっちの弱点をやられてしまうとは……」

「そ、それでどうするんだ？」

「どうもこうも、撤退するしかありませんよ。はあ、公爵だから資金だけは大丈夫だろうと思っていたが、ここまで金がなかったとはな……」

将軍はため息をつくと、立ち上がった。

「ま、待て！　逃げるのか？」

将軍が外に向かって歩き出したのを、ぽっちゃりの父親が慌てて止めようとした。

「そうですね。無駄に戦って兵がたくさん殺されるよりも、国王にあなたのせいで戦うことが出来ませんでしたと報告すれば被害が少なく済みそうですから」

「ほ、本気なのか!?　俺はどうなるんだ！」

「精々、耐えて下さい。あ、もしかすると、帝都を落とせば王国が援助してくれるかもしれませんね。それじゃあ」

将軍はそれだけ言って、部下を連れて部屋から出て行ってしまった。

「くそ！」

ぽっちゃりの父親が誰もいなくなった部屋で、机を蹴っ飛ばしたところで映像が終わった。

「お～。こんな簡単に諦めてくれるとは」

「でも、正しい判断だと思います」

「そうだね。あの将軍が有能で良かった」

無能だったら、変に攻め込まれてお互いたくさんの人が死んでいただろうからね。

まあ、将軍もフィリベール家に敗因を全てなすりつけることが出来るのが大きいよな。フィリベール家が中途半端に金を出していたら、泥沼の戦争になっていたかもしれないな。

「はい。レオ様の努力が報われましたね」

「うん。これで、当分は領地開発に力を入れられるよ」

明日は、久しぶりに領地で仕事だな。

「はい。エルシーさんとルーさんが寂しがっているでしょうから、行ってあげてください」

「確かに、一週間くらい行けてなかったからな……」

そういえば、いろいろとほっといたままだったな。エルシーさんとルーもそうだし、アルマの訓練もベルノルトに任せたままだったからな。

「ふああ～」

ダメだ。もう頭が回らん。これからの予定はまた明日から考えるか。

「あ、もう寝てください。ここのところ、ずっと寝てなかったのですから」

そう言いながら、ベルが俺のことをベッドに誘導する。

「うん……昨日は早く寝たんだけどね」

フランクにたたき起こされて寝覚めは悪かったけど。

「それでも、疲れているんですから寝てください」

「わかったよ……。でも、なんか寂しいから俺が寝るまで添い寝してくれない？」

「もう、何を寝ぼけたことを言っているんですか？」

確かに寝ぼけてるかも。普段は、こんなことを言わないよな……でも、なんだか人肌恋しいんだよね。ダンジョンで生活していて、精神的に疲弊してたのかな……。

安全ってわかっていても、じいちゃんのことがあるから心のどこかでトラウマを感じていたのかも。

「いいじゃないか。二日くらいベルがいなくて寂しかったんだもん」

「もう……仕方ないですね。寝るまでですよ？」

ベルは照れながらも、俺の隣に寝転がってくれた。

「ありがとう。おやすみ」

「おやすみなさい」

それからすぐに寝てしまったのだが、次の日珍しく朝早くに目が覚めたらベルの顔が目の前にあったから、ベルが起きるまで寝顔を眺めさせて貰ったのだった。

第九話　朝から幸せです

SIDE：ベル
「おやすみ」

「おやすみなさい」

ふふ、可愛らしい寝顔。

よっぽど疲れていたのか、すぐに寝てしまったレオ様のお顔が可愛らしくて、私は一人でニヤニヤと笑ってしまった。こんな顔、レオ様に見られたりしたら引かれちゃうかも。

それにしても、今日のレオ様は珍しく甘えん坊さんだったな……。まさか、レオ様から添い寝してなんて……。

きっと、ここのところずっと一人でダンジョンを攻略していて寂しくなっちゃったかな？

ちょっと恥ずかしいかなって思ったけど、レオ様がすぐに寝てしまったから案外恥ずかしくなかった。むしろ、レオ様の寝顔を眺められて眼福というか……。

それに、レオ様の匂いをこんな近くで嗅《か》いでいられるなんて。欲望に駆られ、起きないでください！　と願いつつレオ様の体に鼻をつけてクンクンしてしまった。あ～落ち着く。レオ様の匂いを嗅いでいると、本当に落ち着きます。

レオ様……いつまでも嗅いでいたい……です。

《次の日》

「ん～。あれ？」

起きると、ニヤニヤと笑っているレオ様のお顔が目の前にいた。

夢かな？　と思って、目を擦ってからもう一度目を開けるとやはりレオ様がいた。

「もしかして……私、あのまま寝ちゃった……？」

そういえば、ベッドから出た記憶がない。

「みたいだね」

「あ～私の馬鹿！」

もう、こんなことがバレたら大変なのに！

「気にしなくていいと思うよ。朝からベルの寝顔を見られて幸せだし」

「レオ様はいいかもしれませんけど……というか、どうしてこういう時だけ早く起きるんですか！

いつも、あんなに起きないくせに……」

いつもなら何度起こしても寝てしまうのに、どうして今日に限ってこんな朝早くから起きられるんですか……。

「ごめんって。寝顔、可愛かったよ」

「もう……」

そんなことを目の前で言われたら……。

私は、赤くなってしまった顔を隠すために布団の中に潜り込んだ。

SIDE：レオンス
朝からベルのおかげで幸せな気分になりつつ、朝の寝起きが久しぶりに良かったのもあって、今日は朝から元気だ。

「フランクおはよう！」

「お、おはよう……今日は、随分と元気だな」

そう言いながら、フランクが朝から元気いっぱいな俺を大丈夫か？　という目で見てくる。まあ、いつもはもっと大人しいから仕方ない。

「まあ、よく寝たからね」

「ああ、そういうことか。なら、今日は授業中に寝る心配はなさそうだな」

「うん。大丈夫だよ」

てか、今まで先週の一週間くらいしか授業中に寝たことはないから！

そんなやりとりをしつつ、俺たちは教室に向かった。

「おはよう」

教室に入り、俺はいつも通り、まずシェリーとリーナのところに朝の挨拶をしに行った。

「あ、レオ！　ベルに聞いたわよ。ダンジョンに行っていたんだって？　どうして教えてくれなかったのよ！」

「どうしてって。急に決まったことだし、ね？」

本当は、言ったら私も連れて行きなさいとか絶対言うと思ったからなんだけど、流石にそれは言えないから、フランクを使って誤魔化すことにした。

「ま、まあ、そうだな」

俺の振りに、フランクは俺の意図を理解して頷いてくれた。やっぱり、持つべきは友達だな。

「茶番は時間の無駄よ。一週間前から準備してたことは知っているわ」

ま、マジか……。なんで知っているんだよ。

「ベルに聞きました。私たちが、授業中に寝ているレオくんのことを心配に思わないわけがないじゃないですか」

「た、確かに……」

よくよく考えたら、授業中に寝ている時点で問いただされてもおかしくなかったよな。まあ、ベルが戦争のことまで説明したから納得してくれたのかな？

「それで、二つのダンジョンを踏破した話を聞かせなさいよ」

「いいけど、長くなるからまた後でにしない？　それと、俺が踏破したのは山のダンジョンだけだからね」

ここで、クラスメイトたちが盗み聞きをしている中で、ダンジョンの話は出来ないよ。

「後で？　それじゃあ、今日学校が終わってからよろしくね」

「きょ、今日は領地に行こうと思ってたんだけど……」

「いいわ。私たちも連れていきなさい」

まあ、そうなりますよね……。

「そうですよ。私たちもエルシーさんやルーに会いたいですし」

「わ、わかったよ……」

「それで、三人はどんなスキルを手に入れたの？」

「そ、その話をここでする？」

まだ諦めてなかったのかよ。

「いいじゃない。今日は珍しくレオが教室に来るのが早かったから、まだ授業が始まるまでに時間があるわ。スキルの説明くらいなら出来るでしょ？」

早起きをして損をした気分だな。

「わ、わかったよ……」

くそ……どうやって俺の能力を誤魔化すんだ？　考えろ俺！

「ま、まず、俺たちが手に入れた能力は魔眼というスキルなんだ」

「魔眼ってなんだか凄そうな能力ですね。それで、どんなことが出来るんですか？」

「えっと……。フランクとヘルマン、目に魔力を集中させてみて」

「魔力を目にですか？　わかりました」

二人は、俺に言われた通りに、魔力操作を使って魔力を目に集中させていった。

「どう？　何か変わったか？」

「変わってる……ただ、なんだろうこれ……ああ、そういうことか。わかった。魔力が目に見える能力だ」

どうやら、フランクは周りを見渡しながら自分の魔眼の正体を掴むことが出来たようだ。

「おお、凄いじゃないか。何かに使えそうだな。ヘルマンは何か見えたか？　って、どうした⁉　大丈夫か？」

フランクの能力に喜びつつヘルマンの方に目を向けると……ヘルマンは机に手をついて、顔色が悪くなっており、いかにも具合悪そうだった。

「師匠……早く、そこから離れて下さい。ぱ、爆発します……」

俺が近づくと、ヘルマンは焦点が合ってない目で俺を見てそんなことを言ってきた。

おい、マジでヤバいだろこれ。

「おい、しっかりしろ。一回、魔眼を使うのを止めるんだ」

俺は慌ててヘルマンに魔眼を使わせるのを止めさせた。間違いなく、これは魔眼が原因なんだろう。

「はあ、はあ、はあ」

魔眼の使用を止めたヘルマンは、苦しそうに呼吸をしていた。

「どうしたんだ？　何が見えたんだ？」

原因がわからないことには対処出来ないから、話すのが辛いことを理解しつつも、ヘルマンに質問した。

「よくわかりません……。急に……視界がもの凄い速さで動き始めました。でも……そこから教室が大爆発する瞬間だけはわかりました。それを見ていたら……急に気持ち悪くなってきました」

「わかった……少し休んでな」

うん、大体わかった。

「どういうことですか？」

「たぶん、ヘルマンの能力は未来を見ることが出来る能力なんだと思う。で、ヘルマンはその急激な視界の変化に酔ったんだろうね」

あとは、急激に魔力が減ったのも原因かな。どうやら、予知眼は魔力をたくさん使うみたいだ。

「そういうこと……って！　それだと、そのうち教室が爆発するってこと？」

「たぶん。でも、どのくらいの未来かはわからないけど」

まあ、もしかすると何かの勘違いなのかもしれないしね。

「へ～。それで、レオはどんな物が見えるの？」

え？　ここで俺の能力の話になる？　もう少し、未来の心配をしないの？

「え、えっと……凄い遠くの物でも見える能力かな。ここから、城の中まで見えるよ」

これなら誤魔化せるかな……？

「なるほど。後でベルに詳しい話は聞いておきます」

「そうね」

「ちょっと待って！」

ベルに聞くのだけはやめてくれ！　昨日、俺がやってしまったことが……。

「え？　何か聞かれたら嫌な能力なんですか？」

「べ、別に？　ま、まさかそんなわけないじゃん！　ハハハ」

いえ、十分聞かれたら困る能力です。

「それじゃあ、問題ないですね」

「それとこれは……って、どうしたフランク？」

俺が何とかベルに聞かれるのを止めようとしていると、フランクがある一点を見たままになっていることに気がついた。

「いや、なんか……あそこだけ魔力が溜まっているように見えるんだ。しかも、四角に固まっていて、明らかに人工的に見えるんだ」

そう言いながら、フランクが俺の椅子の下あたりを指さした。

「どういうことだ？　それじゃあ、床の下に何かあるのか？」

俺は、なんか不気味だったから魔眼を発動させて床の向こう側を覗いてみた。

すると……そこには大きな爆弾が隠されていた。

しかも、どうやら時限式の爆弾みたいで、タイマーがあと五秒になっていた。

「うお！　皆、危ない！」

ドッカン！

SIDE：フィリベール
「おい、そろそろだろ？　どうなった？」
俺は、今回の計画の責任者である男に結果を催促する。

　これが失敗したら、俺が地獄行きなのは間違いないだろう……そうなったらと思うと凄く不安で仕方ない。そのせいで、俺は昨日からまだ一睡もしていないんだ。早く、成功の知らせを聞いて、安心した状態で眠りたかった。

「まだ、成功の報告は来ておりません。ただ、時限爆弾の設置は終わったと報告がありました。それと、レオンスも予定通りに登校したという知らせも」

　俺の不安を余所に、責任者は淡々と先ほど聞いた説明を繰り返した。

「本当に大丈夫なんだな？　あいつでも、死ぬ爆弾を用意したんだな？」

　俺も、思わずさっきと同じ質問をしてしまう。

　あいつ、今まで何をしても死ななかったんだぞ？　爆弾なんかで死ぬのか？

「はい。心配ございません。何しろ、古代魔法具を大量に使った魔法爆弾ですよ？　あの爆弾に巻き込まれれば、魔王でも一溜まりありません」

「そうか、それなら心配ないな。なんだ、あんな男に頼らなくてもあいつを殺せるじゃないか」

　ハハハ。今まで、嫌な思いをしてまであの男と手を組む必要なんてなかったじゃないか。

　そうだ。俺は一人でも十分強いじゃないか。

「はい。ご当主様の力を持ってさえすれば、何も怖くありません」

「よし、これが上手くいったら城に同じ、いや、もっと強力な爆弾を仕掛けろ」

　ククク。これで、この国は私の物だ。

「わかりました」

「それにしても、お前を引き抜いておいて正解だったよ。お前の父親と叔父には裏切られたがな」

魔法学校で研究する金が無いと困っていた男がここまで有能だったとは。

「いえ、これもご当主様に助けて貰ったからこその力です。それと、ご当主様に貰った魔力供給源がいい働きをしてくれました」

ああ、あの死刑寸前だった男か。

それは、忍び屋の貸しを使ってまで連れてきた甲斐があったな。

「そうかそうか。それじゃあ、結果がわかり次第報告を頼むぞ」

「わかりました」

「ククク。焦って一晩で計画してみたが、案外上手くいくもんだな」

第十話　爆発……

SIDE：リーナ
ああ、耳がキーンとする。煙で、周りの状況もわからない。

瓦礫《がれき》に挟まれて、身動きも取れないです。

皆は無事なのですか？　私は、どうすれば……？

待って。とりあえず落ち着かないと。まずは状況整理。

確か……レオくんたちとダンジョンの話からスキルの話になって、ヘルマンくんとフランクくんが魔眼を試したら、二人とも様子がおかしくなったんだったんですよね。

それから、レオくんが何かを見たような素振りをしたと思ったら、私とシェリーが押し倒され、何かに囲まれて……何がなんだかわからないうちに、爆発が起きたんだった。

ということは、レオくんはもろに爆発を受けてしまったってことですか？　ま、まさか、レオくんがやられてしまうってことはないと思うのですが……。

とにかく、周りの人と意思疎通《そつう》を取る為にこの何も聞こえない耳をどうにかしないといけませんね。

そう考えた私は、耳に手を当てて聖魔法を使う……すると、少しずつキーンとする音が鳴り止んでいった。

「ああ、ああ。うん、大丈夫。誰か！　聞こえたら返事をしてください！」

声が聞こえるか確認してから、誰でもいいから返事して！　と願いつつ私は叫んだ。

すると、一人の少女の声が聞こえた。

「はい！　生きてます！」

「その声は、ジョゼさん？」

四大公爵家のジョゼッティアさん。確か……風魔法と聖魔法が得意だったはず。ジョゼさんとは、新しいクラスになって同じ属性の聖魔法について話すようになってから仲良くなりました。優しくて、話していて楽しいんです。

「そうよ」

「ジョゼさん、風魔法を使えますよね？　この煙をどうにかして貰えないですか？」

とりあえず、この視界が悪い中だと状況が把握出来ないので早くどうにかしたいんです。

「わかった。やってみる」

その声が聞こえてから少し間があってから瓦礫の間を強めの風が通りに抜けて行きました。すると、瓦礫を挟んですぐ隣にシェリーを見つけることが出来ました。

「リーナ！」

「シェリー！　大丈夫ですか？」

「ごめん。耳が何も聞こえないの」

「わかりました。今、耳を治します」

そうですよね。私が聞こえなかったんですから、シェリーも聞こえなくなりますよね。

私は、手を伸ばしてシェリーの耳に聖魔法をかけました。

それからしばらくして「ああ、ああ」と耳の確認をして頷くと、シェリーが話し始めた。

「やっと聞こえるようになった。リーナ、これ、何があったの？」

「私もわかりません。ただ、爆発が起こってレオくんが私たちを守ってくれたのは確かです」

そう言いながら、ジョゼッティアさんの声が聞こえた方の壁に目を向けた。きっと、レオくんが作ってくれた壁なのでしょう。ただ、この壁には不自然な点があって……。

「そうみたいね。所々穴は開いているけど、これはレオが造った壁ね。あれ？　でも、爆発があったのってこっち側じゃあ……」

そう、爆発した方向とは逆の方向に壁が出来ていたんです。

「でも、確かに私たちを囲う壁が創造されていたのは間違いありません」

あの、爆発が起こる前に見たレオくんと私たちの間に壁が出来ていった記憶は、きっと間違っていないはずです。

「そうよね……あの壁、どうなったんだろう……。それより、レオは？」

「わかりません。でも、私たちの盾になってくれたことは確かです」

だって、わざわざ私たちの前に飛び出してきたんですから。

もしかすると、自分は何も防御をしていなかったのかもしれません。

「もしかして、レオが爆発に巻き込まれちゃった？　もしかしたらレオが……」

「その考えはやめませんか？　ここで不安になっても仕方がありません。とにかく、ここから脱出することを考えましょう」

シェリーが良からぬことを言い始めたので、すぐに遮りました。今、ネガティブなことを言っていても仕方がありません。

「そうね……。この瓦礫、無理矢理動かしたらダメよね？」

「そうですね。もしかすると、学校が崩れてしまうかもしれません」

この瓦礫に囲われた状況では、学校がどれくらい崩壊しているかわかりませんからね……。たぶん、私たちなら無属性魔法を使えば簡単にこの瓦礫を壊して逃げ出すことも出来ます。でも、それをやってしまうと学校が崩れてしまうかもしれないので……。

「どうすればいいのよ……」

バキン！

「え？」

シェリーの途方に暮れた声が聞こえたと思ったら、目の前の瓦礫が取り払われ、強い光が差し込んできました。

目が慣れてくると、フランクさんが立っていました。

それと、どうやら爆発で天井が全て吹っ飛んでしまったらしく、上を見上げると青い空が広がっていました。私たちの上に乗っていたのは、レオくんが造った壁だったみたいです。

「ヘルマン？」

隣に目を向けると、シェリーのことはヘルマンくんが助けたみたいです。

「お二人とも、ありがとうございます。レオくんがどうなったのかわかりますか？」

私は、立ち上がる前にフランクくんに今すぐに知りたかったことを質問した。レオくんなら、フランクくんたちが助けてくれる前に助けてくれるはず。それなのに、何故か来なかった……。これはもしかして……。私とシェリーの中で、不安がどんどん膨れ上がっていく。

「ごめん。耳が壊れちゃって何も聞こえないんだ」

「あ、わかりました」

私はすぐに治そうと立ち上がって、二人の耳を治そうとしました。が、すぐにヘルマンくんに止められました。

「待って下さい。僕たちはいいので、師匠のところに行ってください！」

「え？　レオくんがどうしたんですか？」

私は、体の中で破裂しそうなほど膨れ上がった不安を抑え、二人に何があったのかを聞くために急いで耳を治しました。

「……ありがとうございます。急いで下さい！　爆発で師匠が大怪我を負ってしまったんです。早く、早く聖魔法で治してあげて下さい！」

そう言いながら、ヘルマンくんが壁の方を指さしました。

「わ、わかりました……」

私は返事をしつつ、指された方向に目を向けた。

そして、目にした光景に足の力が抜け、ぺたんと地面に尻餅をついてしまいました。

「そ、そんな……」

まさか、レオくんが……。

「レ、レオ……？　いや！　死なないで！」

壁に寄りかかり、全身が血だらけの火傷《やけど》だらけで、腕がない……そんなレオくんを見て、シェリーが慌ててレオくんにしがみつこうとした。それを、慌ててフランクくんが止めた。

「姫様、落ち着いてください！　まだレオは死んでません」

「え？　それじゃあまだ助かるの⁉　リーナ！　リーナ、早くレオの傷を治してあげて！」

シェリーが叫ぶ中、私は余りのショックに手も足も動かず、声も出ませんでした……。まさか、レオくんがこんな状態に……。

「リーナ！」

「……無理です！　こんな大怪我、今の私にはまだ無理なんです！」

自分でも情けないとは思いながらも、やっと出てきた言葉はそれだけでした。

レオくんの怪我は私では治せない……ああ、レオくんはもう助からないんだ……。

レオくんの怪我の状態を見た私は、すぐに頭の中でレオくんが死んでしまったと処理され、そのショックで周りの声など聞こえていなかった。

すると、シェリーが私の襟首を掴んで思いっきり持ち上げた。

バチン！

思いっきりビンタをされた私は叩かれた頬を押さえもせず、シェリーを力なく見た。

「何を言っているのよ！　何が無理よ！　あなたが助けないで、誰がレオを助けられるのよ。早く、早くレオを助けて。お願い、あなたしかいないの……」

私に怒り始めたシェリーは、少しずつ声が弱々しくなっていき、最後はお願いする形となっていた。

「わ、わかりました……お願い神様、私に力を……」

シェリーの言葉に目が覚めた私は、倒れ込むようにレオくんの傍に膝をつき、祈るようにレオくんの全身に聖魔法をかけた。

ひたすら、祈った。

「す、凄い、傷が治ってきた。流石リーナだ」

「え？」

フランクくんの言葉に、私が顔を上げると、そこには……あり得ない現象を目の当たりにしました。

「ほら、レオの傷が塞がって、腕が生えてきているわ」

そんなはずが……もう、あの傷の多さではどう頑張っても私には無理なはず……。

そこで、私は治療を止めてみました。

すると……それでも、レオくんの腕は再生していくのです。

これは、違います！

「違います！　これは、私の力じゃありません。勝手に……勝手に治ってるんです」

「どういうこと？　こんなスピードで、自然に治っていると言うのか？」

「わかりません。でも、もしかすると、何かレオくんの魔法アイテム、またはスキルが関わっているのだと思います……」

きっとそうだと思います。レオくんなら、このことを見越して何かしら対策をしているはずですから。

「だとすると、レオは助かるのか？」

「助かります……と言いたいですが、まだわかりません。レオくんが何の力で回復しているのかわからないので……」

もし、体力や魔力を消費しているとしたら、この傷が修復するまで持つとは思えません。

「……ベルに聞いてみればいいんじゃないの？　ベルなら、私たちの知らないレオのことを知っているわ」

「確かに……そうですね。今、聞いてみます」

シェリーの提案に頷き、すぐにベルさんに念話をした。

（ベルさん！）

（は、はい！　リーナさん、大丈夫ですか⁉　凄い爆発音が聞こえましたけど）

やっぱり、寮の方にまで音が届く爆発だったんですね。それをレオくんは直接……。いえ、今はそんなことを考えている暇などありません。

（いいですか？　落ちついていて聞いて下さい。実は、その爆発に巻き込まれてしまいました……）

（だ、大丈夫なんですか⁉）

（それが……レオくんが大怪我を負ってしまいまして）

（え⁉　レオ様が大怪我⁉　レオ様が……）

念話越しでもわかるくらい、ベルさんは動揺していました。

（落ち着いてください。ベルさんに一つお聞きしたいことがあるんです。レオくんの傷が勝手に治っていくんです。これって、レオくんの能力ですか？）

（レオ様の怪我が勝手に……あ！　再生です！　再生のスキルです！　良かった。レオ様はきっと助かります。再生のスキルが発動したということは、傷が全て再生するはずです）

（再生のスキルですね。わかりました。ありがとうございます）

「よ、良かった……」

念話が終わり、レオくんが助けると聞いた私は、思わずそう言ってその場に倒れ込んだ。

「良かったってどういうこと？　説明しなさいよ！」

私とベルの念話を聞いていなかった三人が早く教えろと言った目で見てきたので、私はすぐに説明を始めました。

「レオくんは助かるみたいです」

「本当なの⁉　良かった……」

シェリーも安心したのか、そのまま座り込んでしまいました。

「再生というスキルがあったおかげみたいです」

「いつの間にそんなスキルを……」

「今はそんなことよりもレオが治る見込みがついたので、身の回りの安全を確保しましょう。今度は、俺たちが皆を守る番です」

「そうね。でも、何をするの？」

「レオを学校の外に運びます。ここはいつ崩れるかわからないので、危険です。そうだな……それじゃあ、二人にレオを運ぶのを頼みます。姫様の水魔法ならレオを優しく運べますよね？」

大丈夫です。シェリーの魔法の精密さなら出来ると思います。

「うん。出来るわ」

「リーナは、少しでもレオが再生に使う体力を温存出来るように聖魔法で体力を回復してあげてくれ」

「わかりました」

先ほどまでの失態を挽回するためにも、これくらいの役に立たないと……。

「俺たちは、学校に閉じ込められた人たちを助けます。よし。ヘルマン、あの壁に人がギリギリ通れるくらいの穴を開けてくれ。クラスメイトを助けるぞ」

「わかりました。セイ！」

フランクくんの指示に、ヘルマンくんが素早く剣で壁を斬って穴を開けました。

「それじゃあ、私たちも行きましょう」

クラスメイトのことはフランクくんたちに任せて、私たちはレオくんを安全な場所に移しましょう。

「道の確保と運ぶのは私に任せなさい。その代わり、レオの回復を頼んだわ」

そう言って、シェリーは私ごと水魔法で持ち上げました。さ、流石、シェリーです。

「わかりました」

私も、自分の出来ることくらいやらないと。

それから、二十分くらいかけて、学校の外に脱出することに成功しました。

「なんとか、外に出られたわね。どこに連れていくべき？」

「レオくんの部屋じゃないでしょうか？　ベッドがあって、ベルさんもいますから」

レオくんの身の回りの世話は、ベルさんじゃないと無理ですからね。

「そうね。それじゃあ、中から行っていたら時間がかかっちゃうから、窓から行くわよ」

そう言ってシェリーは私たちを乗せた水に飛び乗り、水をレオくんの部屋のベランダまで上昇させていきました。

「ベル！　開けて！」

水から降りると、シェリーはベルを呼びながら窓をドンドンと叩いた。すると、すぐにベルさんが出てきました。

「あ、お二人でしたか……そちらがレオ様ですか？」

「はい。ほとんど傷は治っていますが、まだ完全には治っていません」

「そうですか……。わかりました。レオ様のベッドはこちらです」

それから、レオくんをベッドに寝かせて、私たちは今も気を失っているレオくんを横から見守っていた。

そして、やることがなくなった私たちは、もう我慢出来ず、泣き始めた。

「レオ様……」

「レオ……」

「レオくん……」

「あ、ここにいたのか」

私たちがレオくんの傍で泣いていると、後ろから男の人の声が聞こえた。

慌てて振り返ると、そこにはダミアンさんがいました。

「ダミアンさん。レオが……」

「爆発に巻き込まれて怪我を負ったんですよね。再生のスキルで怪我が治り始めていたとは聞いたのですが、どのくらいの怪我をしているのか見せて貰えますか？　場合によっては、急いで聖女様のところに連れていきます」

「怪我はもう治ったわ。でも、まだ目を覚まさないの……」

そう言いながら、シェリーは布団を持ち上げて完全に治ったレオくんの体をダミアンさんに見せた。

「そうですか……治ったのなら大丈夫でしょう。レオくんなら、きっと起きますよ」

ダミアンさんはそう言って、慰めるようにシェリーの肩をぽんぽんと叩いた。

「ほ、本当に大丈夫なの？」

「ええ、大丈夫です。レオくんはこれくらいじゃ死にませんよ。心配なら、姫様たちが傍にいてあげてください」

「わ、わかったわ……」

「それにしても、ここまでどうやってレオくんを運んできたんですか？」

「私の魔法よ。水で包んで運んできたの」

「なるほど。流石姫様ですね」

本当、そうですよね。シェリーは本当に凄いと思います。それに比べて、私は……。

「リーナちゃんも十分頑張った。レオくんを綺麗にしたのはリーナちゃんでしょ?」

「は、はい」

「正しい判断だよ。それをしてなかったら、バイ菌がレオくんの体の中にいっぱい入ってしまったかもしれないんだ。そしたら、レオくんが助かったとしても今度は病気と戦うことになっていただろうからね」

「はい。おばあちゃんに習いました。傷を治す前は必ず傷を綺麗にしろと何回も言われていましたから……」

何度も聞かされていたのでいつも何も考えずに自然とやっていましたけど、よく考えると本当に大切なことでした。ああ、本当に私はダメですね……。

「そうか、ちゃんと言われた通りに出来て偉いじゃないか。ちゃんとレオくんの命を守られたんだから、そんな悲しい顔をしないで」

「私……レオくんの命を守られたんですか……?」

私は、涙を流しながらダミアンさんに聞き返してしまいました。

私が守ったと言っていいのか、凄く不安なんです。だって、私はほとんど何も出来なかったのですから。

「大丈夫、守られたよ。姫様もリーナちゃんもちゃんとレオくんを守ることが出来たんだ。だから、二人ともそんなに自分を責めないこと。その分、今はレオくんが目を覚ますまで近くにいてあげて」

「……わかりました」

「わかったわ」

「それじゃあ、またすぐ来るよ」

私とシェリーが頷いたのを見て、ダミアンさんはそう言って消えてしまいました。

「レオくん……早く起きてください」

私は一旦自分の失態を忘れ、それから再生したレオくんの手を握って目が覚めることを祈ることだけに集中することにしました。


SIDE：？？？

「くそ！　どういうことだ？　どうして死なないんだよ！　本当、チート過ぎるだろあいつ。どうやったら《即死》を付加した爆弾を耐えられるんだよ……」

フィリベール家の屋敷で、一人の男が頭を抱えていた。

「くそ……どうする？　このままだと、確実にあのデブは捕まるよな？　すると、俺があの爆弾を作ったことがバレる。そしたら、今度は俺が指名手配だ。となると、国外逃亡しかないか……」

男は、これからのことを考えながら冷や汗をダラダラとかいていた。

「くそ……どうして転生者で俺の方が年上なのに、あいつの方が恵まれていてあんなに強いんだ？もしかして、あいつも転生者なのか？　それなら、これまでのチートも納得出来る。ああ、きっとそうだ。ああ、変な固定観念にとらわれていたな。俺だけが特別ってわけじゃないんだ。俺は、転生したとしても物語の主人公にはなれない。きっと、あいつが主人公なんだろうな……」

男は自分で言ったレオの正体の考察に一人でうんうんと頷き、一人で悲しくなった。

「それにしても、世の中は理不尽過ぎる……。どうして、神は俺をここまで不幸にしようとするんだ。

……だが、それもこれまでだ。俺には質の良い魔力供給源を手に入れたからな」

男は、まるで自分に言い聞かせるようにそう言って、無理矢理笑顔を作った。

「黙れ！　誰が魔力供給源だ。人を物みたいに扱いやがって！」

男の言葉に、部屋の壁に拘束されていた別の男……ヘロンダスが怒鳴った。

「いや、お前は物だから。いくら俺が大切に扱ってあげているとは言え、そこは弁《わきま》えろよ？」

男の言葉に、ヘロンダスは睨むことしか出来なかった。

「くそ……どうして俺の同期には頭がおかしい奴しかいないんだよ……」

「それをお前が言うか？　お前こそ、問題を起こして死刑寸前にまでになったじゃないか」

「ふん！　あれは、私は悪くない。あいつが悪いんだ」

男の言葉に、今度は拘束された鎖をガチャガチャ鳴らしながら本気で怒った。

しかし、そんなヘロンダスのことを気にせず、男は話を続けた。

「あ、そう。その話はうんざりするほど聞いた。それより、さっさと逃げるぞ。あのデブを囮《おとり》にして逃げるんだ。今なら、あいつは俺の嘘の報告を聞いて、安心して馬鹿みたいに寝ているからよ」

そう言いながら、男はヘロンダスの鎖を外した。

「逃げるって、どこに逃げるんだよ」

ヘロンダスの質問に、男はニヤリと笑った。

「もちろん帝国の敵、アルバー王国だよ」

第十一話　目が覚めて

爆発する！

そう思った瞬間、俺は反射的に何層もの壁を創造し、たぶん爆発を受けても死なないだろうと思った俺は、シェリーたちの前に出て肉壁になった。

すると、同時に爆発が起こり吹き飛ばされた。

それからの記憶は無い……。

「う、うう……。あれ？　ここは？」

目を覚ますと、見慣れた天井だった。いつも俺が寝ている寝室だ。

あれ？　学校で爆発があったはずなんだけどな……もしかして、夢落ち？　そうか……確かに、あんなことが現実で起こるはずがないか。

そう思い、部屋を見渡すと……何故かシェリーとリーナがいた。あれ？　これも夢か？

「「レオ（くん）？」」

あ、夢じゃなかったみたいだ。

思いっきり、泣きながら二人に飛びつかれた俺は、そう実感した。

たぶん、本当に爆発は起きたんだろうな。それで、俺は気を失ったんだろう。

「二人とも……無事だったんだね。怪我がないみたいで良かった。俺、どのくらいの怪我だった？」

「大怪我ですよ！　しかも、三日くらい目を覚まさなくて凄く心配したんですからね？　本当に心配したんですから……グス」

俺が質問すると、リーナが真っ赤な目で教えてくれた。

三日か……二人とも、ずっと泣いていたんだろうな……。

「そうなのか。心配させちゃってごめんね。それにしても、大怪我か……」

俺の馬鹿げたステータスでも怪我をする爆弾なんて存在したんだな……。

「大怪我とかそういうレベルじゃないわ。死ぬ手前よ。再生のスキルがなかったら本当に危なかったわ。もう、無理しないでよ……」

死ぬ手前か……。即死防止のアイテムがなかったら本当に死んでいただろうな。

「まさか、そんなに怪我するとは思っていなかったからね。まあ、よく考えたら爆弾の目の前にいて死なない方がおかしいよな」

もしかすると、怪我とステータスは関係ないのかもしれないしね。そこら辺を考えなかったのはダメだったな。

「本当ですよ。どうしてそんな危ないことをしたのですか？」

どうしてって……。

「もちろん、シェリーとリーナを助ける為だよ」

二人の為なら、死ぬとわかっていても同じことをしたさ。

「……そうでした。ごめんなさい」

「いいよ。無事だったんだから。そういえば、フランクとヘルマンは？　あの二人も、爆弾に近かったからそこまでちゃんと壁を作れなかったんだよね」

確か、二人は爆弾の方向から見てシェリーとリーナの後ろ側にいたんだよね。だから、シェリーとリーナが大丈夫なら大丈夫だと思うんだけど。

「大丈夫よ。二人とも無傷だったから心配ないわ」

「そうか。それは良かった……他の皆は？」

確か、教室にいた人たちを守るために分厚い壁を造ったはずなんだけど。

「クラスの子たちは、レオくんのおかげで助かりました。ただ……」

「ただ？」

何があったんだ？

「他のクラスの子たち、爆発に巻き込まれた隣や下の教室にいた人たちは……」

他のクラスの人たちか……そこまでは考えられなかったな……。

「そうか……」

巻き込んでしまって本当に申し訳ないな。

「それが、中には奇妙な死に方をしている人もいたそうなんです」

奇妙な死に方？

「え？　どういうこと？」

「足だけしか火傷を負っていなかった子が死んでしまったなど、死んでしまうほどの傷を負っていない子たちがたくさん死んでしまったんです」

え？　足を怪我しただけで死んだ？

「え？　どういうこと？　何が原因なの？」

「ダミアンさんは、呪いの類いだと思うって言っていたわ。でも、どんな呪いなのかは、もう爆弾はないから調べることは出来ないって」

呪いか……あり得るかも、俺やシェリー、リーナは状態異常にならないからな。呪いも無効化されたのかも。

「そうか……犯人はわかった？」

「はい。学校付近にいたフィリベール家の人間を捕まえて聞き出したところ、犯行を認めたみたいです。昨日には、フィリベール家の当主を捕まえることになって、屋敷に騎士たちを向かわせたらしいのですが……」

「どうしたの？」

「大爆発が起こったそうで、屋敷ごとなくなってしまったみたいなんです」

証拠隠滅だな……。果たして、当主は生きているのか……。

「そうか……結局、誰が犯人だったのか、わからないままなんだね」

フィリベール家が無能なのがわかった王国が爆発させたのかな？

「いえ、これを見てください」

そう言って、リーナが俺の鞄から何かを取り出した。

「あ、ネズミモニター」

「はい。これに、証拠映像が残っています」

そう言って、リーナがネズミモニターを起動した。

《三日前》

「よし、大事な物は全部持ったな？」

「ああ。お前に言われた物は持ったよ」

モニターに映っていたのは、どこかで見たことがあるような顔の男と、首輪を着けた元魔法教師のヘロンダスの二人だった。どうやら、逃げ出したあいつはフィリベール家の奴隷をやっているようだ。

それにしてももう一人の男、誰かに似ているな……。

「よし、それじゃあ。ここから脱出するぞ！　ここにはもうすぐ帝国の騎士が来てしまうんだからな」

「俺たち、逃げられるのか？　それなら、あの馬鹿当主に命令されて仕方なくやっていましたと言って、許して貰う方がまだ可能性があると思うぞ」

「確かにそうだな……。いや、ダメだ。大学の研究室に行ったら俺が合意してフィリベール家に入ったことがバレる。そうだな……逃げる時間稼ぎをしないと」

ふうん、大学の研究者か何かかな？　後で、調べてみないと。

「あ、いいことを思いついた。この屋敷全体に《消滅》と《爆発》を付加するぞ。それで、《起爆》を付加したスイッチをメイドに渡しておこう。もし、帝国の騎士がここに来たら押すようにと言ってな」

付加？　なんだそれ。スキルか？　名前的に、物に何かしらの効果を付加させる能力なんだろうな……。で、フィリベール家が俺でも殺せるような特殊な爆弾を作らせたんだろう。

「つまり、騎士を殺すのと同時に、お前がここにいた証拠を消すんだな？」

え？　てことは、当主は屋敷と共に消滅しちまったのか？

「そうだよ。せっかくこれまでコツコツと貯めてきた魔石を全部使ってしまうが、逃げるためだから仕方ない」

映像は、ここで終わった。

うん、間違いなくこの男が爆弾を作ったんだろう。ヘロンダスがどうしてここにいるのかはよくからないけど。

それにしても、酷い奴だな。人を殺すことを何とも思っていない。それに、簡単に人を裏切る。この短い映像を見ただけで、この二人のクズさが十分伝わってきた。

「なるほど……で、この人が誰なのかはわかったの？」

「まだよ。今、ダミアンさんが魔法学校に部下を調べに行かせているわ」

それじゃあ、誰なのかはもうすぐわかるな。それにしてもあの顔、誰かの面影があったんだよな……。

「そうなんだ。でも、わかった頃には逃げられているだろうね」

「うん、ダミアンさんも同じことを言っていたわ。他の映像でも王国に逃げるって言っていたんだけど、国外に出られたら流石に探せないって言っていたわ」

だよね。いつか、王国には痛い目に遭《あ》って貰わないといけないな。今は、そんな力はないから出来ないけど。

「そうか……。よいしょ」

「あ、まだ起き上がらない方がいいですよ」

「そうよ。まだ寝てなさい」

俺が上体を起こすと、二人が慌てて止めてきた。よっぽど、二人をこんなに心配させるくらいの怪我をしてしまったんだろうな……。死ぬ手前って言っていたから、俺が想像も出来ないくらい大怪我だったんだろうな。再生がなかったらと思うと、本当に怖いな。

「大丈夫。もう、寝過ぎたくらい寝たからね。それより、ベルは？」

「今は寝ているわ。交代で、レオのことを看病していたのよ」

「そうなんだ。なんか、ごめんね」

ベルにも後で感謝を伝えないといけないな。

「気にしないでください。命を守って貰ったことに比べたら大したことじゃないですよ」

「そうよ」

「わかったよ……。うん、しっかりと治ってるね」

俺は傷が一つも無い自分の体を見て、一安心をした。あ、でも、なんか手に違和感が……。

「あ、指輪が全部なくなってる」

手を見ると、指輪が全部なくなっていた。そうか、爆発で壊れてしまったんだな……。

「あ、それならさっき、ヘルマンが届けてくれたわよ。確か、ここにおいておいたわ。ほら」

「本当だ。良かった……」

ダンジョンで手に入れた二つは最悪なくなっても仕方ないで済んだけど、このリーナとシェリーとお揃いの指輪がなくなっていたら相当なショックだったろうな。

「ふふ、私たちが着けてあげますね」

「あ、うん。ありがとう」

「そういえばこの指輪、ダンジョンで手に入れたんでしょ？」

俺の指に嵌《は》めている途中、シェリーが山のダンジョンで手に入れた天使の指輪について聞いてきた。

「そうだよ。即死を無効化する能力があるんだ」

「聞いたわ。たぶん、これのおかげでレオは助かったのよね」

「そうだね。普通なら、爆発にあんな間近で巻き込まれたら即死だろうからな。ちょうどいいタイミングでこの指輪を手に入れられて良かったよ」

運がいいのか悪いのか、わからないよな。

「本当よ。それより、どうして死にそうになったのにそんな明るい調子でいられるのよ」

「うん……どうしてだろう？　死にそうになった実感がないからかな？　ふう。よいしょ。おっとっと」

爆発が起こった後の記憶はないからね、と思いつつ立ち上がると……久しぶりに足を動かしたからか、思い通りに動かせずに転びそうになってしまった。

「ちょっと！　いきなり何をしているのよ！　ほら、まだベッドで寝てなさい」

俺がよろけたのを見て、シェリーが慌てて俺をベッドに座らせた。

「ちょっとよろけただけだから大丈夫だよ。ほら」

そう言いながら今度はピシッと立ち上がれたのだが、シェリーとリーナの本気で心配した顔を見て、すぐベッドに戻った。

「もう……心配だからやめてよ」

「ごめん。今日は大人しくしておくよ」

「はい。そうしてください」

「わかったよ。ふう、なんかお腹空いてきた。何か食べたいけど、まだご飯の時間じゃないし……。

そうだ、鞄に入っているのを食べるか。ねえ、鞄を取ってくれる？」

一息ついたら、めっちゃ腹が減ってきた。そりゃあ、二、三日何も食べていなかったら腹も減るよな。

「はい。これですね？」

「そう、ありがとう。何を食べようかな〜。リーナたちも何か食べる？」

「私たちは大丈夫です。それより、食べるなら消化に良い物を食べてくださいね？」

「消化に良い物？　そんなのあったかな〜。パンって消化にいいと思う？」

うん……今度、病人向けの食べ物を入れておかないといけないいな。

「ダメだと思いますよ。けど、お腹が空きましたよね……」

「あ、いいことを思いついた！　レオ、パンを貸して」

「え？　あ、うん」

シェリーに言われて、冗談で出したつもりのパンをシェリーに渡した。

パンをどうするんだ？　と思っていると、シェリーがパンをちぎって口に入れた。

そして、もぐもぐと咀嚼《そしゃく》を始めた……と思ったら俺にキスをしてきた。

「ん!?」

俺が驚いていると、シェリーの口から何かが入ってきた。

なんか甘い……あ、パンか。

俺はシェリーの意図を理解して、口に入ってきた物をそのまま飲み込んだ。

「どう？　これなら、柔らかいから大丈夫でしょ？」

「そ、そうだけど……これなら、俺がよく噛んで食べても変わらない気が……」

それに、なんか恥ずかしいんだけど……。

「いいのよ。さっきまで寝ていてどうせよく噛めないでしょ？」

「そ、そうなのかな……？」

もう、よくわからないや。

「シェリー、今度は私の番です」

「はい。じゃあ、半分にして交代で口移しね」

リーナに言われて、シェリーがパンを半分にして渡した。リーナもやるの？

「わかりました。それじゃあレオくん、行きますよ」

パンを受け取ったリーナは、嬉しそうにパンを口に含むと咀嚼を始めた。そして、俺にキスをしてドロドロになったパンを俺の口に押し込んできた。

うん、いつもより美味しいかも……。

「ゴク……ありがとう」

けど、やっぱり恥ずかしいな……。

「それじゃあ、今度は私の番！」

それから、長い時間をかけて一つのパンを二人に食べさせて貰ったのであった……。

第十二話　ダメな父親

俺が目を覚ましてから二日が経った。

昨日は俺が目を覚ましたと聞いて、たくさんの人がお見舞いに来てくれた。別に、もう元気だから俺が皆のところに行っても良かったんだけど、シェリーとリーナ、ベルに全力で止められたから一日ベッドでゆっくりしていた。

で、話を戻すと、昨日はたくさんの人が来たんだ。フランクやヘルマンはもちろんのこと。クラスの皆、イヴァン兄さんとユニスさん、おじさんが来てくれた。あとは、皇帝とクリフさんがわざわざ来てめっちゃ驚いた。

シェリーとたくさんの貴族子女を守ってくれてありがとうと感謝をされた。

もちろん「いえ、ほとんど守れませんでした」って言ったよ。でも、「いや、レオくんが壁を造っていなかったら、もっとたくさんの人が死んでいただろう……」と言われ、根拠までしっかりと言われてしまった。

なんか、俺が壁になった側……俺の後ろ側にいた人は、誰一人として死んでなかったみたいなんだ。

で、その理由は俺の着けていた指輪が即死を無効にしたから助かったんだと言われてしまった。

あ、この説明をする前に、おじさんにされた説明をしないといけなかった。

どうやら、犯人がわかったらしい。

それで、教えて貰ったんだけどその犯人が凄く衝撃的だった。

なんと、師匠の息子だったのだ。

名前は、ゲルト・フェルマー。三十一歳で、おじさんと同い年。魔法学校にも通っていたみたいだけど、貴族学校には通っていなかったからおじさんは面識がなかったみたい。付加魔法を使う凄腕の魔法具職人らしいけど、気難しい人だった。金銭面を理由に学校と何度も揉めていたらしく、それを理由に学校を去年くらいに辞めた。それからは、フィリベール家の莫大な資産を使って研究を行い、普通では考えられない魔法具を次々に発明していたみたいだ。付加魔法というよくわからない魔法で、今回の爆弾に《即死》を付加したらしい。

ここまでの話を魔法学校の人や生き残ったフィリベール家の人たちから聞き出せた。でも、肝心のゲルトの能力について詳しい情報は誰も知らなかったようだ。

そこで、俺は一番詳しく知っているであろう師匠のところに行くことにした。シェリーとリーナとベルと一緒に。なんでも、心配だからしばらくは一緒にいたいらしい。

まあ、いろいろと迷惑をかけたわけだし、断らないで一緒に行くことにした。


「師匠！　来たよ！」

いつも通り店の中に転移して、師匠を呼ぶとすぐに返事が聞こえた。

「お！　その声は、レオか！　聞いてくれ！　もうすぐお前に頼まれた魔法具が……って、可愛い子たちを連れてきて、どうした？　もしかして、噂の結婚相手を紹介しにきたか？」

何も知らない師匠は、俺と一緒にいるシェリーたちを見て嬉しそうにしていた。

はあ、これから師匠の息子さんのことを説明しないといけないと思うと、帰りたくなってくる……。

でも、俺が説明しないとダメだよな。

「そうですよ。こっちがお姫様のシェリア。こっちが聖女様の孫のリアーナ。そして、俺のメイドのベル」

「「「はじめまして」」」

「お、おう……。はじめまして。ほ、本当にレオは貴族だったんだな……」

どうやら、師匠はシェリーたちの格好や俺のいつもと違う服装を見て圧倒されてしまったみたいだ。

「まあね。それより、大事な話があるんだけど大丈夫ですか？」

三人の紹介もそこそこに、俺は早く本題に移ることにした。嫌なことは、後回しにしていても仕方ないからね。

「おう。大丈夫だぞ。作業部屋しかないけど大丈夫か？」

「はい。大丈夫です」

「それで、大事な話ってなんだ？　もしかして、結婚するとかか？　流石に、まだ早いんじゃないか？」

ごめん、師匠。俺の硬い表情を見て、和まそうとしてくれるのはありがたいけど、今日はそんなことで笑える内容じゃないんだ。

「いや、違いますよ。この前、学校で爆発があったのは知っていますか？」

「ああ、そんな話をちょろっと聞いたな。でも最近、新作の研究に熱中していたから詳しいことまでは知らないぞ」

だろうね。そうだと思ったよ。

「そうですか……。それじゃあ、端的に説明をします。この前、僕が通っていた学校に爆弾が仕掛けられ、爆発が起きました。それによって、たくさんの貴族の子供たちが亡くなりました」

「そこまで大きな爆発だったのか。誰が犯人かはわかったのか？」

「はい。犯人はフィリベール家の人たちでした」

「フィリベール家って、公爵家じゃねえか。フェルマー商会の元後ろ盾だぞ。そんな家が、どうしてそんなことを？」

師匠はフィリベール家の名前を聞いて、驚いた顔をした。まあ、一般人はあそこの酷さを知らないからな……。

「王国に帝国を売る為ですよ。あそこは経営が悪化していて、金が必要だったから国を売ったんですよ」

「なるほど……。それで、どうして俺のところに来たんだ？」

さて、遂に本題だ……。俺は覚悟を決め、説明を始めた。

「実はですね……。師匠の息子、ゲルト・フェルマーが爆弾を作った犯人だったんですよ」

「は？　ゲルトが爆弾を作った？　それじゃあ、うちの息子が大量殺人に加担したというのか？」

師匠は信じられないという顔をして、俺に聞き返した。まあ、自分の息子が犯罪者なんて信じたくないよな。

「はい。間違いありません」

俺の答えに、師匠は三十秒ほど考え込んでからまた口を開いた。

「それで、ゲルトは捕まったのか？」

「いえ、証拠隠滅の為に更にフィリベール家の当主を殺してから王国に逃走しました」

「そうか……。あいつは、とんでもない罪を犯してしまったんだな」

師匠は状況を受け止め、低く呟くような声でそう言った。

「……」

悲しんでいる師匠に、どう質問を切り出せばいいか……。

そう思った俺は、なかなか師匠に質問を始めることが出来なかった。

「それで、俺は何を話せばいい？　話せることなら、何でも話す」

俺がしばらく黙っていると、心の整理がついたのか師匠からそんな言葉が来た。俺が来た意味を理解してくれたようだ。

「それじゃあ……まず、ゲルトさんがどんな人なのかを」

「ゲルトがどんな人か……。すまんな。詳しく語れない」

「え？　どういうことですか？」

どういうこと？　今さっき、話せることなら何でも話すって言ったよね？

「いや、隠そうとしているわけじゃないんだ。本当に恥ずかしいことなんだが、俺は魔法具に夢中で子供の頃のあいつに父親らしいことを何も出来なかったんだ」

ああ、そういうことか……。なんか想像出来るな……今でさえ、帝都にいたら嫌でも耳に入ってくるような学校の大爆発を知らなかったんだから、当時はもっと周りに興味がなかったんだろうな……。

「本当、ダメな親だったさ……。出来たとしたら、魔法具を教えてやったことと、魔法学校に行かせてやったことぐらいだな。ほとんど口も聞かなかった。俺が作業部屋に籠もっていたからな」

親子でのコミュニケーション不足か。

なんか、師匠にも問題がある気がしてきたぞ。

「そういえば、一度だけ本気で喧嘩をしたことがあったな。そう、嫁が死んじまった時だ。あの時、母親が死んだ知らせを聞いて急いで帰ってきたゲルトが、嫁の死んだのを確認してから俺のことを殴ったんだ。そして、母さんが死んだのはお前のせいだ！　と、俺に向かって言い放ったんだ。お前が魔法具を作ることだけしかやってこなかったから、その分母さんが無理をして早く死んじまったんだと言われた」

なるほど……。ゲルトさんは、お母さんとは仲が良かったんだな。まあ、師匠が前に言っていた奥さんの話を思い出しても、優しそうな人だもんな。

「当時、馬鹿だった俺はそれにキレて殴り返した。あの時、俺は嫁の偉大さを理解してなかったのさ。それから、自分で全てをやるようになってから初めて気がついた。本当、遅すぎるよな……」

うわ……。そりゃあ、息子に嫌われるだろ。

「なるほど。師匠が殴った後、ゲルトさんはどうしたんですか？」

「何も言わずに出ていってしまったよ。本当、ゲルトには何度謝っても謝り切れない」

うん、それに早く気がついて欲しかったよな。もしかしたら、ゲルトさんは間違った道に進まなくて済んだのかもしれないのに……。

「そうですか……。それじゃあ、次の質問。ゲルトさんの付加魔法について教えて貰えませんか？」

「付加魔法？　ああ、確か……たくさんの魔力を使って物に何か能力を加える力だぞ。と言っても、石を光らせるとか、それくらいしか出来なかったみたいだけどな。俺が知っているのはこれくらいだな」

ああ、本当にダメな親だな。師匠じゃなかったら、罵倒《ばとう》していたかも。もっと、子供に興味を持って欲しかったな。

「うん……わかりました。質問は以上です」

「何も知らなくてすまんな。ダメな師匠で悪かったな」

「いえ、僕はこれからも師匠のことは尊敬していきますよ。ただ……これから少しの間くらいはこれまでの人生を振り返った方がいいと思います」

本当はもっと言ってやりたいけど、師匠もわかっているからこれだけに留めておく。

「ああ、そうだな……そうする。それと、出来る限りの償う方法も考える」

「わかりました。僕も一緒に償います」

俺も、今回の事件で守れなかった人の為にも絶対にゲルトを捕まえる。

「いや、それはいい。お前は被害者なわけだから」

「いえ、僕は大して被害は受けてないですよ。ほら、無傷ですし」

そう言いながら、すぐに失敗したと思った。これじゃあ、誤魔化しているのがバレバレじゃないか。

「ああ、なんとなくわかった。お前、ゲルトの爆弾で大怪我をしたんだな？」

やっぱり、そうなっちゃうよな。

「それは……」

どうしよう。言うか？

「はい。しました。あと少しで死ぬくらいの大怪我です。両腕がなくなり、全身が傷と火傷だらけの状態でした」

俺が悩んでいると、隣で座っていたリーナが代わりに答えてしまった。

って、両腕が無くなったなんて聞いてないんだけど!?　俺、もしかしたら腕がなくなっていたのか……再生様々だな。

「そ、そこまでの大怪我だったのか……」

「ちなみに、レオくんが大事な説明を抜かしていたので代わりに言わせて貰いますが、今回の爆弾を使った本当の目的は、レオくんを殺すためだったんです。ゲルトさんはそれを理解して、付加魔法を使ってレオくんを殺すことが出来るようなとても強力な爆弾を作ったんです」

待って！　そこまで言うの!?

「そ、そうだったのか……本当にすまなかった。許してくれとは口が裂けても言えない。許さなくていいから何でもさせてくれ」

リーナの話を聞いて、師匠は驚きの表情をしてすぐに真剣な顔をして謝罪してきた。

「いや、いいですよ。いや、うん……今日はこの辺で帰らせて貰います。また、ゆっくりと話しましょう」

ちょっと、今話すのは辛いな。お互い、少し気持ちが落ち着いてから話し合おう。

「ああ、わかった。本当にすまなかった」

「いいですよ。それでは、また」

「はあ……」

部屋に転移してきた俺は、思わず大きなため息をついた。予想以上に、疲れた。

「どうして、本当のことを言わなかったんですか？」

俺が『どうして師匠に俺が標的だったことを言ったんだ？』とリーナに言おうとしたら、リーナの方が早く質問してきた。

「それは……」

どうして言わなかったんだろう？　言いづらかったから？

「師匠さんを尊敬しているなら、嘘をつくべきではないと思います。あの嘘は優しさにはなりません。どうせ、すぐにバレてしまう嘘なんですから」

言われてみればそうだよな。コルトさんなら俺が大怪我をしたことをすぐに知るだろうし、師匠の耳に入るのも時間の問題だったな。はあ、やっぱり俺が言うべきだったな。

「そうだよな……。代わりに言ってくれてありがとう」

「いえ、レオくんが直接伝えるのは辛いだろうと思ったので、代わりに言わせて貰いました」

「ああ、本当に助かったよ」

俺が言うべきだったんだろうけど、本当に言いづらかった。

だから、正直リーナには助けられた。

「でも結局、ゲルトの能力の詳しいことはわからなかったわよね」

「まあ、仕方ないよ。でも、聞いた感じ、俺の魔法に似ていた気がするよ。たくさんの魔力を使う代わりに、特殊なことが出来る魔法……創造魔法や破壊魔法と似た魔法だから、きっと凄い能力なのは間違いないと思うよ」

師匠の言っていた『たくさんの魔力を使う』が重要なキーワードになると思うんだよね。

「そうね……。今度から、レオやルーと同じくらいの能力を持った人と戦わないといけないのか……」

確かに言われてみると、怖いな。

「そうだね。これから、もっと強くなっていかないと。まずは、領地の力をつけないとだな」

大切なものをこれからも守るためには力をどんどんつけていかないと。

これからは今回みたいな甘さは捨てて、使える力は全て使っていくぞ。常に全力だ。そうしないと本当に死んでしまうし、大事なものを守れない。

「そうね。私も頑張ってもっと魔法を上手く使えるようになるわ」

「私も、どんな怪我でも治せるように頑張ります」

「私は……もっと有能なメイドを目指します」

「別に、三人は傍にいてくれるだけで十分だけどね。いや、皆で目標に向かって頑張ろうか」

いつもなら『傍にいてくれるだけで十分だよ』と言ってしまうが、今回は皆で頑張ることにした。

なぜなら、もう俺だけの力では勝てない人がいることに気がついたからだ。

たぶん、これからも増えていく。そんな時に、絶対に周りに頼らないといけない時が来る。そんな時に、少しでも皆の力があった方がいいからね。

「「「はい（うん）」」」

三人の力強い返事を聞いて、俺も頑張るぞ！　という気持ちになった。

大切なものを必ず守るために……。

閑話7　エルシーの半日

私の朝はレオくんから始まります。

と言っても、レオくんは傍にいませんので私が創造した魔法アイテム越しなのですが……。私が造ったアイテムは、レオくんのようにたくさんの人や場所を観察することは出来ず、一つの場所だけなんです。だから、私はレオくんの寝室に場所を設定して、レオくんが寝ている朝と夜だけ見ることにさせて貰いました。

大体、私の寝る時間と起きる時間にはもうレオくんは寝ていますので、ちょうどレオくんの寝顔を見ることが出来るのです！

さて、今日も……ああ、可愛い寝顔……じゃないですね。あれ？　珍しい、レオくんが起きてます。どうしたんでしょう……あれ？　ベルさんがどうしてレオくんのベッドに？

あ、そういえば昨日、ダンジョンを踏破して疲れたレオくんに頼まれて、添い寝をしてあげていたんでしたね。レオくんも今回は精神的に消耗していましたし、可愛いベルさんの寝顔を眺めてニヤニヤしているレオくんを見ることが出来たので、シェリーさんには黙っておいてあげましょう。

さて、これは永久保存と……。またベルさんを揺するネタが出来ましたね。黙っておく代わりに今度、レオくんに甘える機会があったら譲って貰いましょう。

とか言いながら私、可愛らしいベルさんがレオくんの次に好きで、昔からベルさんの恥ずかしい写真を集めるのが趣味になってしまったんですよね。最初は、嫉妬から始めたのですが……いつの間にか好きになってました。

あ、そういえば、写真というのは、魔法具が描いた現実に凄く近い絵のことです。レオくんが呼び方を教えてくれました。

「ん……あ、また見てるの？　あ、今日はベルもいるね」

私がレオくんとベルさんの寝顔を眺めていると、ルーが起きてきました。

もう、二人で寝るのは当たり前になってしまいましたね。いつの間にか、ルーには敬語を使わなくなっていましたし、本当の妹みたいな存在になってしまいました。

「そうみたい。あ、ベルさんが起きた」

「アハハ。顔を真っ赤にして恥ずかしがってる」

起きてすぐ、レオくんに寝顔を見られていたことに気がついたベルが慌ててベッドに顔を隠したのを見て、ルーが声を出して笑い始めました。そこまで笑うのは可哀そうですけど、確かに可愛いですね。今のシーンも保存しとかないと……。

「それじゃあ、私たちも起きましょう」

しばらくして、二人のイチャイチャを観察し終わった私たちは、そう言ってモニターを消して起き上がりました。

「うん、朝ご飯♪」

それから色々と支度を終え、朝ご飯を二人で食べ始めました。

レオくんたちが帰ってからすぐは、この広い部屋で二人だけで食事をするのも寂しかったのですが、今はもう慣れました。

「ルーは朝からよくそんなに食べることが出来るわね。私なんて、パン一つで十分なのに」

朝から凄い勢いで口に食べ物を運ぶルーを見て、もう見慣れたはずなのに毎朝同じことを思ってしまうんです。だって、朝からお肉を食べるなんて凄くないですか？

「私の特技は物を壊すことと食べることだからね～。いつでも食べられるよ！」

「そうね。でも、食べ過ぎは体に毒だから気をつけてよ？」

そういえば、あれだけ食べて寝ているだけなのに、ルーは全く太りませんよね……。毎日、お風呂で確認していますが初めて会った時と変わらず、お腹がくびれているんです。食べたエネルギーがどこにいっているのか、凄く不思議です。

「うん、わかった」

「それじゃあ、私はお仕事の方に向かうわ。ルーもいつも通り一緒に行く？」

「うん！　あ、ちゃんとエル姉さんに造って貰った帽子を被らないと！」

最近、ルーも私と一緒に外に出るようになりました。私が外に出てしまうと、ルーが城に一人だけになってしまって、それは可哀そうだったので連れて歩くことにしたのです。

で、その時に、ルーが魔族であることを周りには隠さないといけないので、角を隠す帽子を造ってあげました。

もちろん、ただの帽子ではありませんよ？　被った本人じゃないと、帽子を外すことが出来ないんです。強い風で飛んでいってしまったり、もしものことがあったらいけないので、勝手に取れない帽子を造ってみました。

それから、外に出る準備を終え、私とルーは馬車に乗って城を出発しました。

「それじゃあ、いつも通り午前中は現場を見に行くわよ」

「うん！」

「この前工場の方に行ったから、今日は魔法具職人の育成場ね」

ここのところ行けてなかったから、どこまで職人が成長したのか楽しみですね。


「あ、会長！　それと、ルーさんおはようございます！」

私が到着すると、育成担当の職人さんが出迎えてくれました。

「おはようございます」

「おはようショウン！」

「新人育成は問題ないですか？」

応接室に案内され、私はすぐに仕事の話を始めました。午前中で終わらせたいので、無駄話は禁物です。

「はい。むしろ、やる気がある奴らが多くて予定より早く目標に達成しそうです」

「それは、嬉しいですね。ちなみに、早くなるとしたらどれくらいですか？」

この前来た時は、もしかしたら一ヶ月くらい早くなるかもしれないと言っていましたが、今はどうなんでしょうか？

「そうですね……。この調子でいきますと、たぶん二ヶ月くらい早く一人で街灯の魔法具を造ることが出来ると思います」

「それは随分と早いですね！　実は、工場の方もあと七、八ヶ月で完成するそうなので、ちょうどいいです」

「そうなんですか。それは良かったです。それじゃあ、それまでには人に作り方を教えられるくらいにまでのレベルにしておきます」

「ええ、頼んだわ。それじゃあ、少しだけ見て回ってもいい？」

やっぱり、言葉だけではわからないですからね。来たからには、しっかりと新人の雰囲気を確かめてから帰ります。

「もちろん。こちらです」

それから案内され、私たちは魔法具作りを学んでいる人たちを見て回り、時には最近の様子などを聞いて回った。

「ふふん♪　皆、頑張っていたね」

見回りも終わり、帰りの馬車の中でルーが笑顔でそんな感想を私に言ってきました。

「そうね。あの人たちはいつ見ても真剣だわ。あれなら、予定より早く覚えることが出来るのも納得だわ」

ルーの感想に、私も見て回った感想を述べました。

新人の皆さん、本当に頑張っていました。この前まで、何もやり甲斐《がい》がなかったから今は目標があって楽しいと多くの人が言っていました。新人の皆さんの目が凄くキラキラしていて、こちらまでやる気を貰っちゃいました。

「今日は、このまま帰るの？」

「そうよ。お腹減ったの？」

「うん！」

私の質問に、ルーはお腹を擦りながら元気よく返事してきました。朝、あんなに食べたのに……。

思わず、私はあの量の食べ物はもう消化されてしまったの？　などと、思いつつルーのお腹を見てしまいます。いつもながら、ルーのお腹は凄いですね。

「それじゃあ、帰ったらすぐにお昼ご飯ね」

「やったー！」


「ふんふんふん♪　午後からは、部屋で仕事？」

お昼ご飯を食べ終わり、上機嫌なルーは私に午後の予定を聞いてきました。

「今日は誰かと会う約束はしていないから、そうね。ルーもいつも通りお昼寝？」

大体、午前中私と外に出て、お昼を食べたルーはお昼寝の時間になります。

「うん！　エルシーのベッドで寝ていい？」

ここ最近、ルーは自分のベッドで寝ません。シェリーやリーナ、たまにレオくんのベッドでもお昼寝をしている時があります。私もレオくんのベッドでお昼寝したくなってしまうのですが……レオくんが帰ってきた時に、私の匂いが残っていたら恥ずかしいので我慢しています。

「いいわよ。仕事が終わったら起こしに行くわ」

「うん、お願い！　それじゃあ、お仕事頑張って～」

「ありがとう。頑張るわ」

さて、頑張るぞ！　でも、その前に……ベルさんの様子を見に行きましょうか。

ベルさん、この時間は大体の家事が終わって休憩時間に入るんです。で、休憩時間のベルさんがすることと言えば、レオくんのベッドに寝っ転がって匂いを嗅ぐことなんです。

真面目なベルさんがあんなことをしているって知った時は、とてもびっくりしましたね。でも、今では微笑ましくてそれを観察するのが日課になってしまいました。

そんなことを思って自分の寝室に向かうと、ルーが先にモニターをつけて見ていました。ただ、何か様子がおかしいです。

「ねえ、見て！　大変！　シェリーたちが泣いてる！」

「え？　どういうこと？」

ルーが言っている意味がわからず、私は慌ててモニターに駆け寄りました。

「ほら、見て！」

モニター写っていたのは……この時間ではまず見ることが出来ないレオくんの寝顔と、その左右で普段絶対にこのモニターに映ることがないシェリーさんとリーナさんが泣いている映像だった。あ、ベルさんもレオくんの足下で泣いてました。

「な、何があったの!?」

「私にもわからない。今さっき見てみたら寝てるレオの傍で、三人が泣いてたの」

「と、とりあえず、ベルさんに念話してみるわ」

ここでいろいろと考察していても仕方がありません。

そう思った私はとりあえず、三人の中でまだしっかりと話せそうなベルさんに念話をしました。

(ベルさん！)

(は、はい！　その声は……エルシーさんですか？)

(そうです。一体、レオくんに何があったのか教えて貰っても大丈夫ですか？)

私は前置きも入れず、すぐに聞きたいことを質問しました。

(実は……レオ様が学校で爆発に巻き込まれてしまいましい、大怪我を負ってしまいました)

爆発!?　大怪我!?

ベルさんの説明で、余計に私の頭の中は混乱してしまいます。

(え!?　大丈夫なんですか？　気を失っているみたいですが……)

(えっと……確証はありませんがたぶん大丈夫です。一度、瀕死《ひんし》になってしまうほどの大怪我を負ってしまいましたが、レオ様の新しい再生というスキルで全回復しました。ただ、目を覚ましてくれませんので……)

目を覚ましてくれないからまだ助かったかどうかはわからない、と……。

(わかりました。私も見守っていますので、何かあった時は報告して貰えるとありがたいです)

(はい。何かあった時はすぐにお伝えします)

(ありがとうございます)

「ふう……」

手短に念話を終わらせた私は、混乱した頭を落ち着けるために大きな深呼吸をしました。

ここで、ルーを不安にしてしまうようなことをしてはいけません。

「レオ、どうしたんだって？」

「学校で爆発に巻き込まれてしまったみたい」

「え？　それって大丈夫なの？」

「大丈夫。スキルのおかげで、怪我は全部治ったって言っていたわ」

ルーをなるべく不安にさせないよう、慎重に言葉を選んで答えます。

「本当？　でも、それならなんで起きないの？」

「私もわからないわ。単純に体力を消耗して寝ているだけならいいんだけど」

「そんな……レオ……」

あ、私が弱音を吐いたらいけませんね。

「とにかく、見守ってあげるしかないわ。私も、午後の仕事は中止にして一緒に見守ることにする」

「え？　仕事しなくて大丈夫なの？」

「大丈夫、どっちにしても集中出来ないわ」

今だって、不安すぎておかしくなりそうなのに、仕事なんて出来るはずがないです！

「確かに……。それじゃあ、一緒にレオが起きるのを待とうか？」

「そうね」

私はルーを膝《ひざ》の上に乗せ、ルーを抱きしめながらレオくんを眺め続けた。

それが、まさか三日も起きないとは思いもしませんでしたが……。

閑話8　久しぶりの再会

ＳＩＤＥ：シェリー

レオの師匠を訪ねた日の夜。レオは一人でエル姉さんのところに行ってしまった。

もちろん、私もついて行きたかったのよ？　で、でも、エル姉さんには色々と借りがあるから……

そう、これで貸し借りゼロよ！

それで、今はリーナとベルと一緒にモニター越しにレオたちの様子を見守っていた。

べ、別に、あくまで見守っているのであって、別に変なことをしないか監視しようとか考えているわけじゃないからね！

そんな言い訳を頭の中でしつつ、私は城に到着したレオの様子をうかがう。ちょうど、エル姉さんとルーがいるところに到着したみたいだ。

あれ？　ルーってあんなにエル姉さんにべったりだったかしら？　私だけかと思ったけど違うのか……そういえば、私たちが帰ってからずっと二人だけで暮らしていたんだもんね。そりゃあ、懐くか。

「えっと……久しぶり！」

レオは気まずい雰囲気を出しながら、ポリポリと頬を人差し指で掻《か》いた。

それに、すぐエル姉さんが口を開いた
「もう……久しぶりじゃ「レオ〜！」ですよ。あ、ルー！」

けど、ルーが先にレオに抱きついて邪魔されちゃった。

「うわ～ん。レオ、生きてて良かったよ～」

ふ～ん。ルーって、レオに対してそこまでの気持ちがあったのね。泣くほど心配するなんて、意外。

「ル、ルー、心配させてごめんね。えっと……エルシーさんも来ますか？」

レオはルーの様子に戸惑いつつも、ルーに先を越されてタイミングを失ったエル姉さんに向かって手を広げた。

「もう……たくさん文句を言いたいところですが、今はそうさせて貰います」

「ぐす、本当に、本当に、三日も起きてこないなんて、心配で心配で眠れなかったんですからね？　う、うう～」

ルーと一緒に抱きついたエル姉さんは、レオにくっつきながら豪快に泣き始めた。やっぱり、気が強いエル姉さんでも泣くよね。私みたいに近くで見守っていられたわけじゃないし、相当不安だったはず。

「ご、ごめんなさい。後で何でも言うことを聞きますから許してください」

エル姉さんにまで泣かれてしまったレオは動揺の余り、エル姉さんに一番言ってはいけない言葉を言ってしまった。何でも言うことを聞きますなんて、エル姉さんは本当に容赦ないお願いをするわよ……。ああ……レオ。何てことを言ってしまったの……。

「ぐす、今……何でもって言いましたね？　わかりました。覚悟しておいてくださいよ？」

やっぱり……。エル姉さん、絶対とんでもないお願いをするわ。ああ、エル姉さんを止めに行きたいよ。でも、この距離じゃあ無理だわ。

「は、はい。か、覚悟しておきます。とりあえず、気が済むまで泣いてください」

エル姉さんの言葉に、レオは自分の言葉の重大さに気がついたみたいだけど、とりあえず今は二人を慰めることだけを考えることにしたみたい。はあ、もう遅いわ。こうなったら、なるべく私が羨ましく思わないお願いであることを願うしかないわね。まあ、そんな願いは通じないでしょうけど。

それからだいたい五分が経ち、ようやく二人が泣き止んだ。

「ありがとうございました。もう、大丈夫です。それじゃあ、ご飯にしましょうか」

「そうだね。ほら、ルーもご飯だよ」

「イヤ！　まだ離れたくない。レオが連れてって」

エル姉さんが一旦離れ、それに合わせてレオが動こうとすると、ルーの口から意外な言葉が飛んできた。

え？　ルー、そんなことを言うようになっちゃったの!?　しかも、あんな甘えた目……どこで覚えたのかしら？

「……わかったよ」

まあ、ルーがここまで言うのはよっぽどのことだからね……今日くらいは許してあげるわ。

「ほら、座って」

食事をする部屋に到着し、レオが隣の席にルーを座らせようとすると、ルーがもの凄い勢いで首を横に振った。

「イヤ！　レオの膝の上がいい！」

え？　これ、本当にルーなの？　なんか、本当に小さい子供を見ているみたいなんだけど？

「え、え？」

強く抱きつかれてしまったレオは、戸惑いながら助けを求めるようにエル姉さんの方に顔を向けた。

「えっと……レオくんが倒れたのがよっぽどショックだったのかここ最近、ルーの心がどんどん幼児化していってしまいまして……四歳、五歳くらいの小さな子供にまで精神が幼くなってしまったんです」

え～。あ、でも、私もレオが倒れたのを知って、六日間も会えなかったらおかしくなってたかも……。逆に、気を確かに保てているエル姉さんは凄いのかも。

「そ、そんなことが……。やっぱり、ルーは前に大切な人をなくしたトラウマみたいなものがあるのかな？　前に発狂した時も寂しさに反応してからでしたよね？」

ああ、魔族の寿命が長くて私たちの方が早く死んでしまうって話をした時ね。あの時のルーも異常だったわ。

「はい。何か、トラウマがあるのかもしれませんね。もしかすると、記憶喪失と何か関わりがあるのかも……」

「よっぽどショックなことが起こって、自分で記憶を消しちゃったとか？」

あー破壊魔法を使ってか……。

「ありえますね」

ありえるのかな？　確か、破壊魔法って目に見える物しか消せないんだよね？

「うんん……発狂していた時にお姉ちゃんって叫んでいたからな……。もしかすると、完全には消すことは出来なかったのかもしれませんね」

ああ、失敗したけど一応簡単には思い出せない程度に消せちゃったとか？　それなら、ありえるのか……。

「そうですね。記憶を戻してあげるべきなのか、戻してあげないべきなのか……」

「それは、わかりませんね。自然に任せるしかありません。どっちにしろ、記憶を戻す方法は今のところないんですから」

まあ、レオの創造魔法でなら戻すことも出来そうだけど、本人が嫌がっている記憶をそこまでして取り戻すのも違う気がするからね……。

「そうですね」

「それじゃあ、ご飯を食べましょう。えっと……仕方ない、今日は特別だからな？」

「えっへ、ありがとう」

「お行儀悪いから本当はダメなんだからな？」

本当よ！　今日だけだからね！

「わかった！　ねえ、レオ、あーんして」

あーん!?

「え？　あ、うん。まあ、そうなるのか……」

口を開けて待っているルーを見たレオは、もう何も言わずルーの口に料理を運んだ。

「ほら、あーん」

「あーん」

「うん、美味しい！」

レオにあーんをして貰ったルーは、美味しそうにもぐもぐと食べ、レオにニカッと笑った。本当、別人を見ているみたいね。いつもならバクバク食べているくせに……あの調子で食べてておお腹いっぱいになるのかしら？

「それは、良かった」

「ああ、もう我慢出来ません！　私もあーんしてください！」

ルーがあーんをして貰っているのを見ていて羨ましくなってしまったのか、エル姉さんが立ち上がった。まあ、気持ちはわかるわ。

「え？」

「ああ、もう。もっと違うことに使おうと思ったのに……。先ほど、言いましたよね？　何でも言うこと聞くって？」

我慢出来なくなったって、そういうことね。エル姉さん真面目だな～。これくらいなら、お願いを使わなくてもやってくれるのに。

「あ、ああ……そうだね……。でも、二人に俺が食べさせていたら時間がかかりそうなんだけど？」

「心配ありません。その代わり、私もレオくんにあーんをしますから。それに、シェリーさんやリーナさんに口移しでご飯を食べさせて貰っているのに比べたら、そこまで時間はかからないですよね？」

え？

「な、なんで知っているの!?」

そ、そうよ！　何で知っているのよ！　と思ったけど、そういえば、エル姉さんとレオの寝室を観察する魔法アイテムを造ったんだっけ。すっかり忘れてたわ。

「さあ？　どうしてでしょう？」

エル姉さん、わざとらしいよ。流石に、レオでもバレちゃうって。

「わかりました……。それじゃあ、順番ですよ？」

「はい。それじゃあ、今度は私の番ですね？　あーん」

諦めたレオの顔を見て、エル姉さんは嬉しそうに口を開けた。それを見て、レオがルーの時と同じように口に料理を運んだ。

「美味しいですか？」

「はい。いつもの十倍美味しいです」

ああ、あの笑顔、凶器だわ……。

「それじゃあ、今度は私がレオくんに食べさせてあげる番ですね。あーん」

「あ、あーん」

プチン！

私はもう耐えられなくて、モニターの電源を消しちゃった。

モニターを壊さなかっただけでも、褒めて欲しいわ。

「あーもう！　あのラブラブ家族みたいなシチュエーションはなんなの！　見てられないわ！」

エル姉さんがお願いをあの程度で済ませてくれたのは良かったと思ったけど、それを見るとなると話が変わってくるわ！

「まあまあ、落ち着いてください。これくらい我慢しましょうよ。たぶん、昨日まで逆の立場だったんですから」

あ……言われてみれば。

「そ、そうね……。確かに、不安な状況でこれを見せられたらルーもおかしくなるわ」

もしかすると、これは私たちに対するエル姉さんとルーの仕返し？　さ、流石にそんなことしないわよね？

それから、心の中でヒイヒイ言いながら三人の甘々な食事を見るのであった。

これを三日も見ていたエル姉さんとルーには本当尊敬するわ。

番外編七　幸せな家庭

continuity is the father
of magical power

SIDE：ベルノルト

入団試験が終わり、無事騎士団に入団することが決まった俺は、すぐに妻であるカロラがいる宿に帰った。

早く報告したかったからな。

「帰ってきたぞ！」

「お帰り。どうだったの？」

部屋に戻ってくると、ベッドに座っていたカロラがさっそく結果を聞いてくれた。俺はニヤリと笑いながら結果を教えてやった。

「もちろん。合格だぞ。しかも、騎士団長に任命された」

「あら、それは良かったわね」

「え？　それだけか？　もっと驚いてくれないのか？」

騎士団長だぞ？　もう少しなんか言葉をくれてもいいだろ？

「だって、あなたが入団出来なかったら、誰が入団出来るのよ？　元から心配してないわ」

ま、まあ……そうなんだが……そういえば、受ける前からカロラは落ちる心配はしてなかったな。

「酷いな。俺、入団試験で負けたんだぞ？」

あまりにもカロラの反応が薄いから、俺は驚かせるために切り札を切った。

「はあ？　あなたが負けた!?　誰に？」

カロラは予想通り、面白いくらい驚いてくれた。負けた話をして、こんなに嬉しくなったのは初めてだな。

「レオンス様だよ。手も足も出なかった」

「レオンス様……噂通り、本当に強かったのね。それにしても、今のあなたが手も足も出ないなんて考えられないわ」

「俺も負けたとしても善戦することは出来るだろう……って考えていたんだが、手加減までされてしまった」

本当、強さの次元が違いすぎて、悔しいとすら思えないからな。

「凄いわね……その戦い、見たかったわ。あなたが負けているところ、久しぶりに見たかったな～」

「やめてくれ。恥ずかしい」

「ふふ、それじゃあお祝いにどこかに食べに行くわよ」


俺が恥ずかしがっているのを笑いながら、カロラがそう言って立ち上がった。

「いや、出歩いて大丈夫なのか？」


最近、少しだがお腹も大きくなって体が重いんじゃないのか？

「心配ないわよ。まだ、そこまでお腹が大きいわけじゃないんだから。むしろ、部屋に籠もっている方が体に悪いわ」


言われてみればそんな気もするが……心配だな。

「そ、そうか。それじゃあ、外に出るか。いいか？　少しでも体に異変を感じたら言うんだぞ？」

「心配しすぎよ。あ、そういえばここに定住することが決まったわけだし、家も見に行かない？」

「べ、別に今日じゃなくてもいいんじゃないか？　そんなに歩いたら……」

「だから心配し過ぎだから！　ほら、行くわよ！」

「お、おう……」

俺が止めようとするが、カロラは聞く耳を持たず、俺の手を引っ張りながら外に出ていってしまった。

それから、最近気に入ってよく来ている街の中心にあるレストランでパスタを食べていた俺らは、昔の話をしていた。カロラが俺のパーティーに入ってきた頃の話だ。

「それにしても、あの厳しかった頃のあなたはどこに行ってしまったのかね……。私がパーティーに入ったばかりの頃は、あんなに怖かったのに」

「あれは、お前が心配だったからだ」

確か、まだ魔法学校を中退したばかりで十代そこそこ、しかも当時は体が細くてとても冒険者に向いていなかったお前を、どうにか諦めさせるように頑張っていたんだよ。

「そうね。あの時は、本当に辞めたくなったこともあったわね」

「なら、どうして辞めなかったんだが……てか、よく俺のことが好きになれたよな」

今の俺が聞いたら、自分を思いっきりぶん殴りたくなるくらい酷いことを言っていたつもりなんだけどな……。

「もう、何度も言っているでしょ？　本当は優しい人だってことに気がついたからよ。何だかんだ私が危なくなったら助けてくれるし、一番私のこと面倒見てくれたからね」

「そ、そうか？」

ま、まあ。一応仲間だったし、死なれたら困るからな。

「そうよ。それに、結局一ヶ月もしないで優しくなっちゃったし」

「そ、それは、カロラのやる気を感じたからパーティーに入ることを認めてやることにしただけだ」

これは、半分本当だぞ。いくら厳しくしても諦めないカロラならこれからも大丈夫だろう、ってことにしたんだ。まあ、残り半分はカロラが可愛くなっちまったからなんだがな……。

「どうだか～。あなた、もし娘が産まれたら間違いなく親馬鹿になると思うわ」

「む、娘？　ま、まあ……女を厳しく育てても仕方ないからな」

「ほらね」

娘を甘やかしたらいけないのか？　あ、確かに、甘やかし過ぎて王国の宝石姫《ほうせきひめ》みたいになられたら困るな……。で、でも、俺は娘のことを怒ることが出来るのか？

「ま、まだ、娘と決まった訳じゃないぞ！　きっと、男が産まれてくるはずさ」

そうだ。男なら問題ない。男なら、生意気だったら剣の稽古《けいこ》で叩きのめしてやればいいだけだからな。

「そう？　私は、娘だと思うわ。そうだ。私と賭《か》けをしない？」

「や、やめろ！　今回は賭けないぞ！」

お前と賭けをして、一度も勝ったことがないんだからな。この前だって、賭けに負けたら私にプロポーズをしろとか言われて、結局負けたんだ。

「別にいいじゃない。男の癖に意気地なしなんだから」

「もう、その手には乗らないぞ」

そうだ。意気地なしと言われても怒ってはいけない。この前だって、その言葉に乗せられて賭けちまったんだからな。

「もう！　いいわ。それじゃあ、ご飯も食べ終わったことだし、家探しを始めるわよ」

「わかった」

夕食を食べ終わった俺らは、近くの不動産に入り、欲しい家の条件を店主に伝えた。

すると、すぐにおすすめの物件に案内してくれるらしく、家を見て回ることになった。

ちなみに、家の条件はそこそこ広く、城にすぐ行ける場所とだけ伝えておいた。さて、どんな場所に案内されるかな？

「こちらが、お客様に一番おすすめの物件となっております」

「おお、随分と大きな家だな」

まず始めに案内されたのは、貴族が住んでいそうな大きな屋敷だった。庭も十分広くて、子供たちが自由に走り回れていいかもな。

「はい。こちら、ミュルディーン領の中で二番目に大きな屋敷となっております」

「そうか。なあ、カロラはどう思う？」

「広すぎるわ。別に貴族じゃないんだからこんなに大きくなくていいわ。私とあなた、それにこれから産まれてくる子供たちが住むことが出来る程度で十分よ」

言われてみれば、こんな屋敷に俺たちだけで住んだとしても、ほとんどの部屋が使えなくて余りそうだな。

「そ、そうか……。それじゃあ、もう少し小さい家を探してくれ。それと、もう少し俺の職場である城に近い家も見せて貰いたい」

別に、走れば五分くらいで行ける距離だからいいのだが、普通に歩いたら三十分以上はかかっちまうからな。

「はい。了解しました。それじゃあ、ご案内しますね」

「こちらはどうでしょうか？　城から徒歩五分で、家族で暮らすには十分の広さとなっております。もし、家の管理がご心配でしたら、こちらでメイドの手配もしますが？」

次に案内されたのは、さっきの屋敷より二回りくらい小さい屋敷で、城がすぐそこにある。

「わかった。ちょっと相談させてくれ」

俺的には、庭もちゃんとあるし、体を鍛えるスペースは確保されているから十分だな。けど、働いてほとんど外にいる俺なんかの意見よりも、家にいる時間が長いカロラの意見を尊重しないといけないだろう。

「私はいいと思うわ。まだ大きすぎる気もするけど、メイドさんがいるなら大丈夫だと思うわ。それに、あなたの職場と近いのもいいわね。家にいられる時間が長くなるでしょ？」

カロラ的にも大丈夫みたいだ。

「わかった。よし、ここにしよう」

これで家は決まりだ。後は、二人で家具を選ばないといけないな。

冒険者として十年数年間旅してきたからか、我が家を持つのはなんだかワクワクする。

これから、この家で幸せな家庭を築いていくぞ！

番外編八　仲間と書いてライバルと読む

continuity is the father of magical power

SIDE：アルマ

「ふう、次は実技試験だ。緊張するな……」

現在、私はミュルディーン家の城に来ていた。

何をしに来たかと言うと、新しく皇帝に創設を許可されたミュルディーン家の騎士団に入るため。

午前中は面接試験を行い、午後は実技試験という流れなんだけど、面接は緊張しちゃって思うように話せなかったから、午後の実技でそれを挽回しないといけないという状況……。

はあ、それにしても人が多いな……。

おばあちゃんから「アルマなら受かる」って言われたから受けてみたけど、面接で失敗した時点で終わってない？

いやいや、ここで諦めたらダメよ。まだチャンスがきっとあるわ！

ふふ、受かったら私、小さい頃から夢だった騎士になれるのよね。しかも、勇者の家系の騎士団に……。

私も、勇者を影ながら支えてきたラルス・カルーンのようなかっこいい騎士になりたいわ。

おっと、受かってもいないのに、受かった後のことを考えるのは良くないわね。とりあえず、自信がある実技を頑張るぞ！

《二十分後》

あ、やっとレオンス様が来た。

本当に子供だ。あの子がフォースター家の麒麟児。私よりも歳下なのに、世界最難関と言われている地下のダンジョンを踏破してしまっているのよね……。

巷では勇者様が、自分の命をかけてまでこの国の平和のために育てた後継者って言われているのよね。何でも、勇者様は子供、孫を含めてレオンス様に一番厳しい試練を課していたらしいわ。普通なら、鍛えている大人でも死んでしまうような勇者様と魔導師様の練習メニューを乗り越えて強くなったんだって。

最後の試練である世界最難関ダンジョンへの挑戦で、大切な物を守る大切さをレオンス様に教える為、自らが命をかけて実行したのは本当に凄いわ。勇者様が死んでしまった悲しみで一週間部屋に籠もってしまったみたいだけど、その後は勇者様の願い通りに、レオンス様はたくさんの人を守り続けているのよね。

昨日、騎士団に受ける前準備でレオンス様の功績を全て調べてみたんだけど、全て誰かを守ったり助けたりした功績なの。

きっと、レオンス様は勇者様以上に偉大な方になられるわ。

昨日、調べていてそんなことを思ったのと同時に、この人の力になりたいと強く思った。そう、勇者様を影ながら支え続けたラルスのように。

「どうも皆さん……」

私が自分の世界に入り込んでしまっていると、レオンス様が前に出て話し始めた。

丁寧な言葉使いで、流石だなと感じた。冒険者の男たちも、少しは見習って欲しいものだ。

そんなことを思っていたのだが……次の瞬間にレオンス様の言葉使いが豹変《ひょうへん》した。

「……とまあ、面倒な前置きはこの辺にして……腕に自信がある者、手を挙げろ！」

私は反射的に手を挙げていた。

うんうん、男ならやっぱりこういう言葉使いの方がかっこいいよね。

「そうかそうか。それじゃあ、一番前にいるお前、前に出てこい」

私が心の中で掌《てのひら》を返していると、レオンス様が適当に最前列にいた男を指さした。

え？　指名される方式なの？　それなら、前の方にいないと不利じゃない？

「ヘルマン、出番だ」

私がどうやって前に出ようか悩んでいると、レオンス様が一人の男の子を指名した。

ヘルマン……確か、ヘルマン・カルーンよね？　あの、ラルス・カルーンの息子の。

ヘルマンさんについても、ちょっとは知っているわ。確か、レオンス様の数少ない親友であり、弟子だったはず。この世界で無属性魔法を使える数少ない人の一人だ。そんな人の戦いを目の前で見ることが出来るの!?

「……それじゃあ、構えろ。よーい、始め！」

私が興奮していると、レオンス様が始めの合図を出した。それと同時に、挑戦した男が文字通り吹っ飛んだ。

それは一瞬だった。ヘルマンさんの動きを一切見逃さなかった私を褒めてあげたい。

凄いわ。あれが無属性魔法なのね。あんな一瞬で大男を倒せるなんて、凄すぎるわ！

これは、是非とも戦ってみたい。どうせ負けるけど、今後のことを考えたら絶対挑戦しておくべきだわ。

そんなことを考えていると、レオンス様がすぐに次の挑戦者を求めた。

「はい。一人脱落。次に挑戦したい奴はいるか？」

けど、今度は誰も手を挙げなかった。

え？　何で誰も手を挙げないの？　なんか、凄く手を挙げづらいな……。

でも、逆に考えたらチャンスじゃない。誰もやらないなら、私が戦って少しでもレオンス様に顔を覚えて貰うわ。

「はい！」

私は精一杯大きな声で返事をした。

「お、それじゃあ、前に出てこい」

レオンス様の指示通りに、私は人の間を抜けながら前に出た。

その間に、女がどうのって文句を言っているのが聞こえたけど、気にしない。普段からよく言われているし、いつもそんな奴は実力で黙らせてきたからね。

そんなことを思いながら人だかりを抜けると、レオンス様の驚いた顔が見えた。見えたんだけど……その顔はすぐに怒った顔に変わってしまった。どうやら、先ほどの私に対する言葉が気に入らなかったみたい。

「おい。今、女がどうのこうの言った奴、次そんなことを言ったら全員不合格だからな！　俺は、偏見とか差別が嫌いなんだよ」

レオンス様の怒号に、会場が一瞬で静まり返った。

偏見と差別が嫌いか……やっぱり、レオンス様はかっこいいわね。よし、少しでも良いところを見せられるように頑張るぞ！

「それじゃあ、好きなタイミングで始めてくれ」

それと同時に私は身構えた。さっきの人のように一発でやられない為だったんだけど……どうやら、初手《しょて》は譲ってくれるみたいだ。

これは、ありがたく私の持ち味のスピードをアピールしておかないと。

「それじゃあ、行かせて貰います！」

そう言って、私は全力の速さでヘルマンさんに駆け寄り、攻撃を加えた。

うん、わかっていたわ。やっぱり簡単に受け止められちゃうよね。

と、のんきに思っていたら、綺麗に弾き飛ばされてしまった。

うう……絶対胸当たりの骨が折れた……何で一発だけで満足して油断しちゃったかな……私。痛いな……でも、ここで諦めたら絶対後で後悔する。

「ぐう！」

意地でも立ち上がってやる！

私は痛みに耐え、地面に剣を突き立ててなんとか立ち上がった。

こうなったら……体が壊れるくらい速く動いてやるわ。

それからは無心だった。何も考えず、ひたすらヘルマンさんに向けて剣を振っていた。

そして、気がついたらヘルマンさんの拳がお腹に思いっきりめり込んでいた。

「ウグ……」

もう、限界……。私はその場で倒れ込んだ。

うう……無理したせいで痛みが半端ない……早くここからどかないといけないのに……あれ？　痛

くない？

「お前、名前はなんて言うんだ？」

気がついたらレオンス様がすぐ傍にまで来ていた。

え？　どういうこと？　もしかして、傷を治してくれたの？

いや、とりあえず質問に答えないと！

「アルマです」

「アルマか。どこで剣を習ったんだ？」

「孤児院で教わりました」

「もしかして、帝都にある小さな孤児院か？」

私が質問に答えていくと、レオンス様が思いがけないことを聞いてきた。

「え？　あ、はい。そうです」

ど、どうして、レオンス様があんな小さくてボロボロな孤児院を知っているの？

「そうか。ベルのことは知っているか？」

ベル？　ベルって孤児院にいたベルよね？　どうして、レオンス様からベルの名前が？　確か、メイドになったんだよね……？

とりあえず、質問に答えないと。

「はい。私と同じ孤児院で一つ上の女の子です」

「そうか。お前、どうして魔法を使わなかったんだ？」

え？　ベルについてはそれだけ？　魔法を使わない理由？

「どうしてって……私、適正魔法が無属性以外ないんです」

使えるなら使っているわよ。でも、もうそのことは気にしないって決めたんだ。その分、剣の練習に時間を使えたし、今では逆に感謝しているわ。

「いや、無属性魔法は使えないのか？」

「え？　あ、はい」

イヤイヤ！　無属性魔法は使えて当たり前と思わないでください！

え？　これから強くなる？　それってつまり……。

「そうか……。これは強くなりそうだ。ヘルマン、いいライバルが出来たな」

ちょ、ちょっと待ってください！　何その反応！　めちゃくちゃどうすればいいのか困るんだけど！

「いえ、今のままでは僕がすぐに負けてしまいます。無属性魔法を使わないと勝てませんでしたから」

「だってさ。それじゃあ褒美として、これを渡しておくよ」

え？　ちょ、え？　流れで受け取ってしまったけど、これは何？

よく見たら腕輪みたいだけど……絶対、普通の腕輪じゃないよね？　この金属、鍛冶屋で見たことがあるわ……確か、ミスリルだったはず。

「こ、これは……」

「俺が認めた配下の証みたいな物さ。その勇気と、素質に期待して渡しておくよ」

え？　う、嘘でしょ？　認めて貰えちゃったの⁉

そ、それより、早くお礼を言わないと。

「あ、ありがとうございます……」

私は、今まで生きた中で最も深いお辞儀を意識しながら頭を下げ、お礼の言葉を言わせて貰った。

まさか、合格が貰えるだけでなく、こんな物まで貰えるとは……。

「それじゃあ、他に誰か挑戦したい奴はいないか？」

あ、次の人が来るから急いでどかないと……って思ったけど、誰も名乗り出ないんだね。皆、もったいないな～。

そんなことを思っていると、奥の方から野太い声が飛んできた。

「私が行かせて貰おう！」

その声と共に、奥の方からどこかで見たことがある顔のおじさんが出てきた。

えっと……確か、Sランク冒険者の……そう、ベルノルトさんよ。去年くらいに、帝都の冒険者ギルドで見たわ。

凄い。Sランク冒険者までこの試験に挑戦しているんだ……。

「なるほどね……。ヘルマン、今回は俺が戦う」

う、嘘でしょ？　当主自ら戦うの!?

「え？　そ、そんな……」

「勘違いしなくていい。この人は、それぐらい強いのさ。今回は、見て学べ」

確か、ベルノルトさんは魔の森から二度も生還したことで有名な人だったはず。冒険者ならほとんどが名前を知っていて、勇者の次に冒険者の憧れとして名前を挙げられるくらい強く人気な人だよね。

まあ、私の憧れは昔から変わらないけど。

「ほう。フォースター家の神童と戦わせて貰えるとは、嬉しい限りですな」

私がベルノルトさんについて思い出していると、ベルノルトさんが嬉しそうに剣を抜いた。

「こちらこそ、Sランクの冒険者と戦えるなんて光栄だよ」

レオンス様も、会話を続けながら何処からともなく一本の剣を取り出した。

え？　何かの魔法？　そんなことを思っていると、すぐにベルノルトさんが答えを教えてくれた。

「それは……聖剣ですな」

せ、聖剣!?　あの、勇者様が使っていたとされる？

う、嘘……そんな剣をこんな間近で見ることが出来るなんて……。

「そうだよ。見たことがあるの？」

「はい。昔、勇者様に挑んだ時に」

ゆ、勇者様に挑んだ？　この人、何歳なの？

見た目的に、魔王を討伐されるまでの間にはまだ生まれてなさそうだし……確か勇者様、当主時代は暇を見つけては旅をしていたらしいから、きっとその時よね。

それでも、勇者様に挑めたなんて羨ましいな～。私も、機会があったら……。

「……よし、それじゃあ勝負を始めるか。好きにかかってこい」

おっと、もう勝負が始まってしまう。この勝負、一瞬たりとも見逃したら一生後悔するわ。それにしてもSランク冒険者相手に挑発するなんて、レオンス様は凄いわね。

「ほう。あくまで私が挑戦者ですか。わかりました。行かせて貰います」

ガキン！

始まった！　と、思ったと同時に剣同士がぶつかり合う音が響いた。

う、嘘？　全く見えなかったわ。

「流石Sランク、攻撃が重い」

「その割には、簡単に受け止めますね」

「まあ、神童とか言われるくらいには強いからね」

そう言いながらニヤリと笑ったレオンス様が、今度は攻めに転じた。

もう……私の目では追えないわ。でも、ベルノルトさんが防御に必死なのは伝わってくる。

そう思っている間に、レオンス様の聖剣がベルノルトさんの首に当てられていた。

レオンス様の圧勝……。そ、想像を遙かに越える強さだったわね……。

果たして、私はあの人の力になることが出来るのだろうか？

そんなことを悩んでいる内に入団試験が終わってしまっていた。まさかとは思ったけど、本当に名乗り出た人だけしか採るつもりがなかったんですね……。

「あ、そういえばアルマ。ベルに会っておくか？　すぐそこにいるぞ」

「え？　あ、はい！」

急に話が振られて元気よく答えちゃったけど……どういうこと？　ベルがここにいるの？　ここで働いているってこと？

そんな疑問もベルに会ったらすぐに解決した。どうやら、ベルはレオンス様の専属メイドにまでなってしまったらしい。凄く気に入れられているらしく、レオンス様に大事に扱われていた。

まあ、そんなことよりもベルが私よりも強くなってしまっていたことが衝撃的だったわ。

レオンス様に教わるのはズルいわよ……。絶対、いつか追い越してみせるからね！

これから、ベルノルトさんに無属性魔法を教えて貰えるみたいだし、頑張るぞ！

SIDE：ヘルマン

爆発事件から約一週間が経ち、久しぶりに師匠のお城に連れていって貰えることになった。

もう師匠の体が大丈夫になったと聞いて、師匠の仕事のついでに朝からベルノルトさんのところにお邪魔することにした。

爆発のせいで学校が半壊して、その復旧工事のために当分は学校が休みになるらしく、これから当分は城に住み込みで騎士団に参加させて貰うことになった。

ここのところ剣の練習が出来なかったから、今日からは思いっきり体を動かすぞ！

そう意気込み、僕は師匠に用意して貰った部屋から騎士団の練習場に向かった。


「おはようございます！　今日からよろしくお願いします！」

練習場に到着し、僕はきっちりとお辞儀をしてから入った。

「せい！　やあ！　とう！　これでどうだ！」

剣の打ち合いをやっていた二人には、僕の挨拶は聞こえなかったようだ。とりあえず、邪魔するのは悪いから終わってから改めて挨拶をするか。

あれ？　アルマさん、二本持ちにしたの？　前は一本だったよね？

確かに、スピードと手数で相手を圧倒するアルマさんなら、一本で戦うよりも少し軽い剣二本で戦った方がいいかも。ベルノルトさんに助言して貰って変えたのかな？

それにしても、この二週間くらいで無属性魔法をマスターして、戦い方まで変えてあそこまで速く動けるなんて……本当、凄すぎるでしょ。この前戦った時とは比べものにならないくらい速くなっているし、今の僕でもあの速さについていけるかどうか不安だな……。

そんなことを考えていると、ずっと防御していたベルノルトさんがアルマさんの隙を見て蹴り飛ばした。

「攻め過ぎだ」

「きゃあ！　くう……」

蹴り飛ばされたアルマさんは、剣を地面に突き立ててすぐに起き上がった。

「何度も立ち上がるのはいいが、真剣勝負なら一発貰っただけで死んでしまうということを常に頭に入れて戦え。相変わらず防御が甘いぞ」

「は、はい……」

「ん？　ヘルマンではないか」

「はい。今日からよろしくお願いします」

気づいて貰えたので、すぐに挨拶をした。

「おう！　こっちこそよろしくな。それより、聞いたぞ。ダンジョンを攻略したんだってな？」

「は、はい。でも、ほとんど師匠のおかげですけどね」

ダンジョン攻略はほとんど師匠の功績だと、僕とフランクは考えている。

師匠がダンジョンの情報を全て集めてきてくれて、防具や武器を用意してくれて、道案内してくれた。僕たちなんて、遊び半分に出てきた魔物を倒しただけ。

最後の天使との戦いも、師匠がいなかったら勝てなかったしね。

「ああ、でもその歳であの天使と戦って無傷で帰ってこられたのは凄いと思うぞ」

「あ、そういえばベルノルトさんもあの天使と戦ったんですか？」

師匠がSランクの冒険者たちでもあの天使に勝てなかったって言っていたから、もしかしたらベルノルトさんも？

「戦ったとも。結果は惨敗だったがな」

「そうなんですか……僕たちも、師匠がいなかったら一方的にやられていたと思います」

「そうか。どうやって勝ったのか教えて貰えるか？」

「はい。まず、戦いが始まると同時に上空に舞い上がった天使に向けて、僕の斬撃と友達の魔法で飛ばし続けました」

「斬撃？　どういうことだ？」

どうしよう……実演しながら説明したいけど、ダメだよね。

「えっと……剣を振った時に出てくる衝撃波みたいな物です」

「どういうことだ？　それは、スキルなのか？」

「いえ、師匠に造って貰った剣の能力です」

「ああ……創造魔法か……どんな力なのか見せて貰えるか？」

「いえ、それが……危ないから本当に必要な時以外は使うなと師匠に言われていまして……」

「ああ、だから剣を二本持っているのか」

「はい。いつもは練習用を使います」

練習用だけを持ち運んでいてもいいんだけど、何かあったらすぐにこっちを使いたいからね。

「そうか。それで、天使の話を続けてくれ」

「はい。僕たちが天使に攻撃が当たらなくて困っていると、師匠が的確なアドバイスをくれて、それからは天使に攻撃が掠るようになりました」

「どんなアドバイスを貰ったんだ？」

「僕は敵の逃げ道を無くすように斬撃を飛ばせと言われました」

「おお、それはいいアドバイスだな」

本当にそうですよね。流石、師匠です。

「はい。そのおかげもあって焦った天使が低空飛行で戦うことを選びました」

「お、それはラッキーだな」

「はい。僕がすかさず天使の羽を斬り落とし、それとほぼ同時に師匠が頭に剣を突き刺して戦いは終わりました」

「なるほど。やっぱりレオンス様は強いな」

「はい！」

師匠は、最強なんです。

「そういえば、ダンジョンを踏破したってことはスキルを手に入れたんだよな？」

「はい。魔眼です。どうやら、僕は未来を見ることが出来る能力らしいです」

「それは凄そうだな。上手くやれば戦いで有利に働くんじゃないか？」

「いえ、それが……相手が攻撃してくるのが、目に見えるのと実際のタイミングがズレて、逆に戦いづらくてダメでした」

色々と試してやってみたけど……気持ち悪くなるだけで、有効活用は出来なかったんだよね……。

「ああ、言われてみればそうだな。使い方が難しい能力だな」

「そうですね」

「よし、それじゃあヘルマンがどのくらい強くなったか見せて貰おうかな。ついでに、アルマの成長具合も見て貰おう」

「え？　私ですか？」

「ああ、リベンジするために頑張ってきたんだろ？」

「は、はい！」

リベンジ？　あれは、僕の負けだよ。師匠に手加減しろ……つまり、アルマさんに合わせて無属性魔法を使わないで戦えと言われたのに、素のままだと負けると思った僕は無属性魔法を使っちゃったんだ。

あれは僕の負けだな。だから、これは僕のリベンジマッチだ。お互い無属性魔法を使って、全力で白黒つけるんだ。

それでも、無属性魔法の経験が長い僕の方が有利なんだけどね。

「それじゃあ、それぞれ良い感じに距離を取れ。俺が合図を出すからそしたら始めろ」

「「はい」」

僕たちは返事をしながら、お互いに距離を取った。

「よし、始めろ！」

「セイヤ！」

「ぐう⁉」

思っていたよりも速い！

想像以上の速さで突撃してきたアルマさんに、なんとか防御することが出来た僕は後方に飛ばされた。あとほんの少しだけでも気を抜いていたら、僕は倒れていただろう。

「ほら、ヘルマン。油断しているとやられるぞ」

油断はしてないんだよな……。完全に、アルマさんの速さについていけなかったんだ。

「でも、負けてられないよな！　こんのお！」

僕は負けじと、また突撃してきたアルマさんの攻撃を受け止めて、足払いをして剣を振り下ろした。

「危ない！」

アルマさんはギリギリで転がりながら剣を避けて、すぐに起き上がった。

「ほら、また防御の意識が薄れていたな？　アルマ、その癖を直さないといつになっても強くなれないぞ！」

「わかってますよ……よし、やっぱり強い。これは……あれをやるしかないかな。どうか、上手く出来ますように！」

ベルノルトさんに注意されたアルマさんは何やら呟いてから、また二本の剣を持って攻撃を仕掛けてきた。

僕は、さっきのように受け止めてから攻撃しようと身構えると……アルマさんがジャンプして直前で視線から消えた。

「え？　ック！」

アルマさんがやりたかったのは僕を飛び越えて、無防備な後ろから攻撃することだった。

完全に前から来るものだと思って待ち構えていた僕は反応が遅れ、体をひねりギリギリで剣を避けた。今のは、避けられたのが奇跡なぐらいギリギリだった。

「おお、それだ！　その動きをしっかりと体にたたき込め。どうしたヘルマン？　お前はそんなもんなのか？」

「違います！」

どうすればいい？　このままだと防戦一方だ！

アルマさんの立体的動きに目が追いつかない。

目が……え？

うわ！　アルマさんがどうしてそこに？　しかも、動かない。どういうことだ？

気がつくと、アルマさんが真横で剣を振り下ろしていた。

これって……魔眼？　ということは未来？

いや、とりあえず動かないと！

そう思い、魔力を足に集中させ、地面を蹴り飛ばすように急いで避けると、またアルマさんが動き始めた。やっぱりアルマさんは真横にいて、剣を振り下ろしていた。けど、先に反応出来たのもあって、綺麗に避けることに成功した。

あ！　アルマさんが驚いて動きが止まった。チャンスだ！

僕は、一瞬動きが止まったのを見逃さず、すぐに攻撃を仕掛けた。

すると、僕の攻撃に遅れて気がつき、体をひねりながらなんとかアルマさんは剣で受けることに成功した。でも、とても受け止められるような体勢ではなく、吹っ飛ばされて壁に激突した。

今の、なんだったんだ？

「まだまだ！」

僕が目を確かめるように何度か瞬きをしていると、壁に激突したアルマがすぐに立ち上がってこっちに向かってきた。

いけない！　ここでまた守りに回ったらさっきと同じパターンだ。

「僕だってまだまだだ！」

僕はさっきみたいにアルマさんを自由に動かせないよう、今度は攻めを意識して剣を動かした。

それから、攻めなのか守りなのかわからないところでお互いの剣が何度も衝突し、高くて耳に響く金属音が鳴り続けた。

「そこまでだ！」

「「はあ、はあ、はあ」」

ベルノルトさんの合図と共に、僕とアルマはその場で倒れ込んだ。

お互い息が切れ、もう体力が限界だった。最後まで、決定打を与えられなかったな……。

悔しい。でも……楽しかったな。

「二人とも、戦ってみて何か掴めたか？」

「はい。途中から体が思うように動いて楽しかったです」

ベルノルトさんの質問に、アルマさんが上体だけ起き上がって嬉しそうに答えた。

「ああ、見ていても楽しそうだったよ。本当、天才的な運動神経だな。ほんの二週間程度でそこまで無属性魔法を使いこなせるのは凄いと思うぞ」

二週間か……凄いな。

「ありがとうございます！　でも、ヘルマンさんには全て防御されてしまいましたけどね」

「まあな。まだ、動きが単調だから仕方ない。まだまだこれからだな。でも、ヘルマンも序盤は苦しそうだったよな？」

「はい……。予想以上の速さに体がついていけませんでした」

「そうだったな。でも途中、綺麗に避けてから攻撃に転じたのは良かったと思うぞ。あそこで、追撃出来ればなお良かったがな」

「いえ、勝手に魔眼が発動してしまって……」

目の確認をしていたら、もうアルマさんがこっちに向かっていたんだよね……。

やっぱり、あれくらいでも動揺していたらダメだ！　反省しないといけないな。

「魔眼？　どのタイミングで発動したんだ？」

「あの、アルマさんの攻撃を綺麗に避けた時です。急に、アルマさんが真横にいたんです。慌てて避けたらアルマさんが遅れて攻撃してきたという感じですね」

あれは……あの時、無意識にちょっとだけ魔力が目に集中したことで、魔眼が一瞬だけ発動したってことなのかな？　足に魔力を集中させたら、アルマさんが動き始めたし。

「そうか。使い方を見つけられたな。それを意識して出来るようになったら強くなるぞ」

「そうですね。頑張ります」

でも、無意識にやっていたから、意識して出来るかな？

ん？　僕は何を言っているんだ？　練習する前から諦めてどうする！

うん……最近の僕、弛《ゆる》んできているな。これは初心に返って、寝ずに練習して根性を叩き治さなければ！

「よし、とりあえず早めの昼休憩をするか。今日はレオンス様と一緒に昼飯を食べる約束をしているからな」

「え？　あ、はい」

今から死ぬ気で！　と思ったけど、師匠との約束を破るわけにはいかないから……うん、お昼を食べてから頑張るぞ！

《二時間後》

昼食が終わり、僕は訓練所でアルマさんと二人きりなってしまっていた。

ベルノルトさんは、師匠と仕事の話をしているから当分帰ってこないそうだ。だから、二人で鍛錬をしていろと言われてしまった。言われてしまったけど……何をすればいいのかわからないし、どう話しかければいいのかわからない。

そういえば、アルマさんとまだ面と向かってちゃんと話したことがなかったな……。僕が勝手に対抗意識を持っちゃって、話しかけづらくなってしまったんだよね。

「えっと……私が攻撃をするので、ヘルマンさんがそれを避けたり反撃したりする練習はどうでしょうか？　私、あと少しでさっきの動きを掴めそうなんです」

僕がどう話しかけようか悩んでいると、アルマさんが先に話を切り出してくれた。

しかも、練習内容まで考えてくれるなんて！

「は、はい。いいと思います！　僕も練習になるのでありがたいです」

相手の攻撃への対処が下手なことが今日の僕の反省点だ。だから、その練習は凄くありがたい！

「ありがとうございます……えっと……敬語はやめません？　ヘルマンさん、貴族ですし……」

「え？　あ、気にしなくて大丈夫ですよ。僕は貴族と言っても、末っ子なのでほぼ庶民ですよ。それに、アルマさんこそ敬語をやめてくださいよ。僕の方こそ歳が下なんですから」

あ、でも。ダンジョンを踏破したから貴族になるぞって師匠に言われていたかも。まあ、今はそんなことはいいか。

「そう言われても……じゃあ、お互いに敬語をやめませんか？　そっちの方が同じ騎士団の仲間として遠慮し合わなくて済むと思うので」

仲間……おお、仲間か！　なんか、本当に騎士団に入ったんだって実感した。うん、こういうのを昔から夢見ていたんだ！

「確かに！　同じ騎士団の同期ですもんね！　それじゃあ、『さん』もつけずに名前で呼び合いませんか？」

そうだよね。やっぱり、仲間なら名前で呼び合うのが基本だよね！

「そうですね……そっちの方が、うん、仲間って感じがします！」

「それじゃあ、これから敬語はなしで！　よろしくアルマ！」

「こちらこそよろしく。ヘルマン」

僕とアルマはにっこりと笑いながら、がっちりと手を握り合った。

うん、これだよ！　この、仲間との友情だよ！　やっぱり、父さんがいつも言っていた通り、騎士団と言ったら仲間だよね！

「よし、それじゃあ練習を始めようか！　今度こそ完璧に避けてみせるぞ！」

「ふふ、出来るものならやってみな！　今度は、さっきよりも避けるのが難しいからね！」

それから、僕たちはベルノルトさんが戻ってくるまで白熱した戦いを繰り広げた。

大体二時間くらいの短い練習だったけど、さっそくそれぞれ何かを掴むことが出来た。

うんうん、こうやって互いに高め合う仲間《ライバル》って最高だよね。これからアルマに負けないように頑張るぞ！

書き下ろし短編

アルマの特訓

continuity is the father
of magical power

SIDE：ベルノルト

「改めてだが、今日からよろしくな」

騎士団の練習初日、俺はアルマと向き合っていた。

まあ、二人しかいない騎士団だからな。どうしたって朝の騎士団長の話が、騎士団員同士の会話と変わらなくなってしまう。

はあ、レオンス様、もう少し人を雇ってくださいよ。この練習場、二人で使うには広すぎますって。

心の中で、レオンス様にお願いをしていると、アルマが元気よく返事をした。

「は、はい。こちらこそよろしくお願いします！」

アルマ……確か、帝都にある孤児院で育ったとか言ったな。俺もあそこには一度だけ行ったことがあるな。あそこで子供たちを育てている婆さん、俺が冒険者になった頃にはもう引退してたから細かいことは知らんが、昔は超有名な冒険者だったらしいぞ。

おっと、そんなことよりも話を進めないといけないな。

「入団試験での戦い、見せて貰ったが凄かったな。とても、十二歳の少女とは思えん」

「ありがとうございます」

「ただ、見ていて思ったんだが……アルマの戦い方なら、重い両手剣一本で戦うより、軽い片手剣二本で手数を増やした方がいいんじゃないか？」

アルマは、どう考えてもヘルマンのような力で相手を圧倒していくタイプではない。むしろ、スピードで相手を圧倒していくタイプなんだから、こっちの方がいいと思うぞ。

騎士では珍しいと思うが、冒険者なら普通にいるからな。

「二本……出来るかな？　わかりました。やってみます」

「そうか。ほら、良さそうな剣を買ってきてやったから使ってみな」

昨日、カロラと買い物をしている時に、良い剣をちょうど見つけたから買っておいてやった。まあ、カロラには変な勘違いをさせちまって少し大変だったが、これからアルマがどんどん強くなっていくのを見ることが出来るなら安いもんだろう。

「え？　も、貰っちゃっていいんですか？」

「気にしなくていい。そこその剣だからな。それに慣れてきたら、自分で稼いだ金でもっと良いのを買うんだな」

これはあくまで練習用だ。金に余裕が出来たら、魔剣でも手に入れるんだな。

ちなみに、俺の魔剣は店主に直接頼み込んで作って貰ったダミアンモデルだ。

魔力操作が使える俺からしたら、魔石がある奴よりもダミアンモデルの方が自由に使えていいんだ。

「わ、わかりました。ありがとうございます」

アルマは剣を受け取ると、再度頭をペコペコと下げてきた。

「いいさ。ほら、試しに相手になってやるからかかって来い」

「ありがとうございます！　それじゃあ、行きます！」

俺も剣を抜き、構えると、すぐにアルマが攻撃を仕掛けてきた。

うん、悪くないな。それにしても、入団試験の時も思ったが、アルマはずば抜けた運動神経を持っているよな。

これを活かして戦うことが出来れば、いつか俺よりも強くなるだろうな。

まあ、それには無属性魔法を使いこなせて、レベルももっと上げないといけないんだが。

それから、気がついたら一時間くらい経っていた。

しかも、アルマの動きが随分と動きがなめらかになっていた。

「うん。一本で戦っていた時よりもやりやすいです！」

「ああ、いいと思うぞ。ただ……まさかコツを一時間程度で掴んでしまうとは」

何度かアドバイスをしたが、まさか一時間でちゃんとした攻撃が出来る程度にまでなってしまうとは思ってもいなかった。アルマの運動神経は想像以上だった。

「はい。コツを完全に掴みました！」

「おいおい。勘違いするな？　俺が言っているのは動きのコツを言っているだけだ。まだ、これで戦えるほどのレベルには達してないぞ」

この程度で天狗《てんぐ》になられても困るからな。しっかりと釘を刺しておいた。

決して、アルマには俺のような過ちを犯して欲しくないからな。

「そ、そうですよね。わかりました」

「まあ、お前は若いんだからまだまだ時間はあるんだ。焦る必要はない」

「は、はい」

「それじゃあ、これから無属性魔法の練習をするぞ。レオンス様に教えるように言われてしまったからな」

とりあえず剣の使い方はこの辺にしておこう。無属性魔法の習得には長い時間がかかるから、先に練習方法を教えておいた方がいいだろう。

「わ、わかりました……けど、私にも本当に無属性魔法って出来る物なんですか？」

「ああ、誰にでも使える魔法だぞ。そんなに難しくない。まあ、使い方があまり知られていないから誰も使えないんだがな」

「そうだったんですか。てっきり、ごく限られた人しか使えないくらい、難しい魔法なのかと思っていました」

「まあ、そう思っちまうよな。俺も、勇者様に教えて貰うまではそう思っていたよ」

本当に勇者様には感謝だよな。単なるチンピラに、あそこまでしてくれるなんて、いい人過ぎるよな。いつか、世界一の冒険者になって恩返しに行こうと思っていたが、遂に出来なかったのは本当に悔いが残る。

まあ、その分レオンス様を助けることにしたんだがな。

「勇者様に教わったなんて、凄いですね」

「凄くないさ。でも、恵まれていたとは思うよ。ということで、お前には勇者様に教わった通りに教えてやる」

「わかりました。よろしくお願いします！」

「まず、確認だが、魔力操作のスキルを持っているか？」

「はい。私は孤児院暮らしで安い魔法石しか使うことが出来なかったので」

「いや、そっちの方がいい。あの魔法具は人をダメにする。あれを使っている限り、魔力操作を使えないからな」

あの魔法具が発明されたのはいつだったか？　確か、俺が二十歳くらいの頃だから、もう十年くらい前からだな。あれがあるせいで余計に無属性魔法を使える奴が減ってしまった。

「そうなんですか……。それじゃあ、安い魔石を使っていて良かったです」

「そうだな。じゃあ、使い方の説明をするぞ。体を強化したい部分。腕なら腕、足なら足を強化するイメージをしろ。魔力も一緒に使うんだぞ」

「は、はい。そしたらどうするんですか？」

「いや、それだけだ。イメージして魔力を使えばこんな感じで使えるぞ」

説明しながら、俺は無属性魔法を使って普通なら飛ぶことが出来ないくらい高いジャンプをした。

「ほ、本当だ……」

俺のジャンプを見て同じようにジャンプしたアルマが、高く飛べてしまったことに驚いていた。

まあ、ジャンプくらいなら簡単に成功するさ。

「それじゃあ、体を強化して走ってみろ」

「え？　それだけで良いんですか？」

「いや、やってみれば難しさがわかる」

俺がこれを初めてやった時は派手に転んだからな。勇者様に大笑いされたっけ。

さて、アルマはどうかな？

「わ、わかりました。よ〜し。体の使う部分を強化するイメージ……」

そう言って、アルマは少しずつ歩き始め……少しずつスピードを上げていき……完全に生身の人間では出すことの出来ない速さに到達してしまった。

「う、嘘だろ……どうして出来てしまったんだ？　一発で出来るようになった奴なんて初めて見たぞ」

おかしいだろ。いや、ジャンプの時点で気がつくべきだった。

ジャンプだって、足だけを強化してもダメだ。それを出来ていた時点で、慎重に走り始めれば無属性魔法も使いこなすことが出来てしまうのは予想出来ただろう。

「そうなんですか？　なんか、感覚でやったら出来ましたよ」

か、感覚か……。やはり、アルマは天才の部類なのだろう。

「まさか、全身を強化したりはしてないよな？」

「はい。あ、その方法もありですね」

この反応からして、嘘はついていないな。

「いや、それは良くないらしい。理由は昔、勇者様に説明して貰ったが、忘れちまった」

なんだったかな……使う魔力がどうのって言っていたが、当時の俺の頭では理解出来なかったんだよな。

「そ、そうですか……。それじゃあ、全身で使うのはやめておきます」

「ああ、そうしろ。必要な部分を強化するだけで十分だ。まあ、出来てしまったお前に説明する必要はないと思うが……」

今日、一日かけて教えようと思っていたんだがな……。

「そんなことないですよ。まだ、戦いながら使うのは難しいと思います！」

「当たり前だ！　そんなすぐに出来るようになるわけがないだろ！」

「は、はい！　すみませんでした」

「まあ、この調子ならそこまで苦労しないで出来てしまいそうだけどな」

まだ半日程度しかアルマを見ていないが、十分天才なのはわかってしまった。

きっと、俺が想定しているよりもずっと早く習得しまうだろう。

仕方ない、帰ったら明日以降の練習メニューを考え直すぞ。

「ほ、本当ですか？」

「ああ、と言っても双剣での戦い方も覚えながらだから、もしかしたら時間がかかってしまうかもしれない。まあ、アルマの頑張り次第だな」

アルマがどんなに才能を持っていたとしても、ここで絶対に甘やかしてはいけない。アルマに才能があるからこそ、俺みたいに天狗になって大きな失敗をして欲しくない。

「わかりました。頑張ります！」

「ああ、頑張れ」

これから、お前がどこまで強くなるか楽しみだ。

とりあえず、当分の目標はヘルマンだな。

あとがき

まず始めに、『継続は魔力なり4』を読んで頂き、誠にありがとうございます。また、WEB版の読者様、TOブックス並びに担当者様、イラストのキッカイキ様、一～三巻を読んでくださった読者の皆様、etc……今回の四巻制作に関わって下さった全ての方々に感謝申し上げます。

さて、継続は魔力なりの出版を始めて、もう一年が過ぎてしまいました。去年の十一月に始まり、もう四巻まで来てしまいました。まさか、ここまで続けられるとは……と、このあとがきを書きながらしみじみと感じています。

レオが転生して、勇者の元で修行を積み、シェリーやリーナと仲良くなって忍び屋と戦った一巻。ベルが専属メイドになり、魔法具屋を大改造した二巻。学校が始まってベルとの寮生活が始まり、ミュルディーン領の当主になってルーを奴隷にした三巻。そして、領地を大改革して孤児院を造り、爆発に巻き込まれながらもエルシーさんとの仲を深めた四巻。こうしてこれまでの内容を並べてみると、これまでの四冊でこの物語も結構進んできたな……と思います。

まあ、まだレオは十一歳なので、一巻から三歳しか変わってないんですが……。書き始めた当初の予定では、既にレオは魔法学校に入学していて、あと少しで成人するくらいの歳にはなっているはずだったんですけどね。この調子で物語が進んでいくとなると、レオが成人するのは……九巻!?　とんでもなく、長くなってしまいそうですね……。まあ、流石にちょっとずつペースは速くなっていくと思うので、そんなことにはならないとは思うのですが……たぶん。

あとは……鶴山ミト先生が描く、『継続は魔力なり』の漫画版もニコニコ静画にて掲載が始まってもうすぐ一年になりますね。今、このあとがきを読んでいる人の中で「漫画で知ったよ！」という人は、多いと思います。ニコニコ静画でのお気に入りの登録数は十万人を超え、書籍一巻が重版するなど、漫画版の人気ぶりには驚かされました。実際、鶴山先生の漫画は面白いし、ヒロインたちが（エロ）可愛いですからね。僕も、毎月の更新を楽しみに読ませて貰っていました。

内容、漫画と来たので、最後はイラストについてですね。皆さんも知っての通り、『継続は魔力なり』はキッカイキさんの可愛らしいイラストが売りです。小説から読み始めて下さった方で、可愛らしくて綺麗な表紙を見て一目惚れしたのがきっかけだ！　という人は少なくないはず。この本……だけでなく、これまでの一から四巻の挿絵を見返して貰えればわかると思いますが、どれを見ても本当に綺麗なんですよね。キャラクターの表情がちゃんと描かれているし、服装の細かいところまでこだわって描かれているし、本当に凄いな～と感動しながら、いつも送られてくる完成品を鑑賞させて貰っています。

漫画とイラストの話で、三巻のあとがきと内容が似てしまったのですが、一年続けることが出来た感謝として書かせて貰いました。もちろん、ここまで続けてこられたのは、これまで読んで下さったあなたのおかげです。ありがとうございました。そして、これからもどうかよろしくお願いします。

それじゃあ、また五巻のあとがきでお会いしましょう！

おまけ漫画　コミカライズ第1話

漫画：鶴山ミト

原作：リッキー

キャラクター原案：キッカイキ

continuity is the father
of magical power

本当に
こんなヤリ方で
いいの？
大丈夫
ここを弄っていれば
デキるようになるよ
!?
古い諺《ことわざ》に
〝継続は力なり〟って
あるでしょ？

こうやって続けてれば魔力にだってなるんだよ！

ベクター帝国
フォースター領
第1話
継続は魔力なり

真っ暗…
ここはどこだ？
確か…
えっと…
あれ⁉
何も
思い出せない⁉
俺はいったい
誰なんだ？
安心なさい
たった今あなたは
神に選ばれたのです
神⁉
新しい人生に
幸《さち》多からんことを——

新しい…
人生？
………
………
………
………
…もしかして
俺
転生しちゃった!?
そうか
俺は
これから
この子として
生きていくのか
楽しみだな
――様
――ンス様
レオンス様

ごめん セバスチャン おはよう!
おはよう ございます 間もなく皇帝陛下が 視察にお見えになります お父様がお待ちです ご支度を
レオンス・フォースター
フォースター侯爵家三男
（7歳）
俺…いや 僕はレオとして 暮らしている
わかった ありがとう!
前世のことは ほとんど 覚えてないから
本当に人生を やり直してる みたい
おはよう ございます
おはよう みんな!
家族は仲いいし 使用人たちも優しい
どっちだっけ?
家が広すぎるのは 困るけど… 気に入ってる

でも僕が一番
気に入ってること
それは——
ひゃあああ!!
ごごご
ごめんなさい
レオンス様!!
落ち着いて
アメリー
ケガはないから
ただ今
お召し物を!
うん!
お願い!
失礼しました
ううん!
ありがとう!
そう!
魔法があること!
この世界に来れて
本当によかった!

お！
来たな
何だ？
緊張してるのか？
それはそうだよ…
だって皇族だよ
何が無礼になることやら…
ディオルク・フォースター
フォースター侯爵家主
（34歳）
てか何でお姫様の相手が僕なの!?
姉ちゃんのほうがいいんじゃない？
何でって決まってるだろ
お前が
勇者の血筋だからだっ！
兄姉みんなそうだよ…
てか理由になってないよ
まあまあ明日外出許可だすからさ
はは…

皇帝陛下ご到着でございます
オルトン・ベクター
ベクター帝国皇帝
わ…怖そう
お待ち申し上げておりました陛下
3年ぶりだな息災であったか？
…
だははははは
口調が変だぞオルトン！
ディオルクが陛下とか言うからだろ！
陛下だけど
仲良しか!?
お父様

そこにいらしては降りられませんわ
シェリア・ベクター
ベクター帝国皇女
（7歳）
か…
かわいい
レオンス様？
!?
紹介しよう 娘のシェリアだ
懐かしくてついな！
初めまして シェリア姫
レオ！
おーい

三男の
レオンスだ
シェリアちゃんと
同じ7歳だよ
ど どうも
あいさつ下手か僕!?
カーラ
会いたかったわ
私もよ
アシュレイ
あれ？母さん
乗っちゃったよ!?
いいんだ
魔界と隣接する我が国が
安全であると内外に
示すための陛下の視察
ってのは建前で
本音はバカンスだ！
さあ温泉街に行くぞ！
ええ!?
レオはあっちの
馬車な
シェリアをよろしくな
レオくん
？
え？

ええええ〜〜〜〜!?
帝国のお姫様でしょ!?
僕なんかと二人きりとか
大丈夫なの!?
てか
何話せばいい!?
せいじ?
けいざい?
わかんないよ
そんなの!
会話…
会話!
ああの
シェリア姫は
おいくつ
なんですか?
ってこれさっき
聞いたヤツ〜〜〜!!
7歳です
ぼ
僕もです
あの…
レオンス様

フフフ
私《わたくし》のことはシェリーと敬語はなしでお呼びください
そのほうがお友達っぽくありませんか？
！
うん！わかった！僕のこともレオって呼んで！
レオくんですね
あ！敬語はなしでしょ
くすくす
私はいいんです
お友達ふふ
どうしたの？
いいえ
ん？
レオくんは普段は何を？
うーん読書とか
あとは魔法の練習かな

もう魔法を使えるのですか!?
す少しね
私も早く使えるようになりたいです
でも魔力が少なくて…
魔法は誰もが持つ魔力を必要とし努力次第で上限を増やせる
特訓すれば大丈夫だよ!
特訓…ですか
道は遠そうです…
ところで
適性魔法は何でしたか？
適性魔法とは生まれながらにして授けられた能力
すなわち改変も矯正もできない固有能力のこと
創造魔法だよ
なんて…カッコつけちゃった

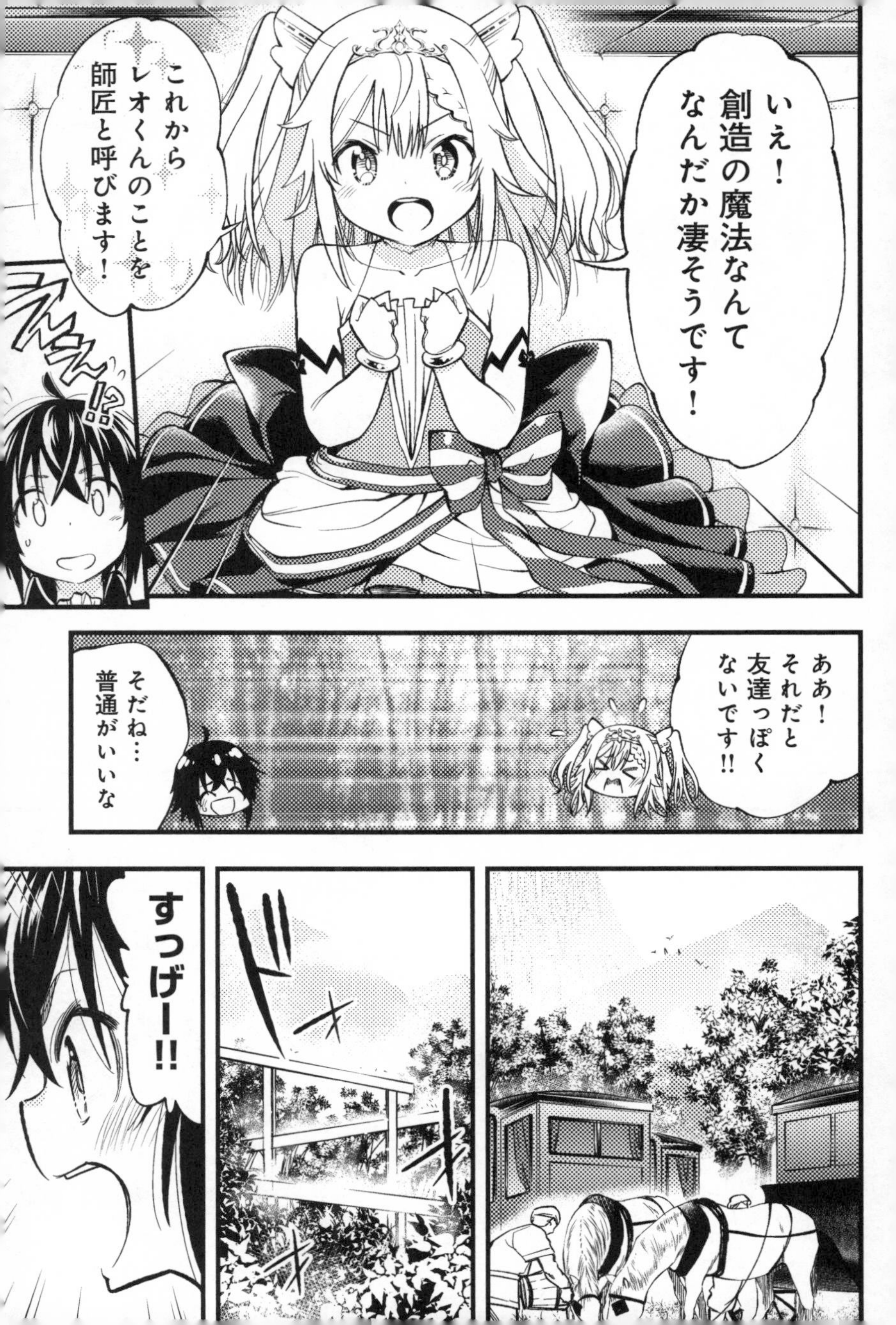
いえ！
創造の魔法なんて
なんだか凄そうです！
これから
レオくんのことを
師匠と呼びます！
うんうん!?
ああ！
それだと
友達っぽく
ないです!!
そだね…
普通がいいな
ドキ
すっげー!!

ここがじいちゃんの造った温泉かー!!
※勇者温泉
名前めちゃくちゃダサいけど
ドォォォォ
ォォォ
おお!

それにしても父さんたち遅いな…
ん？
子供湯での注意事項…
子供湯!?
まぁ！
とっても素敵な眺めですね！

わぁあぁあぁあ!!
?
ばーんっ
隠して隠して!
くるんっ
友達に隠し事はなしですよ!
ちょっと待ってて!
だっ
?
ごそ
ごそ
魔石持っといてよかった〜
材料は…タオルしかないけど
レオくん?
ま待ってってば〜!

えっと
水着っぽいのなら
大丈夫だよね
いやいや！
過激なのじゃなくて！
女の子なんだし
かわいらしくないと！
レオく〜〜ん
う〜ん…
よし！
いける！
えっ!?

え!?
うん!
成功!

これがレオくんの魔法ですか!?
すごいです!こんなの初めて見ました!
僕も人前で使ったの初めて!
初めて!?
そう…なんだ
じゃあ
みんなには内緒だね
ドキッ
もっと見てみたいなぁ!
ドド
ドォ
いいよ!でも今は温泉を楽しも!
男湯
もっと飲めオルトン!
ディオルクこそ減ってないぞ!

今日は本当に素敵な日だわ！
友達もできて魔法も見れて！
お城の外ってワクワクがいっぱいなのね！
ねぇシェリー
敬語なくなってるね
……
あ〜あ！お淑やかに見せようと思ったのに！
普通に話してたってかわいいよ！

どうしたの？
そろそろ…出ようかな
あ
じゃあ僕も
ま
待って！
レオは後から上がって…
なるべくゆっくり…ね
ごめんね
ううん

ぼふん
ふー
今日はいろんなことがあり過ぎで…
まだ眠くないや
さえ
そうだ日課日課

いつもより
多めに注げば
少しは眠くなるかな?
そ…
ァッ…
もっと
魔力を!
コン
コン
誰だろ?
は-い

シェリー!?
実は僕もなんだ
どうぞ! 入って
ごめんなさい こんな時間に
目が冴えちゃって
わぁ! 本当に本がいっぱいだね!
ごめんね 散らかってて
なにサラッと入れてんだ僕!?
キレイ!
?

宝石？
元は魔石だよ
魔力を注げば注ぐほど輝くんだ
魔法の練習にもなるしね！
へえー！
それが特訓!?
私もやってみたい！
とっても簡単だよ！
体の中の魔力を魔石に移すんだ！
どうやるの？
……
やったことないもん
だよね

じゃあ
動かしてみるから
感じ掴《つか》んでね
ワクワク♪
お願いしま〜す
ん…
レオ…
そこ…
わかる？
小さいけどここに
魔力の塊《かたまり》があるんだ
動かしてみるね

気持ち〜〜〜〜
へ 変な声出さないで！
感じる！
感じるよ（魔力）
自分でも動かそうとしてるね！
スジがいいよシェリー！
本当にこんなヤリ方でいいの？
うん！上手！その調子だよ！

すやぁ
すー すー
…
僕…
どこで寝よ

ふわっ
ん！
んん
おはよう
レオ
シェリー？
なでなで
おは――

よぉおおお〜〜〜!?
ひざ枕!?!!
お…!?
ガタガタガタガタ
……
にょにょにょにょ
違うから！想像してるのと違うから!!
カーラと親戚になれて嬉しいわ！
よろしくなディオルク
違うってばも〜〜〜〜!!
姫様の滞在はまだまだ続く

継続は魔力なり4
～無能魔法が便利魔法に進化を遂げました～

2020年1月1日　第1刷発行

著　者　リッキー

編集協力　株式会社MARCOT

発行者　本田武市

発行所　TOブックス
〒150-0045
東京都渋谷区神泉町18-8　松濤ハイツ2F
TEL 03-6452-5766（編集）
　　0120-933-772（営業フリーダイヤル）
FAX 050-3156-0508
ホームページ　http://www.tobooks.jp
メール　info@tobooks.jp

印刷・製本　中央精版印刷株式会社

ISBN978-4-86472-892-8